论《恶之花》

郭宏安 著

商务印书馆
2019 年·北京

涵芬楼文化 出品

目录

论《恶之花》

引　言　　　　　　　　　　　　　　　/ 003
第一章　逃出樊笼的一只"天鹅"　　　/ 009
第二章　在恶之花园中游历　　　　　　/ 041
第三章　在"恶的意识"中凝神观照　　/ 068
第四章　一个世纪病的新患者　　　　　/ 091
第五章　时代的一面"魔镜"　　　　　/ 112
第六章　应和论及其他　　　　　　　　/ 134
第七章　在浪漫主义的夕照中　　　　　/ 161
第八章　穿越象征的森林　　　　　　　/ 185
第九章　按本来面目描绘罪恶　　　　　/ 207
第十章　"我将独自把奇异的剑术锻炼"　/ 229
结　语　　　　　　　　　　　　　　　/ 249

其他

波德莱尔：连接新旧传统的桥梁　　　　/ 261
《恶之花》赏析（九首）　　　　　　　/ 303

又一束"恶之花" / 336
说散文诗 / 339
比喻式批评的凤凰涅槃 / 344
"池塘生春草":康复者眼中的世界 / 356
批评:主体间的等值 / 366
批评家的公正与偏袒 / 377
白璧微瑕,固是恨事? / 387
诗人中的画家和画家中的诗人 / 399
从一首译诗看梁宗岱的翻译观的一个侧面 / 414

论《恶之花》

引 言

波德莱尔的《恶之花》,是一卷奇诗、一部心史、一本血泪之书。

恶之为花,其色艳而冷,其香浓而远,其态俏而诡,其格高而幽。它绽开在地狱的边缘。

1857年6月25日,《恶之花》经过多年的蓄积、磨砺,终于出现在巴黎的书店里。它仿佛一声霹雳,刹那间震动了法国诗坛,引起了沸沸扬扬的议论;它又像是一只无情的铁手,狠狠地拨动着人们的心弦,令其发出"新的震颤"[1]。

它不是诺瓦利斯的"蓝色花"[2],虽然神奇诡异却并不虚幻缥缈,因为它就扎根在具体的时空里。它有着不可抗拒的诱惑

---

[1] 1857年8月30日雨果致波德莱尔书。
[2] 勃兰兑斯在《十九世纪文学主流》第二册(《德国的浪漫派》)中,对诺瓦利斯的"蓝色花"有详尽的分析,可以参考。

力，却令怯懦者畏葸不前，因为它揭开了人心最隐秘的角落。它又蕴藏着地火一样潜在的威力，使秩序的维护者胆寒，因为它是一颗不安的灵魂的抗议。

果然，《恶之花》遭到了"普遍的猛烈抨击，引起了人们的好奇"[1]。"好奇"，正是作者的追求；"抨击"，也不能使他退缩。然而，跟在"抨击"之后的却是法律的追究，这是他万万没有想到的。第二帝国的法庭自然不配做诗国的裁判官，可就在文学界，这本不厚的小书也引起了唇枪舌战，在相当长的时间里，毁誉参半，相持不下。而且，毁中有誉，誉中有毁，迷离惝恍，莫衷一是，竟使得波德莱尔在法国文学史上的地位久久不能排定。

儒勒·瓦莱斯问道："他的'不朽'能维持十年吗？勉强！"[2]

青年时代的艾米尔·法盖心中常想："《恶之花》不是传世之作……"[3]

1884年，莫里斯·巴莱斯认为，有朝一日，《恶之花》"将被人遗忘"[4]。

1917年，纪尤姆·阿波利奈尔断言："他的影响现在终止

1　1856年12月11日波德莱尔致布莱-马拉西书。

2　Jules Valès: *Charles Baudelaire, Europe*, avril-mai 1967.

3　转引自Alphonse Séché: *Les fleurs du mal de Baudelaire*, Sfelt, 1946, p. 174。

4　转引自*Henri Peyre: Remarques sur le peu d'influence de Baudelaire, R. H. L. F*, 1967, n°. 3。

了，这不是一件坏事。"[1]

然而，1978年11月1日，法国《快报》周刊（第1426期）公布了一份《法国在读书》的调查报告，报告表明：百分之四十六的读者喜欢阅读波德莱尔的作品，而所谓"波德莱尔的作品"，只能是《恶之花》和他的散文诗集《巴黎的忧郁》，而后者可以说是前者形式上的对应物，在精神上"仍然是《恶之花》"[2]。此类调查报告几乎年年都有，而波德莱尔和他的《恶之花》也几乎总是名列前茅。

单靠统计数字，自然不足以说明一部作品的兴衰，一部作品的兴衰也不能完全说明它在文学上的价值。但是，在浩如烟海的历代文学作品中，《恶之花》至今仍拥有如此数量的读者，这至少可以告诉人们：《恶之花》历经一百三十年的风雨而不凋，依然盛开在法兰西乃至世界诗国的原野上，它的作者经受一百二十年的评说而未朽，依然像高山一样耸立在法兰西乃至世界诗国的土地上。

此中的奥秘，正如路易·阿拉贡所说："没有一个诗人能比波德莱尔引起人们更多的热烈情绪。"[3]热烈者，极端之谓也。

---

[1] 转引自 *Henri Peyre: Remarques sur le peu d'influence de Baudelaire, R. H. L. F*, 1967, n°. 3。
[2] 1866年2月19日波德莱尔致儒勒·特鲁巴书。
[3] Louis Aragon: *Des plaisirs plus aigus que la glace et le fer, in Les lettres françaises*, 1957, n°. 622.

关于诗，维克多·雨果说它"灼热闪烁，犹如众星"[1]，阿尔弗莱德·德·维尼看到的分明是"善之花"[2]，埃德蒙·谢雷却只闻到了令读者掩鼻的"臭气"[3]……

关于诗人，阿尔杜尔·兰波呼为"真正的上帝"[4]，T. S. 艾略特奉为"现代所有国家中诗人的最高楷模"[5]，费迪南·布吕纳吉埃却称之为"旅馆中的撒旦"[6]……

针锋相对，各趋一端，毁誉双方的"情绪"果然"热烈"。于是，人们自然要问：

毒草乎，香花乎，《恶之花》？

鬼耶，神耶，人耶，波德莱尔？

在一个分裂为阶级，阶级中又分裂为阶层，彼此间进行着长期的或暂时的、公开的或隐蔽的、激烈的或平和的斗争的社会中，一位引起了人们如此极端、如此敌对情绪的诗人必定是一位伟大的诗人。他的诗激发了人们刻骨镂心的爱和恨，这正是他的诗的力量、深度和美的表现。

多少年来，《恶之花》被包裹在一片神秘、危险，甚至邪恶的气氛中，诱惑着各个时代、各个国度、各个年龄的读者。

---

[1] 1857 年 8 月 30 日雨果致波德莱尔书。
[2] 1862 年 1 月 27 日维尼致波德莱尔书。
[3] 转引自 Ernest Raynaud: *Charles Baudelaire*, Carnier, 1922。
[4] 1871 年 5 月 15 日兰波致保尔·德莫尼书。
[5] 转引自 Pierre Brunel: *Histoire de la littérature française*, Bordas, 1972。
[6] 转引自 M. Galliot: *Les fleurs du mal*, Didier, 1961, p. 5。

马克斯-波尔·福歇曾经这样描述过他最初阅读《恶之花》的情景:"《恶之花》被我的父母藏在柜顶……那口普通的柜子,在我看来,就是一株知善恶树[1]。四十年过去了,我觉得还能感到当时的心跳,害怕楼梯上的脚步声,因不能完全读懂而痛苦,还有那看到愚蠢的图画时肚子里的骚乱……波德莱尔比其他人更使我体验到反抗和美妙的苦恼。他使多少人走出了童年时代啊!"[2]

童年,既是指生理上的童年,更是指精神上的童年。那些敢于正视社会和人生的读者,通过《恶之花》,看到了一个满目疮痍的社会,体验到一个备受摧残的人生,听见了一阵阵从地狱中传来的呼声,他们的心中或许会生出一股怜悯的暖流,或许会腾起一团反抗的怒火,或许会敲响一阵自警的暮鼓晨钟……总之,他们会获得更冷静、更勇敢、更深邃的目光,从而不再为虚伪的纱幕所蒙蔽,不再为盲目的乐观所陶醉,也不再为世间的丑恶所吓倒。

《恶之花》是伊甸园中的一枚禁果,只有勇敢而正直的人

---

[1] 《圣经》故事中伊甸园内的一棵树。据《创世记》载,人吃了该树果子"眼睛就明亮",同上帝一样"能知道善恶";上帝把亚当和夏娃安置在伊甸园时,曾说园中所有果子都可以吃,唯此树的果子禁止吃,故又称禁果。后亚当和夏娃受蛇的引诱,吃禁果被逐出园。
[2] 《就波德莱尔答问》,《欧罗巴》杂志,1967年4-5月号。马克斯-波尔·福歇(Max-Pol Fouchet, 1913-1981),法国著名诗人、小说家、批评家。

才能够摘食，并且消化。他们无须等待蛇的诱惑。

曲高和寡。《恶之花》从书店到马克斯-波尔·福歇的父母的柜顶，再到广大读者的书架上，这中间经过了多么漫长的岁月啊！波德莱尔曾经不止一次地表示："这本书只是为少数人而写的……"[1]因此，《恶之花》的深刻和新颖没有被当代人理解，是一代一代的精英，甚至是其中最高层的那一部分迫使公众接受了波德莱尔。然而，《恶之花》真正的朋友是时间。资本主义的法国经过了一百多年的发展和演变，较高的物质文明和空虚的精神世界所形成的矛盾，给人们带来了极为深重的焦虑、不安和惶惑，使得更多的人理解了当年波德莱尔发出的呻吟、抗议和警告。时至今日，人们说过的关于波德莱尔的话几乎可以和关于拿破仑的一样多，这说明，伊甸园中的这枚禁果正在向越来越多的人显示出鲜丽的颜色、散发出浓郁的芬芳和传送出神秘的暗示。

---

[1] 1857 年 7 月 20 日波德莱尔致阿希勒·福尔书。

第一章　逃出樊笼的一只"天鹅"

鲁迅说:"倘要论文,最好是顾及全篇,并且顾及作者的全人,以及他所处的社会状态,这才较为确凿。"[1]

波德莱尔的亲密朋友夏尔·阿斯里诺说:"波德莱尔的生平值得一写,因为他的生平是他的作品的评论和补充……人们常说,他的作品就是他本人;然而,他的作品并不是他这个人的全部。在写出和发表的作品后面,还有整整一部说过的、经历过的、用作为表现出的作品,这是必须要了解的,因为这一部作品解释了另一部作品,如他自己所说,是另一部作品的渊源。"[2]

马塞尔·普鲁斯特说:"一本书是另一个我的产物,不

---

[1] 《鲁迅全集》,第6卷,人民文学出版社,1981年,第425页。
[2] Jacques Crépet et Claude Pichois: *Baudelaire et Asselineau*, Nizet, 1953, p. 61.

同于我们在习惯、社会和恶习中表现出来的那个我。倘若我们想要理解这另一个我，那非得深入我们的内心并且在我们身上把它重新创造出来不可。"[1]

当代西方批评家更服膺普鲁斯特的理论，而逐渐抛弃了盛行于19世纪的、以圣伯夫为代表的"传记批评方法"。然而我们细考普氏之论，他所反对的似乎是对作家生平和作品进行表面的、机械的联系，而并没有在社会之我与创造之我中间进行绝对的排除。他这一段名言的要义是：理解一部作品不能完全诉诸智力，还必须借助直觉的领悟。因此，上述三位作家的言论不是相互排斥的，而是相互补充的。我们仍将从波德莱尔的生平开始，然而我们已经不指望它能够提供理解《恶之花》的全部钥匙了。

《恶之花》第八十九首题为《天鹅》，这首诗分为两部分，第一部分的最后三节是这样写的：

> 我看见了一只天鹅逃出樊笼，
> 有蹼的足摩擦着干燥的街石，
> 不平的地上拖着雪白的羽绒，
> 把嘴伸向一条没有水的小溪，

---

[1] *Contre Sainte-Beuve*, Gallimard, 1954, p. 137.

它在尘埃中焦躁地梳理翅膀，
　　心中怀念着故乡那美丽的湖：
　　"水啊，你何时流？雷啊，你何时响？"
　　可怜啊，奇特不幸的荒诞之物，

　　几次像奥维德笔下的人一般，
　　伸长抽搐的颈，抬起渴望的头，
　　望着那片嘲弄的、残酷的蓝天，
　　仿佛向上帝吐出了它的诅咒。

　　在这意味深长、充满了象征的三节诗中，波德莱尔把人的处境和命运浓缩凝聚在生动而鲜明的形象之中。"天鹅"象征着人，"樊笼"象征着人所受到的困扰和束缚，"雪白的羽绒"象征着人在天堂中的纯洁无邪。然而摆脱了桎梏的人并未回到天堂，只是走出了小樊笼，进入了大樊笼，他的面前是"干燥的街石"、"不平的地"和"没有水的小溪"，他只能在心中怀念失去的乐园——"故乡那美丽的湖"。而那上帝居住的蓝天是"嘲弄的"，嘲弄在地上笨拙地挣扎着的人；它又是"残酷的"，听凭尘埃玷污雪白的天鹅。终于，天鹅怀着渴望复归天堂的心情向上帝发出了谴责，"吐出了它的诅咒"。这正是奥维德在《变形记》中描绘的在混沌中初生的人的形象：

造物主抬起了人的头，

命他仰望天空，注视星辰。[1]

这个人，无论身在何处，受到何种磨难，终生都将在向往希冀中度过，他的向往是天堂，他的希冀是获救。这不也是诗人的一幅自画像吗？波德莱尔正是一只逃出樊笼、在污泥中挣扎而诅咒上帝、怀念故乡的白天鹅。

夏尔·波德莱尔于1821年4月9日出生在巴黎。

1825年左右，在巴黎的卢森堡公园里，人们常常可以看到一位眉毛漆黑的老人领着一个四五岁的孩子散步。老人指点着那一座座美丽的雕像，讲述着有关它们的神话和历史，孩子则出神地听着。这个孩子就是波德莱尔，他后来写道："形象，这是我最初的强烈爱好。"[2] 那个老人不是他的祖父，而是他的父亲，约瑟夫-弗朗索瓦·波德莱尔，那时已经年逾花甲了。

波德莱尔自称是"教士的儿子"，说他的父亲"先着僧袍，后戴红帽"[3]。

---

1 转引自《波德莱尔全集》第1卷，七星文库，伽里玛出版社，1975年，第1008页。
2 《敞开我的心扉》，《波德莱尔全集》第1卷，第701页。
3 转引自Marcel A. Ruff: *L'esprit du mal et l'esthétique baudelairienne*, Slatkine Reprints, Genève, 1972, p. 143。

约瑟夫-弗朗索瓦·波德莱尔出生在法国东北部马恩省的一个农民家庭里，曾在巴黎大学受过哲学和神学教育。他后来放弃神职，到一位公爵家里当了家庭教师。那时的家庭教师不像后来那样地位卑微，寄人篱下。他有相当大的自由，往来的尽是达官贵人，他又爱好文学艺术，结交了不少文人画家，他自己也喜欢画几笔，颇有些收藏。他还与具有自由思想的爱尔维修夫人、卡巴尼斯、孔多塞等人过从甚密。他一方面学得了一套贵族的派头和习气，另一方面也接受了18世纪启蒙思想家的学说。对于1789年的资产阶级大革命，他抱着热烈拥护、积极参加的态度，这大概就是儿子说他"先着僧袍，后戴红帽"的由来。同时，他也并未因此就忘了老朋友，很帮了他们一些忙，其中有人得以免上断头台，保住了性命。大革命以后，被他救过命的东家帮他在卢森堡宫中谋得了一个高级职务，但是波旁王朝复辟以后，他旋即辞职，过起了相当优游的富贵闲人的生活。当他于1819年续娶卡罗琳·杜费斯的时候，已经是个六十岁的老人了，而新娘是个无依无靠的孤女，年仅二十六岁。

波德莱尔常常认为，父母年龄相差悬殊对他的精神有着某种先天性的影响，这也许可以由医生做出回答。可以肯定的是，父亲的启蒙思想、对绘画的爱好，以及一派贵族的作风，确实给幼年的波德莱尔留下了极深的印象。他有一首题为《人语》的诗，其中回忆道：

> 我的摇篮啊背靠着一个书柜，
> 阴暗的巴别塔，科学，韵文，小说，
> 拉丁灰烬，希腊尘埃，杂然一堆，
> 我身高只如一片对开的书页。

那书柜里放着一套《百科全书》，伏尔泰、莫里哀、拉伯雷、普鲁塔克、拉布吕耶尔、孟德斯鸠等人的作品，还有一本卢梭的《社会契约论》[1]。波德莱尔不仅在公园里聆听父亲讲解雕像，而且家中还有父亲的收藏及其"拙劣的"[2]作品。他的母亲曾在伦敦受过教育，也颇有些文化修养。可以想见，波德莱尔幼小的心灵是在怎样的氛围中受到了熏陶。

波德莱尔仅六岁的时候，父亲去世了，他失去了唯一可能理解他的亲人。他和母亲相依为命，开始了"一段热烈的充满爱的时期"[3]。卡罗琳·杜费斯是个性格忧郁、感情纤细、笃信宗教的女人。波德莱尔短暂的一生极少有快乐的时刻，现在是他体验爱抚和关怀的时候了。正当他尽情享受这"充满母性柔情的好日子"[4]的时候，年轻的母亲服丧的期限未过，就改嫁欧比克少校了。波德莱尔幼小敏感的心灵第一次受到了巨大的震动。他一直不能理解母亲为什么要再嫁，

---

[1] 参见 *L'esprit du mal et l'esthétique baudelairienne*，第145页。
[2] 波德莱尔成年后回忆说，他的父亲是一位"拙劣的画家"。
[3] 1861年5月6日波德莱尔致母亲书。
[4] 同上。

那美丽温柔的母亲只能属于他一个人，岂容得第二个人来分享她的感情？他觉得父亲被出卖了，母亲对他的爱被出卖了，他对母亲的眷恋被出卖了。他不仅痛恨这个突然闯进来的陌生人，也迁怒于自己的母亲。据他自己后来说，新婚之夜，他把新房的钥匙扔出窗外，让新婚夫妇进不了新房，以此来发泄心中的怨恨。[1] 那时他只不过是个七岁的孩子。这也许多半不是事实，但足以说明他对这件事一直耿耿于怀。

然而，孩子毕竟是孩子，心灵上的创伤也许要等待许多年才会发作。实际上，开头几年，父子之间并未发生什么龃龉。从波德莱尔中学时代的一些家信看，他对继父可以说怀有某种崇敬却又不乏亲切的好感。欧比克是后来成为七月王朝首领的路易-菲利普的朋友，是个古板、生硬的军人，资产阶级秩序和道德的忠实维护者。他对继子的聪慧感到骄傲，竭力想博得他的好感，不能说待他不好。他想把波德莱尔培养成一个循规蹈矩的官场中人。但是，波德莱尔年事渐长，日益强烈地显露出独立不羁、藐视习俗的性格，与继父的意图恰恰背道而驰。1832年，他随母亲到了继父的驻地里昂，进了中学。那正是七月革命后的日子，资产阶级自由派篡夺了胜利果实，建立起银行家的统治，1831年、1834年的里昂工人起义遭到残酷的镇压。波德莱尔在里昂时的最大乐趣就是在城里游逛。寄宿学校的生活已经使他感到烦闷

---

[1] 这段逸事见于Louis Conard版《恶之花》中的《生平研究》一文。

和忧郁，而破败的街区、肮脏的工厂、工人的悲惨生活、几乎总是烟雾弥漫的天空，又使他的"沉重的忧郁"[1]变得更加沉重。他的学业优秀，在希腊文、拉丁文和法文上显露出才华。他敏感、激烈，举止古怪，充满了奇思异想，有时又有些神秘和玩世不恭，嘴里还常常吟诵着雨果和拉马丁的诗句。四年之后，1836年，他随父母回到巴黎，进入路易大帝中学。他是个才华出众却不守纪律的学生，出语尖刻，常常对学校当局表示不敬，洋溢着反叛精神，终因一次拒绝交出同学传递的纸条而被开除，这件事发生在1839年4月18日。这是波德莱尔与社会的第一次冲突。后来他被送进一所寄宿学校，同年8月，他通过了中学毕业会考，据他自己暗示，那是由于他和考官的保姆暗中做了手脚。波德莱尔的中学时代是在孤独中度过的。他曾写道："尽管有家，我还是自幼就感到孤独——而且常常是身处同学之间——感到命中注定永远孤独。"[2]因此，尽管他"对生活和玩乐有着强烈的兴趣"[3]，却并不曾体验过少年时代的幸福和欢乐。

通过中学毕业会考之后，波德莱尔面临着职业的选择。欧比克夫妇希望他进外交界，而他却做出了一个惊人的决定：当作家。有地位的资产阶级家庭一向鄙薄作家和艺术家，尤其看不起以此为职业的人。在欧比克夫妇看来，波

---

[1] 《自传》，《波德莱尔全集》第1卷，第784页。
[2] 《敞开我的心扉》，《波德莱尔全集》第1卷，第680页。
[3] 同上。

德莱尔的行为简直是一种叛逆。他的母亲二十年后回忆说："当夏尔拒绝了我们要为他做的一切，而想自己飞、想当作家时，我们惊呆了！那在我们一直幸福的生活中是多大的失望、多大的悲哀啊！"[1]

波德莱尔离开了中学，在一所法律学校注册，其实并没有去上课，而是去过"自由的生活"[2]了。他大量地阅读罗马末期作家的作品，着迷于他们的颓废情调；他阅读七星诗社诗人的作品，叹服他们声律的严谨；他阅读巴尔扎克的作品，并因结交了他本人而感到十分荣耀；他在美术展览会上流连，重新唤起他"最初的强烈爱好"[3]；他喜欢拜伦、雪莱、雨果、戈蒂耶，为浪漫主义——"美的最新近、最现时的表现"[4]所征服。大约是在这段时期，他通过巴尔扎克接触到瑞典哲学家斯威登堡[5]的神秘主义。同时，他沉湎在巴黎这座"病城"中，出入酒吧间、咖啡馆，追欢买笑，纵情声色，浪迹在一群狂放不羁的文学青年之间。他不加检点的生活终于引起了家庭的不安，决定让他出游，离开巴黎，试图通过"改变环境"来把他的生活引入正轨。这是当时富有的家庭针对不听话的子弟惯用的手段，算不上什么惩罚，波德

---

1 Eugène Crépet et Jean Crépet: *Baudelaire*, Messein, 1906, p. 255.
2 《波德莱尔全集》第1卷，第784页。
3 同上。
4 《波德莱尔全集》第2卷，第420页。
5 斯威登堡（1688-1772），早年从事科学研究，后来创立神秘教派，在英美诸国影响很大。

莱尔似乎也没有什么怨言。于是，1841年6月9日，他在波尔多登上"南海"号客货轮，启碇远航。

计划中的旅行长达十八个月，目的地是印度的加尔各答。然而，二十岁的波德莱尔抵挡不住五光十色的巴黎的诱惑，他当作家的心愿又使他对继父的意图嗤之以鼻，因此在船上一直悒郁寡欢，闷闷不乐，每日只以巴尔扎克的小说为伴。他非文学不谈，可那些船员和军界商界的乘客如何能与他谈文学呢？不久，欧比克就收到船长的一封信，认为要改变波德莱尔的志向为时已晚。果然，波德莱尔只到了毛里求斯岛和留尼汪岛（当时叫波旁岛），就迫不及待地搭船返回法国，于1842年2月15日抵达波尔多，并且声称："我口袋里装着智慧回来了。"这次旅行历时仅九个月，但已经是他一生中为时最长的一次远行了。旅行固然使他厌倦，却给他带来了受用不尽的创作上的财富：他看到了令人遐想无穷的大海，他感受到了明亮炽热的热带阳光，他闻到了各式各样浓郁的香气，他接触了强壮快乐、接近大自然的男男女女，总之，他领略了异域的风光和情调，开辟了任想象力纵情驰骋的广阔空间。

"城市的模样，唉，比凡人的心变得还要迅疾"[1]，波德莱尔仿佛从流亡中归来一样，发现了一个新的巴黎：新辟的街道，新开的旅馆，新建的剧院，新装的路灯；拉丁区的

---

[1]《天鹅》，《恶之花》第89首。

"女工",林荫道上的"野鸡",酒店里的醉汉,踽踽独行的老人……这一切,他竟都像第一次见到一样。巴黎变了样,到处充斥着"发财"的叫喊声,散发着新贵的铜臭味。路易-菲利普王朝越来越反动,基佐[1]的"发财吧"这样的口号不过是为了保持大资产阶级的特权,引起了广大无产阶级甚至中小资产阶级的强烈不满。政坛的平庸和猥琐更使当年的浪漫派灰心丧气,而工人们则要求成立共和国。山雨欲来风满楼,一场新的革命又在酝酿中。

波德莱尔就是在这样的气氛中回到巴黎的。这时,他和继父欧比克的关系,已经由于在选择职业问题上的分歧而迅速恶化,况且他已经成年,更加不能忍受家庭的束缚,终于带着父亲留给他的遗产,约十万金法郎,离开家庭,过起挥金如土的浪荡生活。1843年6月,他住进了豪华的皮莫丹旅馆。他用黑红两色的墙纸裱糊房间,穿着黑外套,系着牛血色的领带,雪白的衬衫一丝不皱,一尘不染。他要用与众不同、骇世惊俗的装束和风采来表示他对资产阶级的蔑视和唾弃。岱奥多·德·邦维尔这样描绘当时的波德莱尔:"眉毛清晰,伸展如缓缓的拱形……细长、漆黑、深沉的眼睛……优雅、带着讥讽意味的鼻子……嘴巴已经由于思想的丰富而变得又弯又薄,血色新鲜,肉质细腻……脸上泛起一

---

[1] 基佐(François Guizot,1787-1874),法国政治家、历史学家,七月王朝中历任要职。

种温暖的苍白，棕色的皮肤下显露出丰沛而纯洁的血液的粉红色调……高而宽的额头，线条清晰，浓密漆黑的美发自然地卷曲着……"[1] 这是波德莱尔最愉快、最乐观的时期。他要做一个浪荡子（le dandy）。"浪荡"（le dandysme）一词，在他的眼中意味着高贵、文雅、不同流俗，既有着面对痛苦而不动声色的英雄气概，又有着忍受尘世的苦难而赎罪的宗教色彩，总之，"浪荡"一词意味着"追求崇高"[2]。他自白道："做一个有用的人，我一直觉得是某种丑恶的东西。"[3] 有用，正是资产阶级最珍视的品质。他厌恶一切职业，决心不对那个社会有丝毫的用处。于是，他整日在城里呼朋引类，冶游滥饮。也正是在这时，波德莱尔真正开始了他的文学生涯。他先是结识了一批年轻的画家，进入他们的画室，"开始接触绘画的实践"[4]。那几年，在法国文学史上又恰恰是极热闹的年份：巴尔扎克的《人间喜剧》开始问世，贝特朗的《黑夜中的加斯帕尔》[5] 于作者死后一年出版，邦维尔以《女像柱集》一炮打响，大批以巴黎各色人等为题材的作品如雨后春笋般冒出。波德莱尔的朋友中又多了一位工人诗人，以谣曲著名的彼埃尔·杜邦。这时的波德莱尔已经以奇特怪异

---

[1] 转引自Théophile Gautier: *Les portraits et les souvenirs littéraires*, p. 137。
[2] 《敞开我的心扉》，《波德莱尔全集》第1卷，第678页。
[3] 《敞开我的心扉》，《波德莱尔全集》第1卷，第679页。
[4] Claude Pichois et Jean Zigler: *Baudelaire*, Julliard, 1987, p. 169.
[5] 法国散文诗的先驱作品之一。

的文学趣味令人瞠目了。也是在这时,一个偶然的机会,波德莱尔在一家小剧场邂逅了一个跑龙套的混血女子,名叫让娜·杜瓦尔,并从此与她结下不解之缘,生活和创作都深深地打上了她的印记。杜瓦尔卑微的身世和独特的美,使波德莱尔又多了一件向资产者挑衅的武器。还不止于此,他开始吸毒,开始领教放债人的手段。然而,他并未因此而放松写诗的准备,甚至已然开始创作。他发现诗国的领土已被瓜分完毕,诸如天空、大地、海洋、家庭、异域风光等主题都有了各自的开拓者,而充斥诗坛的那些粉饰现实的无病呻吟之作只能让他感到厌恶,于是,他便暗中写些不同凡响的诗章。据阿斯里诺回忆,"这期间(1843至1844年),《恶之花》中的大部分诗篇已经写出,十二年后出版时,诗人无须改动什么了。他在风格上和思想上都是早熟的"[1]。此时,他还没有发表过一首诗,却已在诗人队伍中被视为一位"有独创性的诗人"[2]了。1830年后一代青年诗人"似乎对他寄望很高"[3]。他并不急于发表,而是暗中磨砺,积累着产品,打算"日后像一枚炮弹那样打出去"[4]。

波德莱尔在两年中花去了他财产的一半,这又一次引起

---

1 *Baudelaire et Asselineau*, p. 65.
2 *Baudelaire et Asselineau*, p. 64.
3 Théophile Gautier: *Les portraits et les souvenirs littéraires*, p. 132.
4 Pascal Pla: *Baudelaire par lui-même*, Seuil, 1952, p. 30.

了家庭的不安。欧比克夫妇不由分说，找了个公证人替他管理财产，每月只给他可怜的两百法郎。这是在1844年9月21日，这是个重要的日子，对波德莱尔来说，无异于父亲去世母亲再嫁后的又一次沉重打击。用米歇尔·布托尔的话说，波德莱尔是被剥夺了成人的资格，被当成了未成年的孩子[1]。从此，波德莱尔就在债主的追索下过日子了。他的眼中除了欧比克之外又多了一个敌人：他的公证人，典型的资产阶级秩序的代表。

做浪荡子要有两个条件：一是有钱，二是有闲。现在，波德莱尔既已失去了钱，也就不得不去干他一向最鄙薄的事情：靠耍笔杆子吃饭。他一向认为生活的最高目的是培育美，而现在却不得不多少投合公众（资产阶级）和出版商的口味，为生活而写作了。他的诗神被收买了，他绝望、愤怒，渴望着报复和成功。他写过一篇文章题为《有天才的人如何还债》，幻想着能像伟大的巴尔扎克那样在债主的追逼中，突然灵机一动，安然渡过难关。但是，他的那些大胆真诚的诗作屡屡遭到编辑先生们的拒绝。1845年5月，波德莱尔发表了画评《1845年的沙龙》，盛赞浪漫派画家德拉克洛瓦，称他为"过去和现在最有独创性的画家"[2]。这篇长文以观点的新颖、感觉的敏锐和行文的果断，震动了评论界。

---

[1] Michel Butor: *Histoire extraordinaire*, Gallimard, 1961, pp. 40-42.
[2] 《波德莱尔全集》第2卷，第353页。

不过，批评家本人并不满意，深为此文"缺乏个性所苦"[1]。也许是因为《1845年的沙龙》未曾取得他心目中的成功，也许是因为他的监护人使他恼怒，也许是因为他自觉在这个世界上生活没有出路，也许是因为这一切的总和，波德莱尔在1845年6月30日这一天起了自杀的念头，并且扎了自己一刀。由于那是一把小小的水果刀，有人就认为他不过是做做样子，吓唬那些剥夺了他的自由的人。然而，他在当天事前给监护人的信中却说得十分郑重："我自杀，是因为我活不下去，是因为睡也累，醒也累，不堪忍受。我自杀，是因为我对别人无用，对自己危险。我自杀，是因为我认为我是不死的，但愿如此。"此后，他回到母亲和继父那里，然而很快、也是最后地离开了他们，住进了拉丁区，开始了真正穷文人的生活。

波德莱尔仍旧笔耕不辍，《1846年的沙龙》闪烁着惊人的才华，显示出他已经是一个完全成熟的艺术评论家了。他提出了现代生活的美等许多重大的美学命题。特别令人惊讶的是，他把这本书献给了资产者，赞扬了他们的人力和智力，试图让他们相信：他们需要艺术和诗，相信"美好的日子将会到来，那时学者成为财富的所有者，财富的所有者成为学者"[2]。这样，资产阶级的力量将会天下无敌。波德莱

---

1 Champfleury: *Portraits et souvenirs de jeunesse*, p. 137, 转引自 Claude Pichois et Jean Zigler, *Baudelaire*, p. 206。
2 《波德莱尔全集》第2卷，第415页。

尔尽管对资产阶级充满仇恨和轻蔑，毕竟还是清醒地认识到这是一支正在上升的力量。在这部著作中，他把共和派当作"美"的敌人挖苦了一番。在他的眼中，什么群众（包括资产者）、共和派、民主、进步，都是粗俗的，与浪荡子的美无缘。然而，他当时的好友彼埃尔·杜邦就是一个共和派，两年以后，他还写了一篇盛赞这位工人诗人的文章，对其民主、共和思想表示由衷的同情和赞赏。这说明当时波德莱尔的思想是处于怎样的矛盾之中，一方面他不能不看到资产阶级的力量和前途，一方面他又感到在这个阶级中受到压抑，心中充满着愤懑之情。正是在《1846年的沙龙》的封面上，预告了诗集《莱斯波斯女人》将要出版。这是《恶之花》的雏形。1847年，波德莱尔发表了两篇深受夏多布里昂和巴尔扎克影响的中篇小说：《青年巫师》和《舞女芳法罗》。其实，《青年巫师》并非波德莱尔的创作，而是一篇译自英文的翻译小说。

1847年1月27日的《太平洋民主》杂志刊登了埃德加·爱伦·坡的短篇小说《黑猫》的译文，波德莱尔读到之后，立刻被征服了，因为他在这位美国作家身上看到了自己的思想、诗情，甚至语言。他从此开始翻译爱伦·坡的作品，一直持续了十七年，提供了堪称典范的译品，使这位在家乡穷愁潦倒、郁郁不得志的诗人在法国成为一代诗人崇拜的偶像。波德莱尔翻译爱伦·坡，就像他自己进行创作一样全神贯注、殚精竭虑、精益求精。他长期郁结在胸中的愤懑，他的孤独感，他对另一个世界的憧憬和追求，都在爱伦·坡哀婉凄清的诗中、阴郁离奇的故事中、骇世惊俗的文章中，以及他为他写的评价文章中得到了尽情的宣泄。他们是同病相怜的弟兄，有着同样的悲惨的一生，同样的不为世人理解的痛苦，同样的顾影自怜的高傲；他们厌弃的是同一个世界，他们梦幻的是同一个天堂。波德莱尔把自己当成了爱伦·坡，把他的话拿来当成了自己的话。与其说波德莱尔受了爱伦·坡的影响，不如说他与爱伦·坡不谋而合、早有灵犀，一见之下，立即心领神会、契合无间。他在1864年6月20日的一封信中说得明白："有人指责我模仿埃德加·坡！您知道我为什么如此耐心地翻译坡的作品吗？因为他像我。我第一次翻开他的书时，我的心就充满了恐怖和惊喜，不仅看到了我梦想着的主题，而且看到了我想过的句子，他在三十年前就写出来了。"[1]所以，他曾把爱伦·坡大段大段的话径直移到自己的名下，而并未曾想到有声明的必要。与爱伦·坡的接触，加深了波德莱尔对资本主义社会的痛恨，同时也助长了他的神秘主义和悲观主义的倾向。

1847年，法国发生了一次严重的经济危机，本来已在酝酿之中的革命如同箭在弦上，一触即发。1848年2月22日晚上，人们筑起了街垒，起义爆发了。波德莱尔对资本主义社会的愤怒和反抗，在革命中找到了喷火口。2月24

---

[1]《波德莱尔书信集》第2卷，七星文库版。

日晚上，有人看见他背着枪，手上散发着火药味，和彼埃尔·杜邦一起战斗在街垒上。有一个朋友问他："是为了共和国吗？"他只以"枪毙欧比克将军"作答。他早已和不断升官的继父断绝了关系，在他的眼中，欧比克是资产阶级社会的法律、制度、道德、秩序的代表，枪毙了他，就等于枪毙了这个社会，就等于他自己获得了解放。巴黎一夜之间出现了一百多份报纸，其中有波德莱尔与人合办的、具有社会主义倾向的《公安报》，报纸的名称令人想起了大革命时期的公安委员会[1]。他参加了布朗基创办的革命团体，他还被一家保守派报纸聘为主编，因赞扬马拉和罗伯斯庇尔而立即被辞退。波德莱尔参加了革命，但是他并没有明确的政治信念，他所一度接近的社会主义也只是傅立叶的空想社会主义。他在1848年革命中的行动，是小资产阶级狂热性的典型表现。他后来在《敞开我的心扉》中这样写道[2]：

> 我在1848年的沉醉。
>
> 这种沉醉是什么性质？
>
> 报复的兴趣。破坏的天然的乐趣。
>
> 文学的沉醉；常常是阅读的沉醉……

---

[1] 法国1789年资产阶级大革命中雅各宾派的专政机构。
[2] 《波德莱尔全集》第1卷，第678页。

这是他的自我剖析，坦率真诚，一语中的。和他一起办报的夏尔·杜班说："波德莱尔爱革命，就像他爱一切暴力的、不正常的东西一样。"[1] 引述这段话的吕孚评论说，这是一种"深刻的真理的肤浅表达"，"波德莱尔爱的不是暴力和不正常本身，他爱的是反抗，因为这个世界，无论什么制度，他都不能容忍"[2]。这是通达之论。无论如何，波德莱尔毕竟是参加了革命，这一次行动显然是他一生中的重要事件，他的一段话透露了此中消息："1848年之所以有意思，仅仅是因为每个人都在其中寄托了一些有如空中楼阁一般的乌托邦。"[3] 那么，波德莱尔的乌托邦是什么？当时的波德莱尔还相信社会进步，对人类的前途还是乐观的，从社会观上看，他的乌托邦无疑是包括这样的日子："学者成为财富的所有者，财富的所有者成为学者。"从宗教观上看，波德莱尔深受母亲的影响，具有根深蒂固的基督教思想，他希望人类回到"原罪"以前的状态，即回到失去的乐园中，也就是如他的诗表明的那样，诗人摆脱现实的苦难和罪恶，重新回到上帝的怀抱，再做"青天之王"、"云中之君"。然而，1848年革命是一场无产阶级首次提出自己的政治要求和经济要求的资产阶级民主革命，自然不能实现波德莱尔的乌托邦。巴黎工人六月起义遭到血腥镇压，为后来以路易·波拿

1　Marcel A. Ruff: *L'esprit du mal et l'esthétique baudelairienne*, p. 224.
2　同上。
3　《波德莱尔全集》第1卷，第680页。

巴为代表的反动势力的进攻扫清了道路，更使波德莱尔由惶惑而绝望。1848年革命是波德莱尔彻底脱离政治、逃避社会的一个转捩点。而1851年12月路易·波拿巴发动政变，则最后使波德莱尔与过去的思想、过去的朋友告别。他在1852年3月5日的一封信中说："12月2日使我实际上脱离了政治。"[1] 两个星期之后，他又在给友人的信中说："我决定从此不介入人类的任何论争。"[2] 然而，波德莱尔是一位正直的诗人，他的决定事实上并未能严格地实行，他在1859年5月16日的信中承认："我有二十次相信我不再对政治发生兴趣了，可是任何重要的问题又都引动我的好奇和热情。"[3] 接着，他就在信中颇有预见地大谈第二帝国的意大利政策。这种矛盾说明了波德莱尔何以写出像《天鹅》那样充满了深刻的政治含义和社会同情心的诗篇。

在社会的动乱和政治的风浪中，波德莱尔的"恶之花"也在悄悄地开放。从1847年开始，他已有零星的诗作在报刊上发表。1848年11月，《酒商回声报》登出一则广告，称波德莱尔的《边缘》将于次年2月24日出版。一位同时代人对此评论道："这无疑是些社会主义的诗，因此是些坏诗。"[4] 这2月24日正是1848年革命一周年纪念日，也是一个

---

[1] 《波德莱尔书信集》第1卷，第188页。
[2] 《波德莱尔书信集》第1卷，第189页。
[3] 《波德莱尔书信集》第1卷，第578页。
[4] 转引自Claude Pichois为伽里玛版《恶之花》(1972)所写的引言，第13页。

值得注意的日子。1850年6月，《家庭杂志》再次预告《边缘》，并说这本书"旨在表现现代青年的精神骚乱和忧郁"[1]。1851年4月9日，《议会信使》又预告了《边缘》，指出这本书"旨在再现现代青年精神骚乱的历史"[2]，并且在《边缘》这一总题下发表了十一首诗。"边缘"这个词，除了传统的基督教的含义外，在当时还有一个具体的含义：傅立叶把"社会开端和工业灾难的时代"称为"边缘地带"，其后紧接着普遍和谐的社会[3]。波德莱尔当时正受到傅立叶派的乐观主义吸引，人们有理由把他的诗和空想社会主义联系在一起。从《莱斯波斯女人》到《边缘》，波德莱尔的诗的题材已经进入一个更高、更广、更具现实性的领域，或者他认为时机已经成熟，可以向公众展示他的诗的这一侧面了。

1852至1856年间，波德莱尔经常出入萨巴蒂埃夫人的沙龙。萨巴蒂埃夫人是一个银行家的情妇，常在她的沙龙中接待文化界的名流，雨果、戈蒂耶、邦维尔等都是她的座上客。波德莱尔把她当作自己的诗神、保护神和庇护所。她是他梦寐以求的"远方的公主"，他在她身上寄托了自己精神上的向往和追求。他偷偷地寄给她匿名的情诗，当收信人终于发现了诗的作者，并表示以身相许、分享他的感情时，他

---

1 转引自Claude Pichois为伽里玛版《恶之花》（1972）所写的引言，第12页。
2 同上。
3 Jean Pommier: *Le mystique de Baudelaire*, Slatkine Reprints, Genève, 1967, p. 56.

却惶然而不无失望地退却了，因为假如有了肉体的关系，他理想中的天使也不过如普通女人一样罢了。一场柏拉图式的恋爱又恢复为纯粹的友谊，只是留下了几首充满了逃避丑恶现实、追求美的理想的强烈愿望的美丽诗章。对波德莱尔影响最大的女人是前面提到的让娜·杜瓦尔。这个具有异国情调的"黑维纳斯"几乎是波德莱尔的终身伴侣。虽然在近二十年的共同生活中，波德莱尔几次因不堪其粗俗、贪婪和欺骗要离开她，终于还是散而复聚，相守在一起，并在她病中百般照料，充当着父亲的角色。在那个"始乱之，终弃之"成为通行的惯例的社会中，这种行为倒是很好地说明了波德莱尔的人格。让娜·杜瓦尔启发他写出许多交织着灵与肉的冲突、混杂着痛苦与欢乐的诗篇。1861年以后，这个女人不知所终。

1852年以后，波德莱尔的创作进入高潮。五年间，他先后在报刊上发表了二十多首诗、十余篇评论以及大量的译作。1857年4月，欧比克去世，波德莱尔可以公开地去看望他一直热爱着的母亲了，在此之前他们只是像情人幽会一样地偷偷见面，因为波德莱尔不愿意再见包括继父在内的资产阶级贵人们。1857年6月25日，经过精心的准备，《恶之花》终于在书店里出售了。诗集包括一百首诗，分为五个部分：《忧郁和理想》、《恶之花》、《反抗》、《酒》、《死亡》。据说，《恶之花》这题目出自波德莱尔的记者朋友希波里特·巴布的建议。波德莱尔说过："我喜欢神秘的或爆炸性的题目。"[1]先前的《莱斯波斯女人》表明了同性恋的主题，作为题目颇具爆炸性；《边缘》透露了一个朦胧的世界，有神秘性；而《恶之花》则是两者兼有，尤其以其爆炸性引动着人们的好奇。不过，对一本书发生兴趣的不单是读书人。果然，《恶之花》很快就引起了反动势力的注意，而第二帝国恰恰是视文学为万恶之源，它的法庭刚刚因《包法利夫人》而审讯了福楼拜，《巴黎的秘密》的作者欧仁·苏因突然去世才侥幸免遭起诉，现在它的卫道士们又把阴险恶毒的目光投向了波德莱尔。《费加罗报》首先发难，于7月5日刊登了该报记者居斯达夫·布尔丹的文章，指控波德莱尔亵渎宗教、伤风败俗，说什么《恶之花》中"丑恶与下流比肩，腥臭共腐败接踵"，并且敦请司法当局注意《圣彼得的否认》、《莱斯波斯》、《被诅咒的女人》等诗。果不其然，《恶之花》很快受到法律的追究，罪名有二："亵渎宗教"和"伤风败俗"。在司法部门的内部报告中[2]，被指为亵渎宗教的有《献给撒旦的祷文》、《醉酒的凶手》、《圣彼得的否认》，被指为伤风败俗的有《首饰》、《还不满足》、《忘川》、《给一个过于快活的女郎》、《美丽的船》、《给一位红发女乞丐》、《莱斯波斯》、《被诅咒的女人》和《吸血鬼的化身》。诉讼是在1857年8月20日进行的。尽管辩护人援引缪塞、贝

---

[1] 《波德莱尔书信集》第1卷，第378页。
[2] 《波德莱尔全集》第1卷，第1178页。

朗瑞、戈蒂耶、拉封丹、莫里哀、伏尔泰、卢梭、孟德斯鸠、拉马丁、巴尔扎克、乔治·桑等著名作家为例，以说明"肯定恶的存在并不等于赞同罪恶"[1]，但是并没有使充任起诉人的代理检察长信服。审判结果是：亵渎宗教的罪名未能成立，伤风败俗的罪名使波德莱尔被勒令删除六首诗（《首饰》、《忘川》、《给一个过于快活的女郎》、《莱斯波斯》、《被诅咒的女人》和《吸血鬼的化身》），并被罚款三百法郎。就这样，第二帝国通过自己的法庭在自己的脸上烫下了"耻辱"两个字。审判的结果大出波德莱尔的意料，他不但认为自己会被宣告无罪，甚至还觉得该为自己昭雪，"恢复名誉"[2]呢。然而他错了。他曾天真地认为这是一场误会，他高尚的意图被人曲解了。使他感到奇耻大辱的是：法庭用对待罪犯的字眼对待一位诗人。萨特指责波德莱尔没有在法庭上为自己的作品的内容进行辩护，从而表明他不接受警察和检察官的道德[3]。这无疑是正确的，却未免失之苛刻。因为波德莱尔毕竟是资产阶级中的诗人，他的诗的力量在于揭露，在于撕破那一重用虚伪织成的帷幕，他不可能如萨特所希望的那样，把法庭的指控当作自己的道德观念来与之相抗衡。

---

[1] 《波德莱尔全集》第 1 卷，第 1189 页。

[2] 事实上波德莱尔在第二次世界大战之后才被"恢复名誉"。法国最高法院刑事法庭受理法国文化人协会的上诉，于 1949 年 5 月 31 日做出判决，取消对波德莱尔的指控，并称《恶之花》中"不包含任何下流甚或粗俗的词句，在表现形式上也没有超出艺术家可以享有的自由"。

[3] 参见 Jean-Paul Sartre: *Baudelaire*, Gallimard, 1947, p. 54。

四年之后，波德莱尔亲自编订出版了《恶之花》的第二版，删除了六首诗，增加了三十五首诗，并且重新做了安排，其顺序如下：《忧郁和理想》、《巴黎风貌》、《酒》、《恶之花》、《反抗》、《死亡》。《恶之花》再版本（1861）获得了极大的成功。他被看作一个诗派的首领，有人恭维他，有人嫉妒他。他在文学界的地位牢固地树立起来了。他先后出版了《1859年的沙龙》、《人造天堂》（1860）、《现代生活的画家》（1863）等长文，发表了不少散文诗。这时的波德莱尔看上去精力充沛，往日的愁云为之一扫。阿斯里诺回忆说："此时的波德莱尔满面春风，长长的头发虽然发白了，却仍显得年轻，精神饱满，见到他的人们可以在他身上看到岁月和人们的爱戴所具有的那种有益于健康，使人感到宽慰的作用。"[1]

然而，这似乎只是一种假象。文学上的成功并没有改善波德莱尔的经济状况，他仍然要躲避债主的追迫，要向公证人讨价还价，要跟母亲要钱，还要照顾病中的让娜·杜瓦尔。他自己也疾病缠身，早年不检点的生活终于向他进行报复了。实际上，他孤独，绝望，常常病得不能起床。他忍受着巨大的精神和肉体的痛苦，"对生活失去了兴趣"[2]。他几度濒临自杀的边缘，只是想到年迈的母亲、贷了的债务、计划

---

[1] *Baudelaire et Asselineau*, p. 129.
[2] 1861年5月6日波德莱尔致母亲书。

中的写作、等待出版的著作等等，才没有付诸行动。他经历了一场巨大而尖锐的精神危机。他想得到一笔钱，好好地安排生活，恢复健康，以便完成一系列的创作计划。他先是向母亲要，后又决定通过辛勤的写作去挣。

　　文学上的成功没有给他带来金钱，却给他带来了信心，他不但相信可以靠写作挣钱，甚至还相信他能进入法兰西学院。果然，1861年12月11日，他提出申请做候选人。这确是惊人之举，一个曾被法庭判以有伤风化罪的诗人居然想进入庄严神圣的法兰西学院，真与发疯无异。这虽然是一种挑战的行为，但是，应该指出，这仍然是波德莱尔建立在资产阶级价值观念上的行动，他想通过此举来恢复名誉，想以此来向母亲证明，她的儿子并非一无是处，也能在社会上出人头地。当然，这并不排除他有文学上的考虑，他认为只有他才能在法兰西学院里维护文学的地位。他在给福楼拜的信中说："即便我一票也得不到，我也不会后悔……您怎么没有猜到，波德莱尔，这就意味着奥古斯特·巴尔比埃，泰奥菲尔·戈蒂耶，邦维尔，福楼拜，勒贡特·德·里尔，也就是意味着纯文学？"然而，想当院士，并不是递一纸申请就能如愿以偿，更主要的是要登门拜访院士，争取选票，也就是说，要想成为"不朽者"，得有已经是"不朽者"的人同意才行。波德莱尔只拜访了几位，先就厌烦起来[1]，那些人只是

1　《波德莱尔书信集》第2卷，第225页。

敷衍他，并不当真，甚至有拒而不见者。只有诗人维尼热情友好地接待了他，并且善意地、明智地告诉他，他的位置不在学院。极端守旧，被称为"赋闲的国务活动家的议会"的法兰西学院的确不是一位反叛的诗人的去处。波德莱尔终于听从了圣伯夫的劝告，在选举前退出了。事实上，像波德莱尔这样离经叛道的诗人是进不了法兰西学院的，"因为政府从来不允许属于反对派的具有伟大才能的人进入学院"[1]。

贫病交加的波德莱尔把希望寄托在布鲁塞尔。他想到那里去演讲，同时出售自己的作品。1864年6月，他到了布鲁塞尔，计划中的演讲遭到冷遇，比利时的出版商拒绝了他的作品。他在布鲁塞尔过着比在巴黎更贫困、更悲惨的生活，而债主又在巴黎等着他，他不能回去。他的心绪比以往任何时候都更恶劣，当他听说有名叫马拉美和魏尔伦的两个年轻人著文赞扬他的时候，竟不胜厌烦地说道："这些年轻人令我害怕，我只想独自一个人。"[2] 尽管如此，波德莱尔仍笔耕不辍。他准备写作《可怜的比利时》，发泄他对比利时资产者守旧、猥琐的假道学的憎恶和痛恨。他发表诗歌，尤其是散文诗。波德莱尔的散文诗大部分写于1857年后的七八年间，多发表于1862年以后。这正是波德莱尔横遭指控并且疾病缠身的时期，然而肉体和精神上的痛苦可以使他缠绵病

---

[1] 司汤达：《拉辛与莎士比亚》，王道乾译，上海译文出版社，1979年，第37页。
[2] 1866年3月5日波德莱尔致特鲁巴书。

榻，却不能销蚀他想象和创造的能力。他的散文诗发表时常冠以《巴黎的忧郁》的总题，偶尔也称作《小散文诗》，在诗人死后结集出版时称《巴黎的忧郁》。波德莱尔说，《巴黎的忧郁》"依然是《恶之花》，但是有多得多的自由、细节和讥讽"[1]。他在献词中明确指出，这些散文诗是要"描写现代生活，更确切地说，是一种更抽象的现代生活"[2]。不是随便哪一种，而是当时巴黎这座现代大都会的生活。因此，诗人就像一个漫游者，在巴黎城中信步来去，他的见闻、感受、梦幻和沉思，就成了这些散文诗的题材。波德莱尔说《巴黎的忧郁》"有多得多的自由、细节和讥讽"，是说他试图创造"一种诗意散文的奇迹……没有节奏和韵律而有音乐性，相当灵活，相当生硬，足以适应灵魂的充满激情的运动、梦幻的起伏和意识的惊厥"[3]。这使得《巴黎的忧郁》不单单是《恶之花》的另一种形式，而且在意境上、寓意上、细节上都有所深化，尤其是强化了诗歌所不擅长的现实主义细节描绘。散文诗并非自波德莱尔始，但他的确是第一个把它当作一种独立的形式，并使之臻于完美而登上大雅之堂的人。《巴黎的忧郁》是一个奇迹，是"创造的我"和"社会的我"之间的"战斗"[4]迸射出的一团明亮的火。

---

1 1866年3月19日波德莱尔致特鲁巴书。
2 《巴黎的忧郁·献词》，《波德莱尔全集》第1卷，第275页。
3 《巴黎的忧郁·献词》，《波德莱尔全集》第1卷，第275–276页。
4 Charles Mauron: *Le dernier Baudelaire*, josé Corti, 1966, p. 13.

这一团火似乎耗尽了波德莱尔的心力，1866年3月，波德莱尔不慎跌倒，出现大脑活动障碍的征候，随即恶化，于7月2日被送回巴黎。次年8月31日，瘫痪了近一年的波德莱尔终于在巴黎的一家医院里停止了呼吸。参加葬礼的只有他的母亲和一些老朋友，没有一位官方人士肯来向《恶之花》和《巴黎的忧郁》的作者做最后告别。人们在送葬的队伍中看见一个年轻人，那就是后来震动诗坛的大诗人保尔·魏尔伦。

波德莱尔曾经在给母亲的一封信中这样写道："如果说有一个人年纪轻轻就识得忧郁和消沉的滋味，那肯定就是我。然而我渴望生活，希望得到些许安宁、荣誉和对自我的满意。某种可怕的东西对我说：妄想，而另一种东西对我说：试试吧。"[1] 这希望和失望之间永无休止的交战，就是波德莱尔一生的总结，就是他的天鹅之歌的主旋律。

波德莱尔是个神秘人物，更确切地说，是个曾被神秘化了的人物。围绕着这个名字，有过许多可惊可怖的传说，即令他的许多同时代人也不辨真伪，其中自然有现行制度的维护者因仇恨这位反叛的诗人而恶意中伤的流言，也不乏他本人面对丑恶的现实，悲愤之余自己编造的故事。属于前者

---

[1] 1881年2月或3月波德莱尔致母亲书，见《波德莱尔书信集》第2卷，第139页。

的如：波德莱尔眼看着一个人被豹子吞掉而幸灾乐祸；波德莱尔为了开心，从五层楼上把一个花盆扔在街上一个玻璃匠身上[1]；波德莱尔用雪茄烟烧一头狮子的鼻子，险些被咬掉手指头；波德莱尔将一只猫倒悬在一块玻璃上，听猫爪抓在又硬又滑的玻璃上发出的声响取乐；波德莱尔住在狄埃波旅店时，主人吓唬孩子说："别哭了，再哭我叫波德莱尔先生吃了你！"……属于后者的，我们只需看他信中的一段："我在此地（布鲁塞尔）被视为警察（好极了！）（因为我写了那篇关于莎士比亚的妙文），被视为同性恋者（这是我自己散布的，他们居然相信了！），我还被视为校对，从巴黎来看下流文章的清样。他们老是相信，我感到恼怒，就散布说我杀了父亲，并把他吃了；而人们允许我逃离法国，是因为我为法国警察效劳，他们居然也相信了！我在诬蔑中游泳真是如鱼得水！"[2]因此，波德莱尔对那些奇谈怪论非但不去辩白，反而推波助澜，添枝加叶，暗中品味着一种报复的快乐。这是一个人对周围的世界感到深恶痛绝而产生的一种可以理解的态度。实际上，我们认真检阅他一生短短四十六年的旅程，不难看到，那平凡而平淡的一生，是被丑恶的现实扭曲了、扼杀了，那些被秩序的维护者指为伤风败俗、亵渎宗教的诗句，正是一个软弱而敏感的诗人诅咒黑暗、追求光明而发出

---

[1] 波德莱尔写有一散文诗，题为《恶劣的玻璃匠》，其中正有此情景，焉知这传说不是将想象和事实混同的例证？
[2] 《波德莱尔书信集》第2卷，第437页。

的阵阵痛苦的喊叫。波德莱尔曾经写道："如果一位诗人向国家要几个资产者放在他的马厩里，人们一定会感到惊讶，而如果一个资产者要烤熟的诗人，人们就会觉得是自然而然的了。"[1]他对资产阶级的轻蔑溢于言表，同时也流露出他无可奈何的悲观情绪，这段话深刻地揭示了波德莱尔同资产阶级及其世界的关系。

波德莱尔一方面对资产阶级怀着轻蔑和仇恨，往往表现出不共戴天的激烈情绪；但另一方面，生活范围的极其狭窄，又使他不能深切了解广大劳动群众的苦难和斗争，从当时此伏彼起的革命运动中汲取精神上的力量，因此，波德莱尔始终像一个揪着自己的头发想离开地球的人一样，虽然费尽气力、痛苦万状，却始终不能离开。正如他在《断想》中所说："我迷失在这丑恶的世界上，被众人推搡着，像一个厌倦了的人，往后看，在辽远的岁月中，只见幻灭和苦涩，往前看，是一场毫无新鲜可言的暴风雨，既无教诲，亦无痛苦。"[2]追求解脱而找不到出路，热爱生活而又不知何所依凭，预见到革命却看不到希望，始终在如来佛的掌心里翻跟头，这是波德莱尔深刻的悲观主义的根源。

波德莱尔的一生是反叛的一生，他的反叛以悲剧告终。然而这是一出有血有肉的反叛的悲剧，他将其凝聚在《恶之

---

1 《断想》，《波德莱尔全集》第1卷，第660页。
2 《波德莱尔全集》第1卷，第667页。

花》中，以生动的场景，活跃的人物，撕心裂肺的喊叫，发人深思的冥想，使万千读者惊醒和感奋。反叛不是革命，但反叛可以成为革命的开端。波德莱尔的学生、著名作家雷翁·克拉岱尔积极投身到1871年的革命中去；俄国革命家、民意党人雅库博维奇（梅利申）在流放期间偷闲来翻译《恶之花》[1]，都不是没有理由的。而著名的巴黎公社诗人克劳维斯·于格则毫不含糊地认为，在理论上反对革命的波德莱尔，事实上是一位革命的传播者[2]。这无疑指的是他最重要的作品《恶之花》在许多人身上所发生的作用。

1　转引自《波德莱尔的俄译》，《欧罗巴》杂志，1967年4-5月号。
2　Pierre Flotte: *Histoire de la poésie politique et sociale en France*, p. 414.

第二章　在恶之花园中游历

在《恶之花》即将受到法律追究的时候，有四篇文章被波德莱尔汇集起来，作为辩护的材料。其中爱德华·蒂埃里把《恶之花》的作者比作《神曲》的作者，并且担保"那位佛罗伦萨老人将会不止一次地在这位法国诗人身上认出他自己的激情、令人惊恐的词句、不可改变的形象和他那青铜般的诗句的铿锵之声"[1]。巴尔贝·多尔维利的笔锋似乎更为犀利，直探波德莱尔的灵魂："但丁的诗神梦见了地狱，《恶之花》的诗神则皱起鼻子闻到了地狱，就像战马闻到了火药味！一个从地狱归来，一个向地狱走去。"[2]可以说，但丁是入而复出，波德莱尔则是一去不返。

当但丁被引至地狱的入口处时，维吉尔对他提出了这样

---

[1] 转引自《波德莱尔全集》第1卷，第1188页。
[2] 转引自《波德莱尔全集》第1卷，第1195页。

的要求：

>这里必须根绝一切犹豫，
>
>这里任何怯懦都无济于事。[1]

当读者来到波德莱尔的恶之花园的门口时，他警告说："读者倘若自己没有一种哲学和宗教指导阅读，那他就活该倒霉。"[2]

有人说，报纸是寻找读者，书籍是等待读者。那么，《恶之花》等待的是什么样的读者呢？他们有足够的勇气和清醒跟着波德莱尔进入恶之花园吗？他们将驻足欣赏、沉溺于这些花的醉人的芳香、诱人的颜色、迷人的姿态而将其编成花环戴在头上呢，还是手掐之、足践之、心弃之，而于美的享受中获得灵魂的净化？

《恶之花》的卷首是一篇《告读者》，开宗明义，道出了诗人要写的是"谬误、罪孽、吝啬、愚昧"，是"奸淫、毒药、匕首、火焰"，是"豺、豹子、母狗、猴子、蝎子、秃鹫，还有毒蛇"。根据传统，这七种动物象征着七种罪恶：骄傲、嫉妒、恼怒、懒惰、贪财、贪食、贪色。总之，诗人要写的是人类精神上和物质上的罪恶。不过，在人类的

---

[1] 但丁：《神曲·地狱》，第3篇。
[2] 《波德莱尔全集》第2卷，第47页。

罪孽中,

> 有一个更丑陋、更凶恶、更卑鄙!
> 它不张牙舞爪,也不大喊大叫,
> 却往往把大地化作荒芜不毛,
> 还打着哈欠将世界一口吞噬。

这罪孽的名字叫"无聊",诗人把它呼为"怪物",结束道:

> 读者,你认识这爱挑剔的妖怪,
> ——虚伪的读者——我的兄弟和同类!

联系到《1846年的沙龙》卷首的那篇《给资产者》,读者是什么便可了然。《给资产者》中写道:"你们可以三日无面包,但绝不可能三日无诗,你们当中对此持相反意见的人错了,因为他们不了解自己。"[1] 这两篇宣言之间,思想上的联系是显而易见的:读者就是资产者,资产者是诗人的同类、兄弟。不同的是,资产者是虚伪的,诗人是真诚的;他解剖的是自己的心,照见的却是资产者的灵魂。他拈出了"无聊"一词,用以概括当时社会中最隐秘也最普遍的精神状

---

1 《波德莱尔全集》第2卷,第419页。

态，隐约地透出了世纪末的感觉。波德莱尔当然不是第一个感受到"无聊"的人，在他之前，夏多布里昂、司汤达、维尼、缪塞等都早已哀叹诅咒过这种"世纪病"，但是，他们都没有像波德莱尔感受得那么深刻、那么具体、那么细微、那样混杂着一种不可救药的绝望：

每天我们都向地狱迈进一步。

这是他下的判词。

波德莱尔敞开了自己的胸膛，暴露出自己的灵魂，展示出一个孤独、忧郁、贫困、重病的诗人，在沉沦中追求光明、幸福、理想、健康的痛苦旅程。这是一部心灵的历史，是一场精神的搏斗，是一幅理想和现实交战的图画。诗人千回百转，上下求索，仿佛绝处逢生，最终仍归失败。他的敌人是"无聊"，是"忧郁"，是"恶"。然而他是清醒的，他也可能让别人清醒；他抉心自食，他也可能让别人咀嚼其味；他在恶之花园中徜徉，他也可能教会别人挖掘恶中之美。

《恶之花》(1861)共收诗一百二十六首，如果加上被勒令删除的六首诗，便为一百三十二首。这些诗被分成六个部分：《忧郁和理想》、《巴黎风貌》、《酒》、《恶之花》、《反抗》、《死亡》。其中《忧郁和理想》分量最重，占到全书的三分之二。六个部分的排列顺序,实际上画出了忧郁和理想冲突交战的轨迹。

《忧郁和理想》,忧郁是命运,理想是美,在对美的可望而不可即的追求中,命运走过了一条崎岖坎坷的道路。那是怎样的追求啊!那是一场充满着血和泪的灵魂的大搏斗。

第一首诗题为《祝福》,像是一座通向地狱的大门洞开着。诗人跨过门槛,"在这厌倦的世界上出现",一开始就受到母亲的诅咒,说他还不如"一团毒蛇",接着就受到世人的嫉恨和虐待,就连他的女人也要把他的心掏出来,"满怀着轻蔑把它扔在地上"!但是,诗人在天上看见了"壮丽的宝座",他愿历尽苦难而赎罪,重新回到上帝的怀抱:

感谢您,我的上帝,是您把痛苦
当作了圣药疗治我们的不洁,
当作了最精美最纯粹的甘露,
让强者准备享受神圣的快乐!

他知道,上帝给他在身边留了位置,虽有痛苦的折磨,心中仍旧洋溢着一种宁静的快乐。

然而,诗人不但经受着肉体上的污辱,还要饱尝精神上不被理解的苦难。他像巨大的信天翁,从天空跌落到船上,成为船员和乘客嬉笑玩弄的对象:

> 诗人啊就好像这位云中之君,
> 出没于暴风雨,敢把弓手笑看;
> 一旦落地,就被嘘声围得紧紧,
> 长羽大翼,反而使它步履艰难。
>
> 《信天翁》

堕落到尘世的诗人,多么想摆脱肉体和精神的磨难,重新飞上云端,"怀着无法言说的雄健的快感","在深邃浩瀚中快乐地耕耘"。他对着自己的心灵说:

> 远远地飞离那些致病的腐恶,
> 飞到高空中去把你净化涤荡,
> 就好像啜饮纯洁神圣的酒浆,
> 啜饮那弥漫澄宇的光明的火。
>
> 《高翔远举》

他要超越现实,进入超自然的境界,以便能够"轻易地听懂花儿以及无声的万物的语言"。

于是,诗人进了"象征的森林",在万物的"应和"中索解那"模模糊糊的话音"(《应和》);忧郁在"精神与感觉的激昂"中只得到片刻的缓解,精神的高翔远举也不能持久。疾病使他的诗神眼中"憧憧夜影"(《病缪斯》);贫穷使他的诗神"唱你并不相信的感恩赞美诗"(《稻粱诗神》);懒惰窒息了他的灵魂(《坏修士》)。还有,"时间吃掉生命",这阴险的仇敌"噬咬我们的心"(《仇敌》);而厄运又使诗人喟然长叹"艺术长而光阴短",眼看着珠宝埋藏在黑暗和遗忘中,花儿在深深的寂寞中开放而惆怅无奈(《厄运》);而人和大海既是彼此的明镜,又是时而相爱、时而相憎的敌手(《人与海》)。精神上的痛苦,肉体上的折磨,物质上的匮乏,诗人将如何排遣?如何解脱?如何改变?

诗人追求美,试图在美的世界中实现自己的理想,然而美却像一个"石头的梦",冰冷、奇幻、神秘、不哭、不笑、不动如一尊古代的雕像,多少诗人丧生在她的胸脯上,耗尽毕生的精力而终不得接近(《美》)。他却毫无惧色,仍旧锲而不舍,努力在巨大、强劲、极端、奇特的事物中实现那种"苍白的玫瑰花"满足不了的"红色的理想":

> 这颗心深似渊谷,麦克白夫人,
> 它需要的是你呀,罪恶的灵魂,
> 迎风怒放的埃斯库罗斯的梦,
>
> 或伟大的《夜》,米开朗琪罗之女,
> 你坦然地摆出了奇特的姿势,
> 那魅力正与泰坦的口味相应。
>
> 　　　　　　　　　　《理想》

诗人发现了美，然而那只是一具美的躯体，当他的目光停在这躯体的头部时，却看到了"双头的妖怪"：假面下隐藏着悲哀。诗人感到惶惑甚至愤怒，他不明白征服了全人类的美为什么还要哭泣：

  ——她哭，傻瓜，因为她已生活过了！
  因为她还在生活！但她哀叹的，
  就是那明天，唉！明天还得生活！
  明天，后天，永远！——如同我们一般！
          《面具》

这是普天下人人皆备的面具，善隐藏着恶，丑包含着美，只要是使人感到惊异，都可以成为美的源泉，于是诗人喊道：

  这有何妨，你来自天上或地狱？
  啊美！你这怪物，巨大、纯朴、骇人！
  只要你的眼、你的笑、你的双足
  打开我爱而不识的无限之门！

  这有何妨，你来自上帝或魔王？
  天使或海妖？——目光温柔的仙女，
  你是节奏、香气、光明，至尊女皇！

只要世界少丑恶、光阴少重负!

《献给美的颂歌》

这无可奈何的呼喊,说明求美不获,痛苦依然。诗人在失望之余,转向了爱情,在精神向物质的转换中进了一步,标志着在价值的台阶上下降了一级。

疯狂的肉体之爱,超脱的精神之爱,平静的家庭式的爱,相继成为诗人追求的对象。这里,我们暂且把诗人看作是夏尔·波德莱尔。诗人二十年的伴侣给予他的是廉价的、粗俗的、感官的快乐。诗人既恨她又爱她,诅咒她却离不开她。她身上的气息使他闻到了"异域的芳香",她的头发像一座"芳香的森林",使他回到往昔,重见那热带的风光:

被你的芳香引向迷人的地方,
我看见一个港,满是风帆桅樯,
都还颠簸在大海的波浪之中,

同时那绿色的罗望子的芬芳——
在空中浮动又充塞我的鼻孔,
在我的心中和入水手的歌唱。

《异域的芳香》

诗人心醉神迷,仿佛看见了海港风帆,青天丛林,闻到了由

"椰子油、柏油和麝香""混合的香气",头脑里闪动着一片热带的景象。他不禁问道:

你可是令我神游的一块绿洲?
让我大口吮吸回忆之酒的瓶?

《头发》

然而,回忆终究是回忆,诗人仍须回到现实中来。他感到肉体之爱充满着"污秽的伟大,卑鄙的崇高"(《你能把全宇宙放进你的内屋》),哀叹自己不能成为冥王的妻子普罗塞耳皮娜,制服他的偶像那无尽的渴求(《还不满足》);他祈求上帝的怜悯,让他走出"比极地还荒芜的国度"(《从深处求告》);他诅咒他的情妇"仿佛一把尖刀""插进我呻吟的心里"(《吸血鬼》);他想死一般睡去,让"忘川""在你的吻中流过"(《忘川》);他感到悔恨,看到了年华逝尽后的坟墓,"蛆虫将如悔恨般啃你的皮肉"(《死后的悔恨》)。总之,诗人遍尝肉体之爱的热狂、残酷、骚乱的悔恨,并没有得到他所追求的宁静,于是,他转向了精神之爱。

诗人追求的对象是萨巴蒂埃夫人。对于沉溺在让娜·杜瓦尔的爱情中又渴望着解脱的诗人来说,她不啻一位"远方的公主",她的美目是诗人深藏其心的一场美梦,她的睫毛是诗人的心酣睡其下的阴凉(《永远如此》)。但她更使他挣脱肉欲的枷锁,用神圣的目光使他变得年轻,并且闻到他精神上的天使的芬芳。于是，她成了诗人追求美的指路明灯：

> 无论是在黑夜，还是在孤独中，
> 无论是在小巷，还是在人群中，
> 她的幽灵有如火炬在空中飞，
>
> 有时她说："我是美的，我命令你，
> 为了我的爱情，你只能热爱美，
> 我是天使，我是缪斯，我是圣母。"
> 　　　　《今晚你将说什么，孤独的灵魂》

那是一支有生命的火炬，在追求美的道路上，以比太阳还强烈的光芒歌唱着灵魂的觉醒：

> 迷人的眼，神秘的光熠熠闪烁，
> 如同白日里燃烧的蜡烛；太阳
> 红彤彤，却盖不住这奇幻的火；
>
> 蜡烛庆祝死亡，你把觉醒歌唱；
> 走啊，一边歌唱我灵魂的觉醒，
> 你任何太阳也遮掩不住的星！
> 　　　　　　　《活的火把》

这火炬犹如一缕晨曦，冲破了黎明前的黑暗，唤醒了在放荡中沉睡的诗人：

> 朱红白亮的晨曦，噬人的理想，
> 手挽着手射入堕落者的房中，
> 一种报复性的神秘起了作用，
> 天使醒了，在沉睡的野兽身上。
>
> 精神宇宙的不可企及的碧空，
> 为了那梦想并痛苦的沮丧者，
> 带着深渊的吸引力洞开、隐没。
> 亲爱的女神，澄明纯洁的生命，
>
> 愚蠢的欢宴，残羹上烟气缭绕，
> 你的面影更加清晰、绯红、妩媚，
> 在我睁大的眼睛前不停地翻飞。
>
> 太阳的光照黑了蜡烛的火苗；
> 你的幻影，这光辉灿烂的灵魂，
> 百战百胜，就像太阳永世长存！
>
> 《精神的黎明》

诗人的精神沉入一片神秘的和谐，在黄昏的时刻与天空、太阳一起进入宁静之中，心中弥漫着对情人的崇拜（《黄昏的和谐》）。他甚至愿意做一只陈旧的香水瓶，多少年之后仍会有芬芳溢出，激起种种的回忆，从而成为他的偶像魅力的见证（《香水瓶》）。然而，觉醒的灵魂感到了往日的生活所造成的焦虑、仇恨、狂热和衰老，诗人于是向他的天使祈求快乐、健康、青春和幸福，他相信这一切都是相互应和的（《通功》）。精神的碧空，高不可及，空气稀薄，终究会有"高处不胜寒"的感觉。于是，超脱的精神之爱要求物质的内容，变成了温柔的家庭式的爱。

诗人与一个名叫玛丽·多布伦的女伶断断续续来往了五年。多布伦才气平平，但美丽温柔，诗人体验到一种平和宁静的感情。在他看来，酒可以使人安静，"仿佛一轮落日在多云的天上"，鸦片可以使灵魂超越自己的能力而获得忧郁的快乐，然而这一切都比不上那一双"绿的眼"，像一泓清水解除他灵魂的干渴（《毒》）。然而，金风送爽，却预告着冬日的来临。她神秘的眼睛时而温柔，时而迷惘，时而冷酷，使诗人看到天空布满乌云，心中顿生忧虑：

> 啊危险的女人，啊诱人的地方，
> 我可会也爱你的白雪和浓霜？
> 我可能从严寒的冬天里获得
> 比冰和铁更刺人心肠的快乐？
> 　　　　　　　　《乌云密布的天空》

诗人想象他的伴侣是"一艘美丽的船"(《美丽的船》),她是他的孩子,他的姐妹,他们要一同到"那边"去生活,去爱,去死:

> 那里,是整齐和美
> 豪华,宁静和沉醉
>
> 《邀游》

然而,那只是诗人的向往,冬日将回,他的"精神好似堡垒终于倒塌,受了沉重不倦的撞角的击震"(《秋歌》),那"黑皮肤的女工"又在将他召唤:

> 我爱您那双长眼碧绿的光辉,
> 温柔的美人,我今天事事堪伤,
> 您的爱,您的炉火和您的客厅
> 我看都不及海上辉煌的太阳。
>
> 《秋歌》

诗人又重新沉入他试图摆脱的堕落之中,他怀着一种神父的虔诚崇拜他的偶像,"尽管你眉毛凶恶,让你的神情怪异"(《午后之歌》)。他悔恨,悔恨不该枉费心机地试图改变自己的处境(《猫头鹰》);他想用烟草消除精神上的疲劳(《烟斗》),用音乐平复他绝望的心(《音乐》);一切都是枉然,他的头脑中出现种种阴森丑恶的幻象，他想着"在一片爬满了蜗牛的沃土上"给自己掘个深坑，"睡在遗忘里"（《快乐的死者》），他想象自己"灵魂已经破裂"，"竭力挣扎，却一动不动地死去"（《破裂的钟》）。

诗人对爱情的追求彻底失败，忧郁重又袭上心头，更加难以排遣。在阴冷的雨月里，他只有一只又瘦又癞的猫为伴，潮湿的木柴冒着烟，生不出火来（《忧郁之一》），阴郁的情怀只能向落日的余晖倾吐（《忧郁之二》），最滑稽的谣曲也不能缓解他的愁绪，能够点石成金的学者也不能使他感到温暖，因为他血管中流的不是血，而是忘川之水（《忧郁之三》），他的白天比黑夜还要黑暗，头脑里结满蛛网，像一个漂泊的灵魂不断地呻吟：

——送葬的长列，无鼓声也无音乐，
在我的灵魂里缓缓行进，希望
被打败，在哭泣，而暴虐的焦灼
在我低垂的头顶把黑旗插上。
《忧郁之四》

于是，"可爱的春天失去了它的清芬"（《虚无的滋味》），天空被撕破，云彩像孝衣，变成他梦的柩车，光亮成为他的心优游其中的地狱的反射（《共感的恐怖》），诗人又像一个堕落尘世的天使在噩梦中挣扎，在黑暗中旋转，徒劳地摸索，企图找到光明和钥匙,走出这片满是爬虫的地方(《无可救药》)。然而时间又出现了,时钟这险恶的、可怖的、无情的神,手指着诗人说:

"那时辰就要响了,神圣的偶然,
严峻的道德,你尚童贞的妻子,
甚至悔恨(啊!最后的栖身之地)
都要说:死吧,老懦夫,为时已晚!"

《时钟》

时钟一记长鸣,结束了诗人心灵的旅程和精神的搏斗。诗人失败了,忧郁未尝稍减,反而变本加厉,更加不能排遣。

然而,诗人虽败而不馁。如果说波德莱尔已经展示出一条精神活动的曲线的话,那么,现在他把目光转向了外部的物质世界,转向了他生活的环境——巴黎,打开了一幅充满敌意的资本主义大都会的丑恶画卷。这就是诗集的第二部分:《巴黎风貌》。

诗人像太阳"一样地降临到城内,让微贱之物的命运变得高贵"(《太阳》),他试图静观都市的景色,倾听人语的嘈杂,远离世人的斗争,"在黑暗中建造我仙境的华屋"(《风景》)。然而,诗人一离开房门,就看见一个女乞丐,她的美丽和苦难形成鲜明的对比,她任人欺凌的命运引起诗人深切的同情(《给一位红发女乞丐》)。诗人在街上徜徉,一条小河使他想起流落在异乡的安德玛刻,一只逃出樊笼的天鹅更使他想起一切离乡背井的人,诗人的同情遍及一切漂泊的灵魂:

巴黎在变!我的忧郁未减毫厘!
新的宫殿,脚手架,一片片房栊,
破旧的四郊,一切都有了寓意,
我珍贵的回忆却比石头还重。

卢浮宫前面的景象压迫着我,
我想起那只大天鹅,动作呆痴,
仿佛又可笑又崇高的流亡者,
被无限的希望噬咬!然后是你,

安德玛刻,从一伟丈夫的怀中,
归于英俊的庇吕斯,成了贱畜,
在一座空坟前面弯着腰出神;
赫克托耳的遗孀,赫勒诺斯的新妇!

我想起那黑女人,憔悴而干枯,
在泥泞中彳亍,两眼失神,想望
美丽非洲的看不见的椰子树,

透过迷雾的巨大而高耸的墙；

我想起那些一去不归的人们，
一去不归！还有些人泡在泪里，
像啜饮母狼之乳把痛苦啜饮！
我想起那些孤儿花一般萎去！

在我精神漂泊的森林中，又有
一桩古老的回忆如号声频频，
我想起被遗忘在岛上的水手，
想起囚徒，俘虏！……和其他许多人！

《天鹅（二）》

诗人分担他们的苦难，他不仅想象天鹅向天空扭曲着脖子是"向上帝吐出了它的诅咒"，而且还看到被生活压弯了腰的老人眼中射出仇恨的光，他不是漠不关心，而是敌视这个世界：

拥挤的城市！充满梦幻的城市，
大白天里幽灵就拉扯着行人！

《七个老头子》

在这"古老首都曲曲弯弯的褶皱里"，那些瘦小的老妇人踽踽踽独行，在寒风和公共马车的隆隆声中瑟瑟发抖，引出了诗人心中的呼声："爱她们吧！她们还是人啊！"(《小老太婆》)而那些盲人，"阴郁的眼球不知死盯在何处"：

> 他们是在无尽的黑夜中流徙，
> 这永恒的寂静的兄弟。啊城市！
> 你在我们周围大笑，狂叫，唱歌，
>
> 沉湎于逸乐直到残忍的程度，
> 看呀！我也步履艰难，却更麻木，
> 我说："这些盲人在天上找什么？"
>
> 《盲人》

诗人自己寻找的是美、爱情、医治忧郁的良方。路上一个女人走过，那高贵的身影，庄严的痛苦，使他像迷途的人一样，"在她眼中，那苍白的、孕育着风暴的天空，啜饮迷人的温情，销魂的快乐"，然而，

> 电光一闪……复归黑暗！——美人已去，
> 你的目光一瞥突然使我复活，
> 难道我从此只能会你于来世？
>
> 远远地走了！晚了！也许是永诀！

> 我不知你何往,你不知我何去,
> 啊我可能爱上你,啊你该知悉!
> 　　　　　　　　《给一位过路的女子》

夜幕降临,城市出现一片奇异的景象,对于不同的人来说,同一个夜又是多么的不同:

> 那些人期待你,夜啊,可爱的夜,
> 因为他们的胳膊能诚实地说:
> "我们又劳动了一天!"黄昏能让
> 那些被剧痛吞噬的精神舒畅;
> 那些学者钻研竟日低头沉思,
> 那些工人累弯了腰重拥枕席。
> 但那些阴险的魔鬼也在四周
> 醒来,仿佛商人一样昏脑昏头,
> 飞跑去敲叩人家的屋檐、门窗。
> 　　　　　　　　《薄暮冥冥》

恶魔鼓动起娼妓、荡妇、骗子、小偷,让他们"在污泥浊水的城市里蠕动"。

诗人沉入梦境,眼前是一片"大理石、水、金属"的光明世界,然而,当他睁开双眼,却又看见"天空正在倾泻黑暗,世界陷入悲哀麻木"(《巴黎的梦》)。当巴黎从噩梦中醒来的时候，卖笑的女人、穷家妇、劳动妇女、冶游的人，种种色色的人都以不同的方式开始了新的一天，鸡鸣、雾海、炊烟、号角，景物依旧是从前的样子，然而一天毕竟是开始了，那是一个劳动的巴黎：

> 黎明披上红绿衣衫，瑟瑟发抖，
> 在寂寞的塞纳河上慢慢地走，
> 暗淡的巴黎，揉着惺忪的睡眼，
> 抓起了工具，像个辛勤的老汉。
>
> 　　　　　　　　《晨光熹微》

然而，劳动的巴黎，在波德莱尔的笔下，却是一座人间的地狱，罪恶的渊薮。巴黎的漫游以次日的黎明作结。新的一天开始了，诗人在这个世界中看到的，仍将是乞丐、老人、过客、娼妓、小偷、疲倦的工人、待毙的病人……他到哪里去寻求心灵的安宁、美好的乐园呢？

至此，波德莱尔展示和剖析了两个世界的内部：诗人的精神世界和诗人足迹所及的物质世界，也就是说，一个在痛苦中挣扎的诗人和敌视他、压迫他的资本主义世界。他们之间的对立和冲突将如何解决？诗人所走的道路，既不是摧毁这个世界，建立一个新世界，也不是像鱼进入水一样地投入到这个世界中去，成为这个世界的和谐的一分子，而是试图通过自我麻醉、放浪形骸、诅咒上帝、追求死亡等方式，来与这个世界相对抗。

诗人首先求助于麻醉和幻觉，由此开始《恶之花》的第三部分：《酒》。那用苦难、汗水和灼人的阳光做成的酒，诗人希望从中产生诗，"如一朵稀世之花向上帝显示"（《酒魂》）。拾破烂的人喝了酒，敢于藐视第二帝国的密探，滔滔不绝地倾吐胸中的郁闷，表达自己高尚美好的社会理想，使上帝都感到悔恨（《醉酒的拾破烂者》）；酒可以给孤独者以希望、青春、生活，可以与神祇比肩的骄傲（《醉酒的孤独者》）；而情人们则在醉意中飞向梦的天堂（《醉酒的情侣》）。然而，醉意中的幻境毕竟是一座"人造的天堂"，诗人只做了短暂的停留，便感到了它的虚幻。于是，诗人从"人造的天堂"又跌落到现实的土地上，跌落到罪恶的花丛中。诗集的第四部分《恶之花》，就从这里开始。

诗人深入到人类的罪恶中去，到那盛开着"恶之花"的地方去探险。那地方不是别处，正是人的灵魂深处。他揭示了魔鬼如何在人的身旁蠢动，化作美女，引诱人们远离上帝的目光，而对罪恶发生兴趣（《毁灭》）；他以有力而冷静的笔触描绘了一具身首异处的女尸，创造出一种充满着变态心理的怵目惊心的氛围（《被杀的女人》），以厌恶的心情描绘了一幅令人厌恶的图画；变态的性爱（同性恋）在诗人的笔下，成了一曲交织着快乐和痛苦的哀歌（《被诅咒的女人》);放荡的后果是死亡,它们是"两个可爱的姑娘",给人以"可怕的快乐以及骇人的温情"(《两个好姐妹》);身处罪恶深渊的诗人感到血流如注,却摸遍全身也找不到创口,只感到爱情是"针毡一领,铺来让这些残忍的姑娘狂饮"(《血泉》);诗人以那样无可奈何的笔调写出为快乐而快乐的卖淫的傲慢(《寓意》);却在追索爱情的航行中目睹猛禽啄食悬尸——诗人自己的形象——的惨景而悔恨交加:

——苍天一碧如洗,大海波平如镜;
从此一切对我变得漆黑血腥。
唉!我的心埋葬在这寓意之中,
好像裹上了厚厚的尸衣一重。

在你的岛上!啊,维纳斯!我只见
那象征的绞架,吊着我的形象,
——啊!上帝啊!给我勇气,给我力量,
让我观望我自己而并不憎厌!
　　　　　　　　《库忒拉岛之行》

诗人在罪恶之国漫游,得到的是变态的爱,绝望,死亡,对自己沉沦的厌恶。美,艺术,爱情,沉醉,逃逸,一切消弭忧郁的企图都告失败,"每次放荡之后,总是更觉得自己孤独,被抛弃"。于是,诗人反抗了,反抗那个给人以空洞的希望的上帝。这就是诗集的第五部分:《反抗》。

诗人曾经希望人世的苦难都是为了赎罪,都是为了重回上帝的怀抱而付出的代价,然而上帝无动于衷。上帝是不存在,还是死了?诗人终于像那只天鹅一样,"向上帝吐出了它的诅咒"。他指责上帝是一个暴君,酒足饭饱之余,竟在人们的骂声中酣然入睡。人们为享乐付出代价,流了大量的血,上天仍旧不满足。上帝许下的诺言一宗也未实现,而且并不觉得悔恨。诗人责问上帝,逼迫他自己答道:

——当然,至于我,我将满意地抛却
一个行与梦不是姐妹的世间;
我只能使用刀剑,或死于刀剑!
圣彼得不认耶稣……他做得正确!

《圣彼得的否认》

诗人让饱尝苦难、备受虐待的穷人该隐的子孙"升上天宇,把上帝扔到地上来"(《亚伯和该隐》);他祈求最博学、最美的天使撒旦可怜他长久的苦难,他愿自己的灵魂与战斗不止的反叛的天使在一起,向往着有朝一日重回天庭(《献给撒旦的祷文》)。

诗人历尽千辛万苦,最后在死亡中寻求安慰和解脱,诗集从此进入第六部分:《死亡》。恋人们在死亡中得到了纯洁的爱,两个灵魂像两支火炬发出一个光芒(《情人之死》);穷人把死亡看作苦难的终结,他们终于可以吃,可以睡,可以坐下了。死亡,

> 这是神祇的荣耀,神秘的谷仓,
> 这是穷人的钱袋,古老的家乡,
> 这是通往那陌生天国的大门!
>
> 《穷人之死》

艺术家面对理想的美无力达到,希望死亡"让他们头脑中的花充分绽开"(《艺术家之死》);但是,诗人又深恐一生的追求终成泡影,"帷幕已经拉起,可我还在等着",舞台上一片虚无,然而诗人还怀着希望(《好奇者之梦》)。死亡仍然解除不了诗人的忧郁,因为他终究还没有彻底地绝望。

诗人以《远行》这首长达一百四十四行的诗回顾和总结了他的人生探险。无论追求艺术上的完美,还是渴望爱情的纯洁,还是厌恶生活的单调,还是医治苦难的创伤,人们为摆脱忧郁而四处奔波,到头来都以失败告终,人的灵魂依然故我,恶总是附着不去,在人类社会的旅途上,到处都是"永恒罪孽之烦闷的场景",人们只有一线希望:到那遥远的深渊里去,

哦死亡，老船长，起锚，时间到了！
这地方令人厌倦，哦死亡！开航！
如果说天空和海洋漆黑如墨，
你知道我们的心却充满阳光！

倒出你的毒药，激励我们远航！
只要这火还灼着头脑，我们必
深入渊底，地狱天堂又有何妨？
到未知世界之底去发现新奇！

《远行》

"新奇"是什么？诗人没有说，恐怕也是茫茫然，总之是与这个世界不同的东西，正像他在一首散文诗中喊出的那样："随便什么地方！随便什么地方！只要是在这个世界之外！"诗人受尽痛苦的煎熬，挣扎了一生，最后仍旧身处泥淖，只留下这么一线微弱的希望，寄托在"未知世界之底"。

波德莱尔的世界是一个阴暗的世界，一个充满着灵魂搏斗的世界；他的恶之花园是一个惨淡的花园，一个豺狼虎豹出没其间的花园。然而，在凄风苦雨之中，也时有灿烂的阳光漏下；在狼奔豕突之际，也偶见云雀高唱入云。那是因为诗人身在地狱，心向天堂，忧郁之中，有理想在呼唤：

> 我的青春是一场晦暗的风暴,
> 星星点点,漏下明晃晃的阳光;
> 雷击雨打造成了如此的残凋,
> 园子里,红色的果实稀稀朗朗。
>
> 《仇敌》

诗人从未停止追求,纵使"稀稀朗朗",那果实毕竟是红色的,毕竟是成熟的,含着希望。正是在这失望与希望的争夺中,我们看到了一个有血有肉的诗人在挣扎。

第三章 在"恶的意识"中凝神观照

《恶之花》的主题是"恶"及其与人的关系。

波德莱尔把这本书献给泰奥菲尔·戈蒂耶,其题词曰:"我怀着无比谦恭的心情把这些病态的花献给法国文学完美的魔术师、无可挑剔的诗人、老师和朋友泰奥菲尔·戈蒂耶。"他还在一份清样上注明,"病态的花"乃是"惊人之语"[1]。这"病态的花"一语,揭出了《恶之花》的本意:这些花可能是悦人的、诱人的,然而它们是有病的,它们借以生存的土地有病,滋养它们的水和空气有病,它们开放的环境有病,反言之,社会有病,人有病。这里的"病",指的是自然和社会对人的敌视、腐蚀、束缚和局限,是善的对立面——恶、上帝的对立面——撒旦。

曾经有人对波德莱尔把诗献给高唱"为艺术而艺术"

---

[1] 《波德莱尔全集》第1卷,第829页。

的戈蒂耶有微词，认为那是一种虚伪的姿态，企图攀附当时文坛的名人；或者把他视为唯美派的门徒、形式主义的信奉者。其实，只要看看波德莱尔将戈蒂耶冠以"完美的魔术师"之称，这种误解便可涣然冰释。他在戈蒂耶身上看重的是魔术师化腐朽为神奇的本领。他在论戈蒂耶的文章中明确指出："丑恶（l'horrible）经过艺术的表现化而为美，带有韵律和节奏的痛苦使精神充满了一种平静的快乐，这是艺术的奇妙特权之一。"[1] 这种"特权"，波德莱尔不曾放弃，也不曾滥用。社会以及人的精神上物质上的罪恶、丑恶以及病态，经过他的点化，都成了艺术上具有美感的花朵，在不同的读者群中，引起的或是"新的震颤"，或是善的感情，或是愤怒，或是厌恶，或是羞惭，或是恐惧。恶之花！病态的花！诗人喜欢这种令人惊讶的形象组合，他要刺激他所深恶痛绝的资产者脆弱的神经，从而倾吐胸中的郁闷和不平，感到一种报复的快乐。他写卖淫、腐尸、骷髅，这正是资本主义世界中普遍存在的现象，可是资产阶级的读者却虚伪地视而不见；他写凄凉的晚景、朦胧的醉意、迷茫的浓雾，这正是巴黎郊区习见的场景，可是有人用五光十色、灯红酒绿的巴黎掩盖了它；他写自己的忧郁、孤独、苦闷，这正是人们面对物质文明发达而精神世界崩溃的社会现象所共有的感触，可是人们却不自知、不愿说或不敢说。诗人描写了丑恶，而

---

[1]《波德莱尔全集》第2卷，第123页。

"虚伪的读者"大惊小怪，要像雅弗一样给赤身醉卧的挪亚盖上一件遮羞的袍子[1]；诗人打开了自己的心扉，而"虚伪的读者"却幸灾乐祸，庆幸自己还没有如此卑劣；诗人发出了警告，而"虚伪的读者"充耳不闻，还以为自己正走在光明的坦途上。总之，波德莱尔要把一个真实的世界——精神的世界和物质的世界——呈现在资产阶级面前，而不管他们是高兴还是不高兴，是接受还是不接受。

《恶之花》，正如波德莱尔所愿，的确是一个"爆炸性的题目"。然而，这题目并不止于富有爆炸性，它还不乏神秘性。恶和花，这题目的两部分之间的关系除了对立性之外，还有含混性。对立性使人生出惊讶感，于是有爆炸性；含混性使人如临歧路，于是有神秘性。恶之花，可以被理解为"病态的花"，已如上述；也可以被理解为恶具有一种"奇特的美"，亦如上述；还可以被理解为恶中开放的花，有"出于污泥而不染"之意。这意味着恶是固有的，先在的，然而花可以从中吸取营养和水分，并且开放，也就是说，恶不是绝对的，其中仍有善在。诗人寻求直至认出、采撷恶之花，乃是于恶中挖掘希望，或将恶视为通向光明的必由之路。波德莱尔论城市题材画家贡斯当丹·居伊，在胪列若干丑恶的形象之后，他写道："使这些形象珍贵并且神圣化的，是他们产生的无数的思想，这些思想一般地说是严峻

---

[1] 故事见《旧约·创世记》第九章。

的、阴郁的。但是，如果偶尔有个冒失的人试图在G先生的这些分散得几乎到处都是的作品中找机会来满足一种不健康的好奇心，那我要预先好心地告诉他，他在其中找不到什么可以激起病态想象力的东西。他只会遇到不可避免的罪孽，也就是说，隐藏在黑暗中的魔鬼的目光或在煤气灯下闪光的梅萨琳[1]的肩膀；他只会遇到纯粹的艺术，也就是说，恶的特殊美，丑恶中的美……使这些形象具有特殊美的，是它们的道德的丰富性。它们富于启发性，不过是残酷的、粗暴的启发性……"[2]波德莱尔把恶看作是两重的、复杂的，因此才可能开出美的花，只有"特殊美"的花。

波德莱尔对于恶的这种双重的，甚至可以说是辩证的态度，使他笔下的恶呈现出异常复杂的面貌，也传达出异常丰富的信息。

恶的化身是魔王撒旦，而魔王撒旦是上帝的敌人。《恶之花》通过对形形色色的恶的描绘和挖掘，揭露出撒旦对诗人的处境和命运的控制和影响，在揭露中表达了诗人对失去的天堂和离去的上帝的复杂矛盾的感情。因失去了天堂，诗人不得不在地狱中徜徉，化污泥为黄金，采撷恶之花，用美的追求来缓解生的痛苦；因上帝离去了，诗人不得不与撒旦为伍，对上帝的不满变成对反叛的天使的赞颂，对上帝的怀

---

[1] 罗马皇后，以淫荡著称。
[2] 《波德莱尔全集》第2卷，第722页。

抱的向往变成了对恶的鞭挞。恶之花就是病态的花，在肌体（人的肉体和社会的机体）为病，在伦理（人的灵魂和社会的精神）则为恶，病恶词虽殊而意相同。恶之花又是特殊的美，它蕴含着丰富的思想，给读者以深刻的启发，它那奇特甚至怪异的色香激发着读者的想象，使之实现对于现实的超越。恶之花，既是诗人的精神之花，也是社会的现实之花。阿斯里诺指出："《恶之花》吗？它写的是：忧郁，无可奈何的伤感，反抗精神，罪孽，淫荡，虚伪，怯懦。"[1]当然，《恶之花》中涉及的社会和人的丑恶病态的东西远不止这些，但令人感兴趣的是，阿斯里诺没有忽略"反抗精神"。在传统的观念中，"反抗精神"意味着"在精神上犯上作乱"。精神上造反，这实际上代表了波德莱尔对待恶的根本态度，不啻是"恶之花"中的一朵最鲜艳耀眼的花。

《告读者》可以被看作是《恶之花》的序诗，这是波德莱尔的自白，也是全部《恶之花》的总纲和概括。诗人并不以先知和导师自命，他是芸芸众生中的一员，他用"我们"的口吻说话，把自己的痛苦、矛盾和恐惧融入众人的痛苦、矛盾和恐惧之中，然而，众人即使不是皆醉，难道会是皆醒的吗？诗人最后的呼唤，仿佛是一记警钟，催人猛醒：

　　读者们啊，谬误、罪孽、吝啬、愚昧，

---

[1] 《波德莱尔全集》第1卷，第1205页。

占据人的精神，折磨人的肉体，
就好像乞丐喂养他们的虱子，
我们喂养着我们可爱的痛悔。

我们的罪顽固，我们的悔怯懦；
我们为坦白要求巨大的酬劳，
我们高兴地走上泥泞的大道，
以为不值钱的泪能洗掉污浊。

在恶的枕上，三倍伟大的撒旦，
久久抚慰我们受蛊惑的精神，
我们的意志是块纯净的黄金，
却被这位大化学家化作轻烟。

是魔鬼牵着使我们活动的线！
腐败恶臭，我们觉得魅力十足；
每天我们都向地狱迈进一步，
穿过恶浊的黑夜却并无反感。

像一个贫穷的荡子，亲吻吮吸
一个老妓的备受折磨的乳房，
我们把路上偷来的快乐隐藏，
紧紧抓住，像在挤一枚老橙子。

像万千蠕虫密匝匝挤到一处,
一群魔鬼在我们脑子里狂饮,
我们张口呼吸,胸膛里的死神
就像看不见的河,呻吟着奔出。

如果说奸淫、毒药、匕首和火焰
尚未把它们可笑滑稽的图样
绣在我们的可悲的命运之上,
唉!那是我们的灵魂不够大胆。

我们罪孽的动物园污秽不堪,
有豺、豹子、母狗、猴子、蝎子、秃鹫,
还有毒蛇,这些怪物东奔西走,
咆哮,爬行,发出了低沉的叫喊,

有一个更丑陋、更凶恶、更卑鄙!
它不张牙舞爪,也不大喊大叫,
却往往把大地化作荒芜不毛,
还打着哈欠将世界一口吞噬。

它叫"无聊"!——眼中带着无意的泪,
它吸着水烟筒,梦想着断头台,
读者,你认识这爱挑剔的妖怪,

——虚伪的读者——我的兄弟和同类!

《告读者》

是的,在波德莱尔的恶之花园中游历过的读者,认识了"无聊""这爱挑剔的妖怪"。它不再是中世纪时的那副模样,头上生角,身后拖着尾巴,脸上是一种又狡猾又狰狞的表情。它是失败,厌倦,悔恨,犯罪,懒惰,苦难,痛苦,厄运,还是阿斯里诺所说的:"忧郁……",等等。它的形象也一变而为英俊的青年,孔武的力士,百折不挠、虽败犹荣的英雄。它是弥尔顿笔下的撒旦,具有一种雄伟的美;它是拜伦笔下的该隐,具有一种悲壮的美。它既能诱人作恶,是万恶的渊薮;它又可促人警醒,是反抗的精灵。

撒旦的这种两重性决定了波德莱尔对恶的立场和态度:他在恶的意识中凝神静观,对恶充满了一种混杂着厌恶与赞美、恐惧与向往的矛盾感情。他厌恶的是恶的普遍存在及其对人的腐蚀、束缚和控制,赞美的是恶对善的挑战以及撒旦对上帝的反抗;他恐惧的是在恶的裹挟下堕入永劫再回不到上帝的怀抱,向往的却是恶因触及人们灵魂深处而具有的一种诗美。他的这种矛盾的感情和认识,在一首题为《无可救药》的诗中得到了完整而深刻的表现:

一

一个观念,一个形式,

一个存在，始于蓝天，
跌进冥河，泥泞如铅，
天之眼亦不能透视；

一个天使，鲁莽旅者，
受到诱惑，喜欢畸形，
淹没于骇人的噩梦，
如游泳者挣扎拼搏，

阴郁焦灼，苦战一个
疯子一样不断歌唱、
在黑暗中回环激荡、
巨大而雄伟的漩涡；

一个不幸的中邪人，
为逃出爬虫的栖地，
在他徒劳的摸索里
寻找钥匙，寻找光明；

一个没有灯的亡魂，
身旁是一个无底洞，
又深又潮气味浓重，
无遮无靠阶梯无尽，

黏滑的怪物警觉着，
一双巨眼磷光闪闪，
照得什么也看不见，
只剩下更黑的黑夜；

一艘困在极地的船，
像落入水晶的陷阱，
哪条海峡命中注定
让它进入这座牢监？

——画面完美，象征明确，
这无可救药的命运
让人想到，魔鬼之君
无论做啥总是出色！

二

阴郁诚挚的观照中，
心变成自己的明镜！
真理之井，既黑且明，
有苍白的星辰颤动，

有地狱之灯在讥刺，
有火炬魔鬼般妖娆，

独特的慰藉和荣耀,

——这就是那恶的意识。

  这首诗在1861年版中被安排为两部分,颇类我国的词,上下两片,各司其职。上片开头极富哲学意味,开门见山,直探根本,揭示出"存在即是恶"这样一个深刻主题。紧接着,诗人通过四个鲜明有力的形象:堕落的"天使",中邪的"不幸的人",手无寸光的"亡魂"和被困极地的"船",具体地展现出一幅惊心动魄却又令人悲哀的图画:人处在恶的重重包围之中,人成为恶的种种活动的结果,然而人却又不甘沉沦,不断地挣扎、寻觅、探索和反思,试图走出恶的领地,并且解开人何以落入此种境遇这一千古之谜。下片,即诗的第二部分提出这样的结论:当人的主体能够从自我中分离出来的时候,人就获得了一面可以自审自察的镜子,也就具有了"恶的意识",同时也就赢得了一种尊严,从此将不再因愚蠢而作恶。而意识到这种尊严,在波德莱尔看来,将是人的精神的某种解放,或者说,人将获得某种自救的希望,因为"最不可救药的罪孽乃是因愚昧而作恶"[1]。"愚昧"者,不自知也。安多尼·亚当提出过一个近于存在主义的解释:"如果我们注意到《无可救药》一诗表明存在即是恶,那么很明显,诗的最后一节就意味着:在存在(即沉沦和黑暗,即恶)中闪烁着一束亮光,即意识。也

---

1 语出散文诗《伪币》,见《波德莱尔全集》第1卷,第324页。

就是说，人不仅仅处于存在的条件之中，人也看见自己的存在。存在既是人的条件，也是人的认识对象。"[1]

我们可以这样认为，波德莱尔所说的"恶的意识"的含义是：人的存在本身就是一种恶，就是恶，人（首先是诗人）要对这种恶有清醒的、冷静的自觉和认识。波德莱尔曾经在《论〈危险的关系〉》一文中说："自知的恶不像不自知的恶那样可憎，而且更接近于消除。"[2] 他在散文诗《伪币》中也写道："恶人永不得宽恕，然而自知作恶尚有可贵之处。"因此，波德莱尔要求的是，在恶中生活，但不被恶吞噬，始终与恶保持一种认识主体与认识对象的关系，即要用一种批判的眼光正视恶，认识恶，解剖恶，提炼恶之花，从中寻觅摆脱恶的控制的途径。

在传统中，恶化身为形形色色的妖魔鬼怪，加害于人，例如有化作美女腐蚀男人的淫鬼，有顽皮淘气爱搞恶作剧的小妖精，等等。波德莱尔承袭了一部分这样的观念，他的诗中有这样的词句：

是绿色的淫鬼和粉色的妖精，
用小瓶向你洒下爱情和恐怖？

《病缪斯》

---

[1] 转引自《波德莱尔全集》第1卷注释部分，第989页。安多尼·亚当是法国当代学者。
[2] 《波德莱尔全集》第2卷，第68页。

> 一群魔鬼也高高兴兴地消遣,
> 在窗帘折褶里浮动。
>
> 《被杀的女人》

> 但那些阴险的魔鬼也在四周
> 醒来,仿佛商人一样昏脑昏头,
> 飞跑去敲叩人家的屋檐、门窗。
>
> 《薄暮冥冥》

> 或不自主地跳,如可怜的铃铛,
> 有一个无情的魔鬼吊在里头!
>
> 《小老太婆》

这些形象都是从传说中汲取的,立刻会"使人想到一切奉献给恶的东西都肯定是长角的"[1],但是,波德莱尔没有就此止步,他从中体验到和认识到的恶更侧重于人在精神上所受到的折磨和戕害,远非通常意义上的恐怖,因而具有更深刻、更普遍的哲学含义。

波德莱尔认为恶控制和支配着人的行动,使之失去辨别的能力甚至愿望:

---

[1] 《波德莱尔全集》第 2 卷,第 721 页。

>是魔鬼牵着使我们活动的线!

>>《告读者》

这仿佛是说,人在世界上只是一具没有生命、没有意志、不能自主的木偶。然而不,他不是没有生命,只是萎靡不振;他不是没有意志,只是不够坚强;他不是不能自主,只是这种愿望不够热烈。他不能识别,也不能战胜善于变化的魔鬼:

>我们的意志是块纯净的黄金,
>却被这位大化学家化作轻烟。

>>《告读者》

因此,人在恶的面前是无能为力的,他既不能逃避其诱惑,更不能抵抗其诱惑,甚至也不能察觉其诱惑。可怜的人啊,他完全是被动的。对此,波德莱尔自己有至深至切的感受:

>魔鬼不停地在我的身旁蠢动,
>像摸不着的空气在周围荡漾;
>我把它吞下,胸膛里阵阵灼痛,
>还充满了永恒的、罪恶的欲望。

>>《毁灭》

波德莱尔之所以有这种切肤的感受,是因为他认为恶与生俱来，就在人的心中。他赞扬拜伦，因为拜伦的诗"放射出辉煌的、耀眼的光芒，照亮了人心中潜伏着的地狱"[1]。因此，人的快乐，尤其是爱情的快乐，就成了恶的最肥沃的土壤。他在日记中曾写过这样的话："爱情之唯一的、最高的快感就在于确信使对方痛苦。男人和女人生来就知道，一切快感都在痛苦之中。"[2] 相爱的人如此，就更不用说世间的种种色相了。

波德莱尔相信基督教的原罪说，认为人生而有罪，他的本性已经堕落，他唯有顽强地与自己的本性做斗争，才有希望获得拯救。在这种情况下，自然，即一切顺乎本性的、未经人的努力改变过的东西，无论是自然界还是社会，无论是物质的还是精神的，对他来说，都是恶活动的领域或者结果。他说："恶不劳而成，是天然的，前定的；善则是某种艺术的产物。"[3] 这里的"艺术"包含有"人工"、"人为"的意思。这种观念来自古希腊的柏拉图，但也与我国两千多年前的荀子的观点惊人地一致。《荀子·性恶》曰："今人之性恶，必将待师法然后正，得礼义然后治。"又曰："然则人之性恶明矣，其善者伪也。"这里的"伪"即"人为"之"为"[4]。两相比照，何其相似。

---

1 《波德莱尔全集》第2卷，第168页。
2 《波德莱尔全集》第1卷，第652页。
3 《波德莱尔全集》第2卷，第715页。
4 钱锺书先生对此有精审周详的考证。参见《管锥编》第3册。

由此可知，人性恶乃是古今中外相续相传亦相通的一种观念。波德莱尔曾通过多种人为的途径，谋求哪怕暂时的解脱，如他在《酒》中所写，有时则通过脱离现实世界的幻想，谋求片刻无忧无虑的睡眠（《女巨人》），或者超然于善恶观念之外，采取一种唯美主义的态度，试图进入一种冰冷、奇幻、神秘、不哭、不笑、不动的境界（《献给美的颂歌》）。这些虽属权宜之计，却也是波德莱尔费尽心力不断求索的治病的良药。

然而，恶也并非一种绝对的消极，在波德莱尔看来，恶具有一种净化的作用，是通向善的桥梁。他在《祝福》一诗中写道：

> 感谢您，我的上帝，是您把痛苦
> 当作了圣药疗治我们的不洁，
> 当作了最精美最纯粹的甘露，
> 让强者准备享受神圣的快乐！

正如岱奥多·德·邦维尔所说："痛苦！无论是他的，还是别人的，他都爱、都崇拜；他不掩盖，也不否认，他把痛苦当作上帝给予我们的赎罪的途径来歌颂赞美。"[1] 实际上，波德莱尔"歌颂赞美"的，并不是恶本身，而是恶之花，是从

1　转引自 Théophile Gautier: *Les portraits et les souvenirs littéraires*。

恶中挖掘出来的美。所谓"恶之美",就是"恶的意识"的艺术表现,从伦理学的角度看,就是高尔基所说的:"生活在恶之中,爱的却是善。"[1]

恶的问题是一个古老的命题,波德莱尔显然不是最早谈论恶的人,但他是最早明确地宣称可以从恶中发掘出美的人。在作品中以恶为主题,描绘丑恶的形象,这并不是波德莱尔的专利,甚至也不是波德莱尔的特点。在他作为诗人活动的年代里,就文学作品描写死尸、坟墓等丑恶恐怖的形象来说,他算是比较克制拘谨的一位,因为他关心善恶的问题。他否认美与善的一致性,唯美主义者也否认美与善的一致性,但是,后者的出发点是根本否认善恶的概念,而波德莱尔则是在善恶的观念之上建立起他的恶之花园的。他的诗学与他的伦理观是紧密地联系在一起的。

因为波德莱尔把善恶之间的冲突作为他诗歌创作的出发点,所以他表现出一种强烈的反抗性。他从不逃避现实,而是试图用反抗来批判现实。整个一部《恶之花》就是一部战斗的记录,只不过他是一个失败者罢了,然而他并不是一个认输的失败者,他是一个弥尔顿的撒旦,怀着失败了再干的精神和勇气。

波德莱尔的反抗精神最集中地表现在《反抗》一组诗中,其中又以《献给撒旦的祷文》一诗最为全面和彻底:

---

[1] 高尔基:《保尔·魏尔伦和颓废派》,《论文学·续集》,人民文学出版社,1979年,第6页。

你呀,最博学最俊美的天使呀,
你被命运出卖,横遭世人谩骂,

啊撒旦,怜悯我这无尽的苦难!

你这流亡之君,人家亏待了你,
而你,屡败屡起,一日强似一日,

啊撒旦,怜悯我这无尽的苦难!

你无所不知,你这地下的君王,
常常医治人类的焦虑和恐慌,

啊撒旦,怜悯我这无尽的苦难!

就是麻风病人,受诅咒的贱民,
你也让他们尝到天堂的滋味,

啊撒旦,怜悯我这无尽的苦难!

死亡是你年迈却强壮的情侣,
你让她生出希望——迷人的疯子,

啊撒旦,怜悯我这无尽的苦难!

你教流亡者目光平静而高傲,
睥睨在断头台旁围观的群小,

啊撒旦,怜悯我这无尽的苦难!

你知道在这块忌妒的土地上,
猜疑的上帝把宝石藏在何方,

啊撒旦,怜悯我这无尽的苦难!

你目光明亮洞察武库的深处,
那里埋藏着各种金属的兵器,

啊撒旦,怜悯我这无尽的苦难!

梦游的人在楼顶的边缘彳亍,
你用宽大的手掌遮住了绝壁,

啊撒旦,怜悯我这无尽的苦难!

迟归的醉汉被奔马踢倒在地,
你神奇地使他依然活动如初,

啊撒旦,怜悯我这无尽的苦难!

你为了慰藉备受痛苦的弱者,
你教会了我们把硝和硫混合,

啊撒旦,怜悯我这无尽的苦难!

你把你的印记,啊巧妙的帮忙,
打在为富不仁的富豪的额上,

啊撒旦,怜悯我这无尽的苦难!

你在姑娘的眼里和心里放入
对创伤的崇拜,对褴褛的爱慕,

啊撒旦,怜悯我这无尽的苦难!

流亡者的拐棍,发明家的明烛,
被吊死的人和谋反者的心腹,

啊撒旦,怜悯我这无尽的苦难!

有人被震怒的天使逐出乐土,

这些人把你当作他们的继父,
啊撒旦,怜悯我这无尽的苦难!

祷 告

撒旦啊,我赞美你,光荣归于你,
你在地狱的深处,虽败志不移,
你暗中梦想着你为王的天外!
让我的灵魂有朝一日憩息在
智慧树下和你的身旁,那时候
枝叶如新庙般荫蔽你的额头!

在这首诗中,撒旦是弱者和卑贱者的保护人,是反抗强暴争取自由的带头人,是给人类带来智慧和光明的解放者。他在与上帝的争斗中失败了,被打进了地狱,然而他虽败犹荣,诗人的灵魂宁愿憩息在他的身旁。如同雪莱所说:"《失乐园》所表现的撒旦,在性格上有万不可及的魄力与庄严……就道德方面来说,弥尔顿的魔鬼就远胜于他的上帝……"[1]波德莱尔的撒旦就是弥尔顿的撒旦,是一个值得同情和钦敬的反抗者的形象。同在《失乐园》中一样,《恶之

---

[1] 雪莱:《为诗辩护》,《古典文艺理论译丛》第一册,人民文学出版社,1961年。

花》中的上帝也是一个居心阴险的暴君。波德莱尔在《圣彼得的否认》一诗中指责上帝创造了一个"行与梦不是姐妹的世间",甚至要让穷人该隐的子孙"升上天宇,把上帝扔到地上来"(《亚伯和该隐》),并在《圣彼得的否认》和《序言草稿》中两次把上帝称作"暴君"。正是出于这种反抗的精神,波德莱尔敢于对那些被上帝弃绝的人表示钦佩,他钦佩他们强烈的个性和敢于犯大罪的魄力,他在《理想》一诗中写道:

> 这颗心深似渊谷,麦克白夫人,
> 它需要的是你呀,罪恶的灵魂,
> 迎风怒放的埃斯库罗斯的梦,
>
> 或伟大的《夜》,米开朗琪罗之女,
> 你坦然地摆出了奇特的姿势,
> 那魅力正与泰坦的口味相应。
>
> 《理想》

在波德莱尔这里,对撒旦的赞颂和对上帝的反抗是一致的,他在撒旦的精神中看到的是力量、自由、知识、坚毅和同情心,对穷人的同情心。他发现了这种精神的美,这种体现在有大痛苦、大悲哀、大忧郁的人们的身上的美。他说:"最完美的雄伟美是撒旦——弥尔顿的撒旦。"这不仅是他对《失乐园》的评价，而且是他的美学思想的核心。他欣赏莎士比亚、弥尔顿、米开朗琪罗，甚至巴尔扎克，正是由于他们表现出一种洋溢着反抗精神的、骇世惊俗的伟大的力量。他在诗中写道：

这有何妨，你来自上帝或魔王？
《献给美的颂歌》

深入渊底，地狱天堂又有何妨？
到未知世界之底去发现新奇！
《远行》

恐怖的魅力只能使强者陶醉！
《骷髅舞》

总之，《恶之花》的基本思想是"恶的意识"，也就是说，诗人对恶的存在及其表现有一种清醒的认识和冷静的态度，他不是被恶吞噬，在恶中打滚，高唱起恶的颂歌，而是用一种批判的眼光正视恶，认识恶，解剖恶，从中发掘出美。波德莱尔不甘心沉沦，不愿与恶为伍，他在恶的包围中向往着善和美。

第四章　一个世纪病的新患者

从 18 世纪末到 19 世纪中，欧洲资产阶级文学中出现了一群面目各异却声气相通的著名主人公，他们是歌德的维特、夏多布里昂的勒内、贡斯当的阿道尔夫、塞南古的奥伯尔曼、拜伦的曼弗雷德等等。他们或是要冲决封建主义的罗网，追求精神和肉体的解放；或是忍受不了个性和社会的矛盾而遁入寂静的山林；或是因心灵的空虚和性格的软弱而消耗了才智和毁灭了爱情；或是要追求一种无名的幸福而在无名的忧郁中呻吟；或是对知识和生命失去希望而傲世离群，寻求遗忘和死亡。他们的思想倾向或是进步的、向前的，或是反动的、倒退的，或是二者兼有而呈现复杂状态的，但是他们有一个一脉相承的精神世界和一种息息相通的心理状态：忧郁、孤独、无聊、高傲、悲观、叛逆。他们都是顽强的个人主义者，都深深地患上了"世纪病"。"世纪病"一语是1830年以后被普遍采用的，用以概括一种特殊的、具有时代特色的精神状态，那就是一代青年在"去者已不存在、来者尚未到达"这样一个空白或转折的时代中所感到的一种"无可名状的苦恼"[1]，这种苦恼源出于个人的追求和世界的秩序之间的尖锐失谐和痛苦对立。这些著名主人公提供了不同的疗治办法，或自杀，或浪游，或离群索居，或遁入山林，或躲进象牙塔，或栖息温柔乡。

在这一群著名人物的名单上，我们发现又增加了一个人，他没有姓名，但他住在巴黎，他是维特、勒内、阿道尔夫、奥伯尔曼、曼弗雷德等人精神上的兄弟。他也身罹世纪病，然而，由于他生活在一个新的时代里，或者由于他具有超乎常人的特别的敏感，他又比他们多了点什么。这个人就是《恶之花》中的诗人，抒情主人公。如果说"资本来到世间，从头到脚，每个毛孔都滴着血和肮脏的东西"[2]的话，那么，当它站稳了脚跟，巩固了自己的胜利，开始获得长足的发展的时候，那"血和肮脏的东西"便以恶的形式发展到了登峰造极的地步。《恶之花》中的诗人比他的前辈兄弟们多出的东西，就是那种清醒而冷静的"恶的意识"，那种正视恶、认识恶、描绘恶的勇气，那种"挖掘恶中之美"、透过恶追求善的意志。

---

[1] 缪塞：《一个世纪儿的忏悔》，梁均译，人民文学出版社，1980年。
[2] 《马克思恩格斯选集》第二卷，人民出版社，1995年，第266页。

他的兄弟们借以活动的形式是书信体的小说、抒情性的日记、自传体的小说，或哲理诗剧，而在他，却是一本诗集。不过，那不是一般的、若干首诗的集合，而是一本书，一本有逻辑、有结构、浑然一体的书。

《恶之花》作为一本书的结构，不仅为评论家所揭示，也为作者波德莱尔本人的言论所证实。《恶之花》出版后不久，批评家巴尔贝·多尔维利应作者之请，写了一篇评论。评论中说，诗集"有一个秘密的结构，有一个诗人有意地、精心地安排的计划"，如果不按照诗人安排的顺序阅读，诗的意义便会大大削弱[1]。此论一出，一百多年来，或许有人狭隘地将《恶之花》归结为作者的自传，却很少有人否认这"秘密的结构"的存在。其实，这结构也并不是什么"秘密的"，从作者对诗集的编排就可以见出。《恶之花》中的诗并不是按照写作年代先后来排列的，而是根据内容分属于六个诗组，各有标题:《忧郁和理想》、《巴黎风貌》、《酒》、《恶之花》、《反抗》和《死亡》。这样的编排有明显的逻辑，展示出一种朝着终局递进的过程，足见作者在安排配置上很下了一番功夫。波德莱尔在给他的出版人的信中，曾经要求他和自己"一起安排《恶之花》的内容的顺序"[2]。他在给辩护律师的辩护要点中两次强调对《恶之花》要从"整体上"

---

1 《波德莱尔全集》第1卷，第1191页。
2 1856年9月9日波德莱尔致布莱-马拉西书。

进行判断[1]。他在后来给维尼的一封信中明确地写道:"我对于这本书所企望得到的唯一赞扬就是人们承认它不是单纯的一本诗集,而是一本有头有尾的书。"[2] 结构的有无,不仅仅关系到在法庭上辩护能否成功(实际上,强调结构也并未能使《恶之花》逃脱第二帝国法律的追究),而且直接决定着《恶之花》能否塑造出一个活生生的抒情主人公形象。

一百多年来的批评史已经证明,波德莱尔得到了他所企望的赞扬,《恶之花》是一本有头有尾的书。不仅皮埃尔·布吕奈尔有理由将《恶之花》看成是一出以《忧郁和理想》为序幕的五幕悲剧[3],只是这序幕嫌长了些,而且我们还可以设想,倘若一位小说高手愿意,他可以按照同样的格局,不费力地将《恶之花》变成一部巴尔扎克式或福楼拜式的小说,因为这本书已经深刻而具体地"再现出精神在恶中的骚动"。正是这精心设计的结构,使《恶之花》中的诗人不仅仅是一声叹息、一曲哀歌、一阵呻吟、一腔愤懑、一缕飘忽的情绪,而是一个形象,一个首尾贯通的形象,一个血肉丰满的人的形象。他有思想,有感情,有性格,有言语,有行动;他有环境,有母亲,有情人,有路遇的过客;他有完整的一生,有血,有泪,有欢乐,有痛苦,有追求,有挫折……他是一个在具体的时空、具体的社会中活动的具体的

---

1 《波德莱尔全集》第 1 卷,第 193-195 页。
2 1861 年 12 月 16 日波德莱尔致维尼书。
3 Pierre Brunel: *Histoire de la littérature française*, Bordas, 1972.

人。自然，这不是一个普通的人，而是一位诗人，一位对人类的痛苦最为敏感的诗人。

《恶之花》的这种结构，并不是从修辞学的意义上说的，而是指它所具有的内在的、有机的精神联系。这结构之所以起到了使人物形象丰满充实的作用，乃是因为支撑它的基础是抒情主人公性格发展的逻辑及其精神世界的演化。美国学者雷欧·白萨尼指出："波德莱尔强调他的书的协调性和整体性，提醒人们注意它有真正的开头和真正的结尾，这就要求人们对《恶之花》进行明显的主题性的阅读。这些诗将有一种可以鉴别的含义，其顺序将与一出悲剧走向结局之不同阶段相对应。"[1] 因此，《恶之花》的真正结构，在于展示了诗人为摆脱精神上和肉体上的痛苦而终于失败却又败而不馁所走过的曲折道路。这条道路不是在阳光灿烂的大平原上展开的，而是蜿蜒在阳光和乌云、光明和黑暗、上升和下降的不断对立和冲突之中。诗人的形象因此呈现出异常丰富复杂的面貌，时而明朗，时而隐晦，时而裸露出真相，时而又戴上了假面。

波德莱尔说："在每一个人身上，时时刻刻都并存着两种要求，一个向着上帝，一个向着撒旦。祈求上帝或精神是向上的意愿；祈求撒旦或兽性是堕落的快乐。"[2] 向上的意愿

---

1 Léo Bersani: *Baudelaire et Freud*, Seuil, 1981, p. 26.
2 《波德莱尔全集》第 1 卷，第 682–683 页。

和堕落的快乐之间的对立和冲突"选择了人心作为主要的战场"[1]。而《恶之花》中的诗人，恰恰被波德莱尔选作了"战场"，在他身上展开了一场上帝和撒旦、天堂和地狱的争夺战。波德莱尔无须求助他人，因为他就是《恶之花》中的诗人，他自称："波德莱尔先生有足够的天才在他自己的心中研究罪恶。"[2] 我们不必天真地把《恶之花》径直视为作者的真实自传，但是我们可以相信，他的确是把自己"全部的心，全部的温情，全部的信仰（改头换面的），全部的仇恨"[3] 都灌注在那个诗人身上了，而这个诗人将毕生在对立和冲突中挣扎。

对立和冲突，在《恶之花》中是基本的、普遍的、贯穿始终的。

《恶之花》这个书名就是对立的，在强烈的冲突之中蕴藏着"恶中之美"；诗集的第一部分称为《忧郁和理想》，也是对立的，成为全部《恶之花》借以展开的出发点和原动力；许多篇章的题目是对立的，例如《快乐的死者》、《忧伤的情歌》等等；许多篇章由对立的两部分组成，如《坏修士》、《被冒犯的月神》、《破裂的钟》、《吸血鬼的化身》等；许多诗句本身是对立的："啊污秽的伟大！啊卑鄙的崇高！"（《你能把全宇宙放进你的内屋》），"能使英雄怯懦，

---

1 《波德莱尔全集》第 2 卷，第 794 页。
2 1865 年 11 月 1 日波德莱尔致布莱-马拉西书。
3 1866 年 2 月 18 日波德莱尔致昂赛尔书。

又使儿童勇敢"(《献给美的颂歌》),"天使醒了,在沉睡的野兽身上"(《精神的黎明》),"这就是她啊!黝黑而明亮"(《一个幽灵》),"啊!灯光下的世界多么广大!回忆眼中的世界多么的狭小!"(《远行》),等等;此外,用互不相容的形容词形容同一件事物,也表现出某种对立,例如"真理之井,既黑且明"(《无可救药(二)》),"迷人而阴森"(《香水瓶》),"又可笑又崇高"(《天鹅(二)》),"痛苦之美味"(《好奇者之梦》),等等。这种对立和冲突出现在《恶之花》从整体到局部、从内容到形式的各个层次上。然而,《恶之花》最根本的对立和冲突发生在两个世界之间:现实的世界和想象的世界,资本主义的世界和诗人理想的世界,魔鬼的地狱和上帝的天堂;就是说,黑暗与光明,忧郁与解脱,沉沦与向上,疾病与健康;也就是说,假与真,恶与善,丑与美。

《恶之花》受到法庭的追究之后,波德莱尔说:"就一句渎神的话,我对之以向往上天的激动,就一桩猥亵的行为,我对之以精神上的香花。"[1] 这是他为自己提出的辩护,却也离实情不远,只不过前者是具体的、实在的,而后者是抽象的、虚幻的。

纵使如此,我们仍然可以清楚地看到,《恶之花》中的世界,不仅仅是一个丑恶、冰冷、污秽、黑暗的世界,它还

---

[1] 《波德莱尔全集》第1卷,第195页。

有一个相对立的世界，一个美好、火热、干净、光明的世界。那里有深邃的高空，那里有"纯洁神圣的酒浆"，"啜饮弥漫澄宇的光明的火"(《高翔远举》)；那是"没有遮掩的岁月"，"那时候男人和女人敏捷灵活，既无忧愁，也无虚假，尽情享乐"(《我爱回忆那没有遮掩的岁月》)；那是"一座慵懒的岛，大自然奉献出奇特的树木，美味可口的果品，身材修长和四肢强健的男人，还有目光坦白得惊人的女子"(《异域的芳香》)；那是"那里"，"那里，是整齐和美，豪华，宁静和沉醉"(《邀游》)；那是"童年的爱情的绿色天堂"(《苦闷和流浪》)；那是"故乡那美丽的湖"(《天鹅（一）》)，"远方之绿洲"(《虚幻之爱》)，"大理石、水、金属"组成的醉人的色调(《巴黎的梦》)；归根结底，那是"未知世界之底"，渴望在那里发现"新奇"(《远行》)。那是个虚无缥缈的所在，却正是诗人向往和追求的地方，因为，他并不知道那个地方在哪里，他只是希望离开他生活的这个世界。在这两个世界的尖锐对立之中，孤独、忧郁、贫困、重病的诗人写下了他追求光明、幸福、理想、健康的失败记录。他的呼喊、他的诅咒、他的叛逆、他的沉沦、他的痛苦、他的快乐、他的同情、他的不安、他的梦幻、他的追求、他的失望，都在这种现实与理想、堕落与向上、地狱与天堂的对立和冲突之中宣泄了出来。这种对立和冲突是贯穿《恶之花》的一条主线。沿着这条主线，我们看到了，诗人身处泥淖之中，却回想"远方之绿洲"；涉足于地狱之中，却向往在天堂里飞翔；跟着撒旦游乐，却企望着上帝的怀抱。总之，"生活在恶之中，爱的却是善"。正是诗人挣扎于这种尖锐的对立和冲突之中，他的形象才被灌注了血肉，被吹进了生命，被赋予了灵魂。同时，这一形象的全部复杂性、深刻性和丰富性也被袒露了出来。

《恶之花》中的诗人是一个在生活中失去了依凭的青年，他带着一种遭贬谪的心情来到世间。他本是一只搏风击雨的信天翁，却跌落在船上任人欺凌；他本是一只悠游在"美丽的湖"上的天鹅，却被关在狭小的樊笼里。他在这个世界中找不到自己的位置。他并非不热爱生活，他并非没有向往和追求。然而，他追求艺术，得到的却是："有的水手用烟斗戏弄它的嘴，有的又跛着脚学这残废的鸟"(《信天翁》)；他追求美，结果是一片迷茫，不知该在天上找，还是在深渊里寻(《献给美的颂歌》)；他追求爱情，却在爱情的折磨中失去了自己的心：

——我的胸已瘪，你的手徒然抚摸，
我的朋友，你要找的那个地方，
已被女人的尖牙和利爪撕破，
别找了，我的心已被野兽吃光。
　　　　　　　　《倾谈》

时间吞噬着他的生命，"年轻却已是老人"(《忧郁之三》)；

他的灵魂开裂,希望破灭,头上有焦灼竖起的黑旗(《忧郁之四》);他追求无星的黑夜,追求"虚无、赤裸和黑暗"(《顽念》);他试图在人群中、在沉醉中、在放浪中、在诅咒中寻求解脱,却均归失败。他想死,把自己交付给蛆虫:

> 在一块爬满了蜗牛的沃土上,
> 我愿自己挖一个深深的墓坑,
> 可以随意把我的老骨头摊放,
> 睡在遗忘里如鲨鱼浪里藏身。
>
> 《快乐的死者》

这最后一句诗表明他尚未彻底绝望。果然,他打算远游,逃离这个世界,到未知世界之底去发现新天地。这是一个人完整的一生,以悲剧始,以悲剧终,其间贯穿着一系列不可解决的矛盾。

他追求幸福,渴望改变环境,让穷人该隐战胜富人亚伯,"升上天宇,把上帝扔到地上来"(《亚伯和该隐》),却又要人安分守己,学那猫头鹰:

> 有黑色的水松荫蔽,
> 猫头鹰们列队成阵,
> 仿佛那些陌生的神,
> 红眼眈眈。陷入沉思。

它们纹丝不动,直到

那一刻忧郁的时光;

推开了倾斜的夕阳,

黑色的夜站住了脚。

它们的态度教智者

在这世上应该畏怯

众人的运动和喧哗;

陶醉于过影的人类

永远要遭受到惩罚,

因为他想改变地位。

《猫头鹰》

他向往着"绿洲",用汗水浇灌玫瑰花的谷穗(《赎金》),却又迷恋那个"奇异而象征的自然",这"自然"正是那折磨他的女人,她

像无用的星球永远辉煌灿烂,

不育的女人显出冰冷的威严。

《她的衣衫起伏波动,有珠光色》

他不断地堕落,并非没有悔恨(《库忒拉岛之行》),但

由于自身的软弱,又沉入更深的堕落之中:

> 我请求有一把快刀,
> 斩断锁链还我自由,
> 我请求有一剂毒药,
> 来把我的软弱援救。
>
> 唉,毒药和快刀都说,
> 对我充满傲慢蔑视:
> "你不值得人们解脱
> 你那可诅咒的奴役,
>
> "蠢货,如果我们努力
> 使你摆脱她的王国,
> 你的亲吻又将复活
> 你那吸血鬼的尸体!"

《吸血鬼》

他不要世人一滴眼泪(《快乐的死者》),却寄同情于一切漂泊的人们(《天鹅(二)》);他沉湎于肉欲的狂热中,却梦想着灵魂的觉醒(《活的火把》)。总之,他为"忧郁"所苦,却念念不忘"理想";他被天堂吸引,却步步深入地狱。波德莱尔在一封信中说过:"如果说有一个人年纪轻轻就识得忧郁和消沉的滋味，那肯定就是我。然而我渴望生活，希望得到些许安宁、荣誉和对自我的满意。某种可怕的东西对我说：妄想，而另外一种东西对我说：试试吧。"他在《恶之花》的抒情主人公身上灌注的正是这种无可奈何却又不肯罢休的矛盾心态。

厌倦和忧郁，是这颗骚动不安的灵魂的基本精神特征。这种吞噬了维特、勒内、阿道尔夫、奥伯尔曼、曼弗雷德等青年人的精神状态，在《恶之花》中的诗人身上发展到了极点，并且浸透了一种悔恨和焦灼的犯罪感。什么是忧郁？波德莱尔在《恶之花》出版后不久，给他的母亲写了一封信，其中写道："我所感到的，是一种巨大的气馁，一种不可忍受的孤独感，对于一种朦胧的不幸的永久的恐惧，对自己的力量的完全的不相信，彻底地缺乏欲望，一种寻求随便什么消遣的不可能……我不断地自问：这有什么用？那有什么用？这是真正的忧郁的精神。"[1]对于波德莱尔的忧郁（le spleen），罗贝尔·维维埃有一个极精细的分析："它比忧愁更苦涩，比绝望更阴沉，比厌倦更尖锐，而它又可以说是厌倦的实在的对应。它产生自一种渴望绝对的思想，这种思想找不到任何与之相称的东西，它在这种破碎的希望中保留了某种激烈的、紧张的东西。另一方面，它起初对于万事

---

[1] 1857年12月30日波德莱尔致母亲书。

皆空和生命短暂具有一种不可缓解的感觉，这给了它一种无可名状的永受谴责和无可救药的瘫痪的样子。忧郁由于既不屈从亦无希望而成为某种静止的暴力。"[1]实际上，波德莱尔的忧郁，是一个人被一个敌对的社会的巨大力量压倒之后，所产生的一种万念俱灰却心有不甘的复杂感觉。要反抗这个社会，他力不能及，要顺从这个社会，他于心不愿；他反抗了，然而他失败了。他不能真正融入这个社会，他也不能真正地离开这个社会。他的思想和他的行动始终是脱节的，这是他的厌倦和忧郁的根源所在。

厌倦和忧郁所产生的重要基础是悲观主义。诗人的悲观主义首先具有一种形而上的思辨性质，他把人的生命和它的存在方式之一的时间对立起来，当作一对仇敌。时间的风暴无情地摧残着生命之树，诗人对能否收获仅存的果实毫无信心，因为时间吃掉了生命：

> 有谁知道我梦寐以求的新花，
> 在冲得像沙滩一样的泥土下，
> 能找到带来生机的神秘食品？
>
> ——哦痛苦！哦痛苦！时间吃掉生命，
> 而噬咬我们的心的阴险敌人

---

[1] Robert Vivier: *L'originalité de Baudelaire*, Renaissance du Livre, pp. 108–109.

靠我们失去的血生长和强盛！

《仇敌》

诗人从这种脱离社会、脱离人的活动的感觉出发：光阴流逝，生命衰颓，进而意识到人类的活动与时间之间所存在的矛盾，有限和无限的矛盾。他试图通过艺术来解决这一矛盾。然而，马尔罗从中悟出"艺术是一种反命运"[1]，而诗人却发出了无可奈何的慨叹："艺术长而光阴短。"他挖不出那些埋藏在遗忘中的珍宝，他不能让那些在孤独中开放的鲜花见到阳光（《厄运》）。他不但对自己的工作失去信心，而且在流逝的光阴面前怀着一种恐惧的心理，身不由己地走上一条无所作为的道路，因为一切都对他说："太晚了！"每一瞬间都在剥夺他的快乐，而他自己却是无能为力：

记住吧，时间是个贪婪的赌徒，
从不作弊，每赌必赢！这是律法。
日渐短促，夜渐悠长；你记住吧，
深渊总是干渴，漏壶正在空虚。

《时钟》

对他来说，"可爱的春天失去了它的清芬"，爱情、争吵、

---

[1] André Malraux: *Les voix du silence*, 1951, p. 637.

快乐都在挥手告别(《虚无的滋味》),积极的生活已属不可能;然而,消极地生活,在生活中接受失败,躲在彻底的清静之中又何尝容易。森林的喧哗与他内心的骚乱相呼应,在大海的呼啸中,他听到了哭泣和呻吟;即便是在给诗人以抚慰的黑夜中,也还有星光的熟悉的语言;他只好去追求"虚无、赤裸和黑暗",然而那也只是一重帐幕,后面仍有万物在活动(《顽念》)。于是诗人遵从了猫头鹰的教导:"在这世上应该畏怯众人的运动和喧哗"(《猫头鹰》),曾经一度参加过1848年革命运动的诗人终于消沉颓唐,在革命失败后脱离了政治活动,企图关门闭户,"在黑夜中建造我仙境的华屋":

> 暴乱徒然地在我的窗前怒吼,
> 不会让我从我的书桌上抬头。
>
> 《风景》

诗人就这样沉浸在对过去的缅怀中,而现实则向他呈现出一种丑恶、阴森、充满了敌意的面貌。未来,这对诗人来说是一个极陌生的概念,他不相信社会的进步会给人带来幸福,他也不知道将来会是怎样一副模样。他的希望是一个虚幻缥缈的所在,其形象取自往事的回忆,如他在旅行中所到达的热带岛屿,但那也仅仅是经他改造的一种主观的感觉和印象。这样,"光辉往昔"(《黄昏的和谐》),丑恶的现实,陌生的未来，如同三只巨手，同时在撕扯着诗人。他对过去的缅怀是执着的，他对现实的憎恶是强烈的，而他对未来的憧憬却是朦胧而微弱的。这是诗人的悲观主义的特点，其来源是一种清醒的"恶的意识"。

这种恶的意识使诗人的悲观主义成为当时广泛流行的肤浅的乐观主义的反面。这种悲观固然是消极的，但是，比起那种虚假的乐观来说，无疑具有更丰富的启示和教训，因而也是深刻的。所谓"恶的意识"，其实就是对客观世界和现实社会的一种清醒冷静的认识，在悲观中透出一线哪怕是微弱的希望。在《无可救药》那首诗中，那星、那灯、那火炬，就像失望中的一线希望，活跃在诗人沉重阴郁的心中。虽然那来自天上的星光是苍白的，那来自地下的灯是嘲讽的，那火炬闪着撒旦的光，但毕竟像是一只警觉的眼睛，在注视着恶、观察着恶、解剖着恶。因此，诗人的悲观厌世实在是出于一种对这个世界的强烈的爱，他不能改变这个世界，他只能在他的所爱中倾注深厚的同情。

《恶之花》中的诗人是一个普通人，除了按照当时资产阶级的偏见，他是个无所事事、没有用处的人之外，他的生活与下层的穷苦人几无区别。然而，他写诗、写文章，他是个脑力劳动者。虽然他出生在一个中等资产阶级的家庭，但他受到母亲的诅咒，从家里逃了出来，而与下层的受压迫的人们建立了某种联系，因此，他对穷人以及一切被社会抛弃的人所怀有的同情，他对劳动的赞美和对劳动者的尊敬，是深沉的、真诚的、发自内心的。他与他们的心是相通的,他的同情不是一种自上而下的施舍,而是出于同病相怜的亲切感受。他分担他们的痛苦和悲哀。因此,他能够在太阳养育万物的光和热中融入自己的同情和怜悯,他这样想象着太阳:

> 它像诗人一样地降临到城内,
> 让微贱之物的命运变得高贵,
> 像个国王,没有声响,没有随从,
> 走进所有的医院,所有的王宫。
>
> 　　　　　　　　《太阳》

女乞丐的美丽和受人欺凌的命运,引起了他的愤慨(《给一位红发女乞丐》);那寻找着家乡的椰子树的黑女人,"憔悴而干枯",使他不能忘怀(《天鹅(二)》);那瞪着无光的眼球的盲人,令诗人想到自己的无望的追求(《盲人》);那引起母亲忌妒的痴心的女仆,使他觉得该带几朵花去供奉(《您曾忌妒过那位善良的女仆》);而那些风烛残年、被生活压弯了腰的老人们,他们眼中仇恨的光,使他陷入极大的不平静之中:

> 我的灵魂跳呀,跳呀,这艘破船,
> 没有桅杆,在无涯怒海上飘荡!
>
> 　　　　　　　《七个老头子》

那些囚徒，那些被遗弃的水手，那些渴望着安息的穷人，那些垂危的病人，那些年老色衰的女伶……所有这些漂泊者、流浪者、被社会和岁月抛弃的人们，都分享着诗人的同情和怜悯。值得注意的是，诗人的视野中，从未出现过达官贵人和绅士淑女，唯一一位高贵的女人却是一位转瞬即逝的过客，而引起诗人同情和遐想的，又仅仅是她那一身丧服和庄严的悲哀。

诗人憎恶那丑恶的巴黎，而在他的心中最温暖的地方却有一个劳动的巴黎。他曾在庄严的钟声中凝视过唱歌闲谈的工厂和远上云天的煤烟之河（《风景》）；他曾经怀着欣喜的心情注视过巴黎的苏醒，像个辛勤的老人抓起了工具（《晨光熹微》）；他更因劳动者所企盼的黄昏的降临而感到宽慰，因为沉思的学者可以抬头，疲倦的工人可以上床了（《薄暮冥冥》）；他还对艺术家的奋斗寄予深切的同情，因为他们追求理想的美至死不悔，正与他的心息息相通（《艺术家之死》）。劳动，这是人区别于自然界万物的最根本的特征，对诗人来说，它代表着人们最伟大的品质。萨特从中看出了波德莱尔的矛盾，他说："波德莱尔憎恨人以及'人面的残暴'，但因其对人类劳动成果的崇拜复又成为人道主义者。"[1]

诗人不止于分担一切受压抑的人们的痛苦和悲哀，他还怀着崇敬的心情倾听他们不平的呼声，赞美他们美好的理

1　Jean-Paul Sartre: *Baudelaire*, Gallimard, p. 53.

想。他从那喝醉了酒的拾破烂者身上看出了他们酷爱正义的优秀品德：

> 常见一个捡破烂的，跌跌撞撞，
> 摇头晃脑，像个诗人撞在墙上，
> 毫不理会那些密探，他的臣民，
> 直把心曲化作宏图倒个干净。
>
> 他发出誓言，口授卓越的法律，
> 把坏蛋们打翻；把受害者扶起，
> 他头顶着如华盖高张的苍穹，
> 陶醉在自己美德的光辉之中。
>
> 《醉酒的拾破烂者》

这深厚的同情心做成了诗人的人道主义精神的基石，其核心是人的命运，人与自然、人与社会的不和谐。诗人赞美女人的首饰和服装，因为这是人为的结果；诗人诅咒人类的罪恶，因为他相信基督教的原罪说，认为是自然教人犯了罪；诗人憎恨这个社会，因为这个社会让人处于非人的境地。这其中有一个极大的矛盾，那就是他不大相信人类能改善自己的境遇，因此，人类上升只是一种"意愿"，而人类堕落，却是一种"快乐"。在这场意愿与快乐的争战中，孰胜孰败，就诗人自己来说，依旧是一个未知数。

不可排解的忧郁,执着但是软弱的追求,深刻复杂的悲观情绪,深厚的人道主义精神,这是《恶之花》中诗人形象的基本性格特征。波德莱尔成功地塑造了这一形象,就其典型性来说,他可以厕身于维特、勒内、阿道尔夫、奥伯尔曼、曼弗雷德等著名主人公之间而毫无愧色,而且,他比他的兄长们更复杂、更深刻、更丰富,因为他身上流的是他的创造者的血液,他使用的是他的创造者的眼睛,支配他的行动的是他的创造者的灵魂。《恶之花》中的诗人虽然没有姓名,但我们实在是有理由把他称作波德莱尔。然而,他并不是现实中的波德莱尔的翻版,而是一个经过浓缩、凝聚、升华的波德莱尔。夏尔·阿斯里诺说得好,波德莱尔的一生是其作品的"注解和补充",而他的作品则是其一生的"总结,更可以说是他的一生的花朵"。[1] 因此,波德莱尔和《恶之花》中的诗人之间,不是绝对的等同,而是有机的融合。

《恶之花》是一篇坦诚的自白,是一次冷静的自我剖析;但它也是一面镜子,照出了七月王朝和第二帝国时代资产阶级青年的面貌和心灵,照出了世纪病进一步恶化的种种征候。

---

[1] *Baudelaire et Asselineau*, p. 62.

第五章　时代的一面"魔镜"

司汤达曾把小说比作大路上的一面镜子[1]，照出过往的车马人群；雨果曾把戏剧比作一面浓缩的镜子[2]，化微光为光明，化光明为火焰；而诗，却常常被比作时代的号角或抒情的芦笛。波德莱尔的《恶之花》，不是一只号角，号角太吵闹了，《恶之花》没有高昂明亮的音调；它也不是一管芦笛，芦笛太单调了，《恶之花》是复杂的人生和纷繁的世事的一曲交响。这本"有头有尾的书"，倒可以说是一面镜子，然而不是一面普通的镜子：社会的动乱、政权的更迭、财富的增殖、人民的苦难，都只如浮光掠影一般，在镜子的表面闪闪烁烁，转瞬即逝；而在镜子里面附着不去的，是一片光怪陆离、阴森可怖的景象，透出一股逼人的寒气，直射

1　司汤达：《红与黑》，郝运译，上海译文出版社，1986年，第97页。
2　Victor Hugo: *Préface de Cromwell*, Louis Conard, Paris, p. 14.

到观者心中最隐秘的角落。当波德莱尔发现没有一种美是不包含不幸的时候，不禁万分惊异，这样问道："难道我的头脑是一面魔镜吗？"[1]在他的头脑中，一切都被笼罩在浓重的忧郁之中。《恶之花》正是这个头脑中产生出来的一面魔镜。稍后的波兰杰出批判现实主义作家奥洛什科娃曾经这样写道："我们可以把小说比作一种魔镜，这种魔镜不仅能反映出事物的外貌及它为众人所能看到的日常秩序，同样也能表现出事物的最深邃的内容，它们的类别和五光十色，以及它们之间所进行的相斥相引，它们产生的原因及其存在的结果。"[2]这当然只是小说家们追求的一种理想，真正可以称为"魔镜"的小说毕竟是其中最优秀者。但是，小说一旦达到此种境界，便与波德莱尔对于诗的理解相通了，所以，巴尔扎克和福楼拜，在他看来都是伟大的诗人。就其精神实质来说，波德莱尔的《恶之花》和巴尔扎克、福楼拜、司汤达等的优秀小说一样，表现的是一代青年的灵魂及其在一个散发着铜臭气的氛围中的沉沦和挣扎；这是时代的情绪、历史的反光，被以间接曲折甚至变形的方式映照出来。

波德莱尔谈到《恶之花》的时候，曾经说过："在这本残酷的书里，我放进了我全部的心，全部的温情，全部的信

---

[1] 《波德莱尔全集》第1卷，第657页。
[2] 《论叶什的小说——并泛论一般的小说》，《古典文艺理论译丛》第四册，人民文学出版社，1963年。

仰（改头换面的），全部的仇恨。"此言不虚，他被视为最真诚、最坦白、最勇敢的诗人，也因此有许多学者力图为他的每一首诗找出个人生活方面的依据。事实上，这并不是没有困难的，因为波德莱尔本人十分强调他的诗的非个人性，也就是说，他为了表现某种普遍的情绪和感受，而在书中采用了某些并不属于他个人的细节。当第二帝国的法庭勒令他删除六首诗的时候，他写信给一个杂志的主编说："我将设法让人理解——时而很高，时而很低。由于这个方法，我能够下降到丑恶的情欲之中。只有绝对居心不良的人才会不理解我的诗的有意的非个人性。"[1]这种"有意的非个人性"被后来的象征派诗人理解为诗排斥纯粹的个人感情，这是后话。这里波德莱尔的意图却是清楚的：为了描写某种罪恶，可以把自己并不曾犯下的罪恶加在自己身上。正是这种方法，使《恶之花》远远地超出了作者自传的范围，而具有一种更为普遍、更为本质的意义。事实上，远在《恶之花》出版之前，波德莱尔就表示过反映社会上普遍的感情的愿望，他在论工人诗人彼埃尔·杜邦的文章中写道："在一本不偏不倚的书中，讲一讲路易·菲利普治下的青年的感情、理论、外部生活、内心生活和风俗习惯，该是多么有趣！"[2]这样的书他没有写，但是这种愿望化成了《恶之花》中的诗句。《恶

---

1 1858年11月10日波德莱尔致阿尔封斯·德·卡洛那书。
2 《波德莱尔全集》第2卷，第26页。

之花》出版之后，波德莱尔针对一些人的攻击，自我辩护说，《恶之花》是"一本表现精神在恶中骚动的书"[1]。波德莱尔的意图并未逃过他同时代的人的眼睛。当1850年6月，《家庭杂志》发表他的两首诗时，曾有过这样的预告："即将出版"的《边缘》一书，"旨在表现现代青年的精神骚乱和忧郁"。次年4月，《议会信使》杂志也曾有过同一本书的预告，其中说道，本书"旨在再现现代青年精神骚乱的历史"。我们知道，《边缘》乃是《恶之花》的雏形。这一切都表明，波德莱尔对《恶之花》所具有的历史的、时代的性质，在思想上是十分明确的。在一本抒情诗集中，作者就是抒情主人公，而抒情主人公的生活范围又超出了作者本人的实际经历，从而使诗集打破了作者自传的束缚，具有一种更广泛、更普遍、更深刻的社会意义，这种关系并不奇怪，文学史上并不缺少这样的例证，尤其是伟大作家的自传性作品更具说服力。英国诗人托·斯·艾略特说得好："伟大的诗人在写他自己的时候就是在写他的时代。"[2] 值得人们注意的是，波德莱尔自觉地意识到了这一点。

"作为观念形态的文艺作品，都是一定的社会生活在人类头脑中的反映的产物。"[3]《恶之花》并不例外。波德莱尔曾

---

1 《波德莱尔全集》第1卷，第195页。
2 转引自杨周翰：《艾略特与文艺批评》，《世界文学》，1980年第1期。
3 毛泽东：《在延安文艺座谈会上的讲话》，《毛泽东选集》第三卷，人民出版社，1991年，第852页。

经明确地表示过:"我知道我写的是什么,我只讲述我见过的东西。"[1] 他断然拒绝刊物对他的作品的任何微小的改动,因为他所写的都是真实的而非臆造的。然而,我们知道,波德莱尔的头脑"是一面魔镜",他的眼睛也是不同于常人的诗的眼睛。因此,《恶之花》之反映社会生活,不是像普通的镜子那样刻板地、一丝不爽地反映它所面对的一切,而是把外界事物经过筛选和幻化之后,再经由这一面魔镜折射出来;波德莱尔看待社会生活,也不像普通人那样把目光停留在事物的表面,而是深入到事物的内部,洞观其中的隐秘的应和关系。固然,我们也可以在《恶之花》中发现不少现实生活中的细节,甚至描写得十分逼真生动的细节,但是不管这些描写是多么引人注意,却毕竟不是《恶之花》反映社会生活的主要方式。由于波德莱尔对小说的真实和诗的真实有着完全不同的看法,在反映和表现时代及社会生活这一点上,《恶之花》就采取了不同于他的叙事性作品的方式。

关于 1848 年革命。这是一次在欧洲近代史上具有划时代意义的革命,波德莱尔一度参加过,并在街垒上战斗过,但是他并不理解这次革命真正的意义,只是受到一种破坏欲的驱使;他并不理解无产阶级的历史使命,只是要发泄对资产阶级的仇恨和鄙夷。他可以在《敞开我的心扉》这样一部

---

[1] 1863 年 6 月 20 日波德莱尔致夏邦蒂埃书。

散文体的作品中直抒胸臆,痛快淋漓:

> 我在1848年的沉醉。
> 这种沉醉是什么性质?
> 报复的兴趣。破坏的天然的乐趣。
>
> 六月的恐怖。人民的疯狂和资产者的疯狂。对罪行的天然的爱。
>
> 1848年之所以有趣,是因为每一个人都在其中建立起空中楼阁一样的乌托邦。
> 1848年之所以迷人,是因为可笑已发展到极端。[1]

而在《恶之花》中,我们只看到三五处相当隐晦的影射:在《祝福》中,他提到了"愤怒人群";在《天鹅》中,他寄同情于"囚徒"、"俘虏"、"被遗忘在岛上的水手";在《猫头鹰》中,他告诫人们要畏怯"运动和喧哗";在《风景》中,他写道:"暴乱徒然地在我的窗前怒吼。"寥寥几句诗,就让读者想到了令资产者心惊胆战的1848年革命,让读者看到了一个资产阶级诗人在革命失败后的消极颓唐的精神状态。影像虽不真切,却激起读者的丰富联想,而且必然是沿着波德莱尔所暗示的方向。

---
1 《波德莱尔全集》第1卷,第678-680页。

关于劳动人民的苦难。在法国历史上，第二帝国被称为"胜利的资产者"的时代，工业资产阶级和资本主义的经济从七月王朝开始，特别是从19世纪40年代开始，获得了蓬勃的发展和壮大，其代价是农村的凋敝，农民的破产，工人工资的下降，劳动人民生活状况的普遍恶化。对于在贫困中挣扎的下层人民，波德莱尔曾表现出深切的同情，他在论彼埃尔·杜邦的那篇文章中，以写实的语句，描绘过他们的悲惨境遇："不论一个人属于什么党派，不论他怀有什么偏见，他都不能不看到这病态的人群而为之动容，他们呼吸着车间里的灰尘，吞咽着棉絮，浸染着水银和艺术杰作所必需的各种毒物，他们睡在虫子堆里……"而在《恶之花》中，直接提到"工人"的诗句只有两处，如在《薄暮冥冥》中："那些工人累弯了腰重拥枕席"，他们从黄昏的到来中得到慰藉。然而，穷人的命运却在《穷人之死》一诗中通过象征的手法得到了表现：

> 死亡给人慰藉，唉！又使人生活；
> 这是生命的目的，唯一的希望，
> 像琼浆一样，使我们沉醉，振作，
> 给我们勇气直走到天色昏黄；
>
> 穿过飞雪，穿过浓霜，穿过暴雨，
> 那是漆黑的天际的颤颤光华；

> 那是写在册子上的著名逆旅,
> 那里可以吃,可以睡,可以坐下:
>
> 那是天使,在有磁性的手指间,
> 掌握着睡眠,恩赐恍惚和梦幻,
> 又替赤裸的穷人把床铺整顿;
>
> 这是神祇的荣耀,神秘的谷仓,
> 这是穷人的钱袋,古老的家乡,
> 这是通往那陌生天国的大门!

穷人的劳顿的一生,就是走向死亡的过程,死亡对他们来说,并不是一件可怕的东西,而是休息,是安慰,是解脱。这自然是波德莱尔的一种消极的理解,然而,对于穷人的悲惨处境来说,却又是多么深刻的写照!

关于资产阶级和无产阶级之间的矛盾与斗争。波德莱尔并没有阶级斗争的观念,他仇视资产阶级,也敌视资产阶级所创立的所谓民主制度和共和政体,更不相信所谓人类进步的宣传,他对社会主义的接近也只是一时的冲动,但是他从自己的切身体验中,感到了穷人和富人之间的斗争,并且敏锐地预感到富人的失败,他曾在一封信中写道:"也许未来将

属于失去社会地位的人们。"[1]这种预感在《恶之花》中化为《亚伯和该隐》一诗,展开了一幅阶级斗争的画卷:

一

亚伯之子,你睡、喝、吃;
上帝向你亲切微笑。

该隐之子,在泥水里,
你爬滚着,凄然死掉。

亚伯之子,你的供奉,
大天神闻到心喜欢!

该隐之子,你的苦刑,
难道永远没有个完?

亚伯之子,你的播种,
你的放牧,都获丰收;

该隐之子,你的肠中,
辘辘鸣响,像只老狗。

---

1 1852年3月5日波德莱尔致昂赛尔书。

亚伯之子,烘暖胃袋,
在世代传留的炉畔;

该隐之子,可怜的豺,
在洞穴里冷得打战!

亚伯之子,恋爱,繁殖!
大黄金生出小黄金。

啊,该隐之子,心焦如炽,
这大胃口你得当心。

亚伯之子,椿象一样,
在那里滋生和啮食!

该隐之子,却在路上,
拖曳着濒死的家室。

二

亚伯之子,你的腐尸,
啊,会肥沃你那良田!

该隐之子,你的活计,

还没有充分地做完；

亚伯之子，真是耻辱：
犁铧竟被猎矛打败！

该隐之子，升上天宇，
把上帝扔到地上来！

波德莱尔大胆地采用并改造了《圣经》中该隐杀其弟亚伯的故事。这首诗寓意深刻，细心的读者一定会看出，亚伯的子孙代表着取得优势的资产者，而该隐的子孙则代表着陷于贫困的无产者。令人惊讶的是，波德莱尔却让犁铧败于猎矛，从而暗示了无产者的胜利。这类政治性极强的诗篇在《恶之花》中十分罕见，因而更值得珍视。它表明，波德莱尔对资产阶级由鄙夷而失望，由于一种诗人的特殊的敏感，他预言了处在优势之中的资产阶级必将衰亡。

关于资本主义的城市文明。随着资本主义制度的确立，城市成为人们政治、经济、文化活动的中心，并且得到了病态、畸形的发展。巴黎是个典型，它成为一座贫富对立十分强烈的"病城"。巴黎同时也是一座充满矛盾的城市，它既是罪恶的渊薮，又是数百年人类活动的产物，集中了文学艺术等创造性活动的精华。波德莱尔一向被称为"巴黎诗人"，对巴黎有着特殊的感情和深入的认识，他在许多文章中强调了现代生活的美和英雄气概，描绘了城市生活的活跃和勃勃生气。他欣赏画家梅里昂的城市风景画，从大都市的庄严中看到了"诗意"，从容纳着工厂的浓烟的天空中感到了"愤怒和怨恨"，而石头的建筑、林立的脚手架等等，都是文明的"痛苦而光荣的装饰"[1]。他曾经为贡斯当丹·居伊，一位以画巴黎景物、人物著名的画家，写下这样满怀激情的语句："他出门了！他看着生命力的长河在流动：波澜壮阔，闪闪发光。他欣赏着大都会生活的永恒的美和惊人的和谐，这种和谐神奇地保持在人类自由的动荡之中。他观望着大都市的风光，那浓雾抚摩着的、阳光照射着的石头的风光……"[2] 而在《恶之花》中，波德莱尔却增添了现实主义的细节描写，着力在城市的阴暗面中发掘诗意，从而更深刻地暴露出巴黎这座"病城"的灵魂。在他的笔下，工厂的浓烟变成"煤烟的江河高高地升上天外"（《风景》），在穷人聚居的古老郊区，破屋上的百叶窗变成了"遮蔽秘密淫荡"的屏障（《太阳》），街道是阴郁的，像老人的皱纹，却又嘈杂得震耳欲聋，路灯闪烁着发红的光，照着泥泞的曲巷……这是波德莱尔笔下的巴黎，是穷人居住的巴黎，是巴黎的郊区，是辉煌灿烂的巴黎的反面。那乞丐、老人、老太婆、拾破烂

---

[1] 《波德莱尔全集》第 2 卷，第 666-667 页。
[2] 《波德莱尔全集》第 2 卷，第 692 页。

的、筋疲力尽的工人、钻研竟日的学者，还有小偷、骗子、赌徒、娼妓，就是这座城市的居民。波德莱尔既描绘了他们一天的结束（《薄暮冥冥》），也描绘了他们一天的开始（《晨光熹微》）。在《晨光熹微》一诗中，那曙光初照、城市渐渐醒来的景色充分地显示了诗人观察的敏锐和感觉的细腻，闪耀着现实主义的光彩：

> 起床号从兵营的院子里传出，
> 而晨风正把街头的灯火吹拂。
>
> 这个时辰，邪恶的梦宛若群蜂，
> 把睡在枕上的棕发少年刺疼；
> 夜灯有如发红的眼，游动又忽闪，
> 给白昼缀上一个红色的斑点；
> 灵魂载着倔强而沉重的躯体，
> 把灯光与日光的搏斗来模拟；
> 像微风拂拭着泪水模糊的脸，
> 空气中充满飞逝之物的震颤，
> 男人倦于写作，女人倦于爱恋。
>
> 远近的房屋中开始冒出炊烟。
> 眼皮青紫，寻欢作乐的荡妇们，
> 还在张着大嘴睡得又死又蠢；

>穷女人，垂着干瘪冰冷的双乳，
>吹着残火剩灰，朝手指上哈气。
>产妇们的痛苦变得更加沉重；
>像一声呜咽被翻涌的血噎住，
>远处鸡鸣划破了朦胧的空气；
>雾海茫茫，淹没了高楼与大厦，
>收容所的深处，有人垂死挣扎。
>打着呃，吐出了最后的一口气。
>冶游的浪子回了家，力尽筋疲。
>
>黎明披上红绿衣衫，瑟瑟发抖，
>在寂寞的塞纳河上慢慢地走，
>暗淡的巴黎，揉着惺忪的睡眼，
>抓起了工具，像个辛勤的老汉。

这是一个冰冷的早晨，开始劳动的早晨，一日之计在于晨，早晨从来都是与希望同来的，然而，波德莱尔笔下的早晨却是一个没有太阳的早晨，只有劳动而没有希望。这首诗写于19世纪40年代初，它所创造的氛围，与波德莱尔在论彼埃尔·杜邦的文章中对工人的悲惨处境的描绘，具有异曲同工之妙，而且别具一种震撼人心的力量。

关于七月王朝和第二帝国的社会风气。从街垒战中诞生的七月王朝，是大资产阶级篡夺了革命果实的产物，它的标志是银行家的钱柜，它的口号是"发财"和"中庸之道"，它的性格特点是"猥琐"和"平庸"，总之，这是一个"重商重利的世纪"[1]；第二帝国则是资产阶级飞扬跋扈的时代，经济的一度繁荣曾经给人们带来某种虚假的乐观主义，政治上却以"沙威无处不在"[2]为特征。资本主义的发展，使一切都成为利润的奴隶，整个社会都淹没在拜金主义的冰水之中，极严重地败坏了人们的精神和彼此间的关系。波德莱尔曾在他的文论中一针见血地指出："当财富被表现为个人的一切努力的唯一的、最后的目的时，热情、仁慈、哲学，在一个折中的、私有制的制度中做成人们共同财富的一切，都统统消失了。"[3] 他以鄙夷不屑的口吻称第二帝国为"绝对陈腐、愚蠢和贪婪的社会"[4]。在一片灯红酒绿、歌舞升平的气氛中，他作出了如下不祥的预言："世界要完了……儿子将由于贪婪的早熟而逃离家庭，不是在十八岁，而是在十二岁；他将逃离家庭，不是去寻求充满英雄气概的冒险，不是去解救被锁在塔里的美人，不是为了用高贵的思想使陋室生辉不

---

1 拉法格：《雨果传说》，《文论集》，罗大冈译，人民文学出版社，1979年，第66页。
2 Bovier-Ajamme: *Moins d'un demi-siècle, Europe*, avril-mai 1987. 沙威是雨果的小说《悲惨世界》中的人物，是资产阶级的法律的化身，素以冷酷无情著称。
3 《波德莱尔全集》第2卷，第28页。
4 《波德莱尔全集》第2卷，第80页。

朽，而是为了做买卖，为了发财，为了和他的卑鄙的爸爸竞争……而资产者的女儿……在摇篮里就梦想着自己会被卖到一百万。"这种对于金钱的崇拜，在《恶之花》中，是通过诗人的悲惨命运来表现的，他受到家人的诅咒（《祝福》），他受到世人的揶揄（《信天翁》），他的生活像拾破烂的一样潦倒（《醉酒的拾破烂者》），他竟至于为了糊口而不得不出卖自己的灵魂和尊严：

啊我心灵的诗神，味觉的情侣，
当严寒的一月放出它的北风，
在那雪夜的黑色的厌倦之中，
你可有火烘烤你青紫的双足？

那漆黑的夜光穿透了百叶窗，
你能温暖你冻痕累累的双肩？
钱袋空空如同你的口腹一般，
你可会从青天上把黄金收藏？

为了挣得那每晚糊口的面包，
你得像那唱诗童把香炉轻摇，
唱你并不相信的感恩赞美诗，

或像饥饿的卖艺人做尽手脚，

以博得凡夫俗子的捧腹大笑,

君不见你的笑却被泪水浸湿。

《稻粱诗神》

《共产党宣言》中指出:"资产阶级抹去了一切向来受人尊崇和令人敬畏的职业的神圣光环。它把医生、律师、教士、诗人和学者变成了它出钱招雇的雇佣劳动者。"[1] 波德莱尔的这首题为《稻粱诗神》的十四行诗不是提供了一个很好的例证吗?诗人非但失去了灵光,竟然落到了拾破烂者的地步,只能乘着酒兴发泄胸中的郁闷,对无孔不入的第二帝国的密探表示鄙视(《醉酒的拾破烂者》)。总之,波德莱尔用间接的方式、用具体的形象印证了他的直接的议论,从而更生动更鲜明地再现了当时社会风气的一个本质方面。

综上所述,我们从五个方面指出了《恶之花》与现实的社会生活之间的联系。它没有点明任何时代,它没有写出任何有代表性的姓名,它只是偶尔提到了巴黎、塞纳河、卢浮宫,但是,它通过暗示、影射、启发、象征、以小见大等诗的方法,间接曲折地反映出时代的风貌。同时,为了内容的需要,它并未摈弃写实的白描手法,勾勒了几幅十分精彩的风俗画。《恶之花》展示的是一幅法国 1848 年前后二十余

---

[1] 《马克思恩格斯选集》第一卷,人民出版社,1995 年,第 275 页。

年的历史画卷，我们可以说它不全面，但我们不能说它不深刻；我们倒似乎可以说，唯其不全面，才愈见出它的深刻，因为它抓住了时代的灵魂的一个重要侧面，即胜利了的资产阶级和它的一部分知识分子——"比较正直、比较敏感的人，渴望真理和正义的人，对生活抱着很大希望的人"[1]——之间的矛盾。这种矛盾产生了一种精神状态，就是法国文学史所称的"世纪病"（le mal du siècle）的进一步恶化，其最基本的症状，是由浪漫派的"忧郁"（la mélancolie）演化为波德莱尔的"忧郁"（le spleen）。

19世纪伊始，斯达尔夫人就提出："忧郁是才气的真正灵感：谁要是没有体验到这种感情，谁就不能期望取得作为作家的伟大荣誉；这是此种荣誉的代价。"[2] 第一位以此为代价赢得荣誉的是夏多布里昂，他的《勒内》表现了贵族阶级的没落子弟对资产阶级革命又欢迎又恐惧的复杂心理，在成千上万同病相怜的人们之中，也在成千上万资产阶级的最庸庸碌碌的子弟之中引起强烈的共鸣，成为"整整一代人们的、充满诗意的自传"[3]。而波德莱尔的《恶之花》，则是在资产阶级胜利并且巩固了自己的统治之后，它的一部分"神经比较敏锐、心地比较纯良"的子弟对丑恶的现实感到幻灭的产物。"他们在黑暗的生活里迷失了方向，想给自己寻找一

---

[1] 高尔基：《论文学·续集》，第5页。
[2] 所著《论文学》，第2章第5节。
[3] 拉法格：《论文学》，第169页。

个干净的角落"[1]。而这恰恰是不可能的，之所以不可能，是因为他们不能彻底切断他们与资产阶级的联系，他们不能脱离资产阶级而归附无产阶级。这是波德莱尔的忧郁的最深刻的根源。

《恶之花》作为一面魔镜，反映得最深刻、最全面的，正是这种时代的情绪，它通过富于哲理的沉思和细腻敏锐的感觉，将其集中、浓缩、升华为忧郁（le spleen）这种精神状态。正如恩斯特·莱诺指出的那样：《恶之花》是"应时而生"，波德莱尔写了《恶之花》只不过是记下了一种新的精神状态，这种精神状态散布在当时的氛围中，而他是最杰出的创导者。[2] 在波德莱尔的笔下，这种精神状态表现为：透不过气来的窒息感，行动上的无能为力，精神上的孤独，不可救药的厌倦，阴森可怖的幻象，不得不生活的痛苦，等等。表现忧郁的诗篇很多，难以一一列举，最著名的有《破裂的钟》、《忧郁之四》、《秋歌》、《顽念》等。试以"裂钟"为例，以见一斑：

> 又苦又甜的是在冬天的夜里，
> 对着闪烁又冒烟的炉火融融，
> 听那遥远的回忆慢慢地升起，

---

[1] 高尔基：《论文学·续集》，第6页。
[2] Ernest Raynaud: *Charles Baudelaire*, Garnier, 1922, pp. 281-283.

应着茫茫雾气中歌唱的排钟,

那口钟啊真是幸福,嗓子洪亮,
虽然年代久远,却矍铄又坚硬,
虔诚地把它信仰的呼声高扬,
宛若那在营帐下守夜的老兵。

而我,灵魂已经破裂,烦闷之中,
它想用歌声充满凛冽的夜空,
它的嗓子却常常会衰弱疲软,

像被遗忘的沉沉残喘的伤员,
躺在血泊中,身上堆满了尸体,
竭力挣扎,却一动不动地死去。

《破裂的钟》

回忆与现实,炉火与寒气,教堂的排钟与诗人的灵魂,一系列强烈的对立,反映出诗人力不从心的愿望;把灵魂比作裂钟,是否象征着诗人信仰的丧失?绝望的比喻,可怖的景象,令人窒息的姿态,烘托出诗人徒劳无益的挣扎;那一堆死尸,是否象征着诗人沉重的精神包袱?一个人如果对现实的丑恶和压迫没有深切的感受和认识,是不会有如此可怖的想象和如此沉痛的呼声的。这是典型的波德莱尔式的忧郁。

1848年革命失败之后，资产阶级和无产阶级的矛盾成为法国社会的主要矛盾，而资产阶级对无产阶级的血腥镇压继1830年七月革命之后，又使更多的人感到羞耻和幻灭。自1789年大革命以来，资产阶级的意识形态一直是衡量是非的唯一尺度，而现在这一意识形态的垄断状态被打破了。资产阶级作家们面临着严峻的选择：或者站在资产阶级一边反对无产阶级，或者站在无产阶级一边反对资产阶级，而真正实现了这一选择的是少数，相当多的人处于一种痛苦的摇摆之中。他们既不满于资产阶级的统治，又不能真正地归附于无产阶级。而事实已经证明，不但无产阶级"要在资产阶级共和国范围内稍微改善一下自己的处境只是一种空想"[1]，就是资产阶级中的一些人想在资本主义世界中"给自己寻找一个干净的角落"也是一种空想。因此，这些人"不满现状，可是又找不到出路"[2]，始终处于一种不可排解的忧郁之中。这就是《恶之花》所反映的最深刻的社会现实，一种新的条件下的世纪病。

保尔·艾吕雅指出，波德莱尔"这面魔镜没有蒙上水汽"[3]。保尔·魏尔伦说得更为明快果决："我认为，夏尔·波德莱尔的深刻的独创性在于强有力地、从本质上表现了现代的人……我还认为，将来写我们这个时代的历史学家们，为

---

1 《马克思恩格斯选集》第一卷，人民出版社，1995年，第401页。

2 高尔基：《论文学·续集》，第6页。

3 Paul Eluard: *Œuvres complètes*, T. I, Bibliothèque de la Pléiade, Gallimard, p. 954.

了不致片面，应该仔细地、虔诚地阅读这本书，它是这个世纪的整整一个方面的精粹和极度的浓缩。"[1]读过《恶之花》的人，会欣然承认：这并不是夸张的评价。

---

[1] Paul Verlaine: *Œuvres posthumes*, T. II, Albert Messein, p. 4.

第六章　应和论及其他

　　诗可以议论。这是诗中的一格，几乎对任何伟大的诗人来说都是不陌生的。波德莱尔的特点是寓深奥的理论于鲜明的形象之中，读来毫无嚼蜡之感。他的《恶之花》仿佛一枚琢磨得玲珑剔透的钻石，在众多的平面上反射出他的诗歌理论的不同侧面。他并未写出系统的理论著作，他的思想和观点散见于大量的画评、书评、函札和诗篇之中。他的深刻、敏锐、准确、渊博，甚至矛盾，使越来越多的法国文学研究者认为，作为诗人的他是一位比批评家圣伯夫还要伟大的批评家。亨利·勒麦特说他是法国"19世纪最大的艺术批评家"[1]，安多尼·亚当则断言："从他的批评文字看，他远比圣伯夫更有把握成为19世纪最大的批评家。"[2]

1　Henri Lemaître: *La poésie depuis Baudelaire*, Armand Colin, 1965, p. 22.
2　Antoine Adam: *Littérature francaise*, T. I, Larousse, 1960, p. 106.

许多伟大的作家同时也是伟大的批评家，这是文学史上的事实。然而，当波德莱尔说"一切伟大的诗人本来注定了就是批评家"[1]，保尔·瓦雷里说"任何真正的诗人都必然是一位头等的批评家"[2]的时候，就不仅仅是确认了一桩事实，同时还表明文学观念发生了一种变化。波德莱尔不再用柏拉图的"灵感说"和"迷狂说"来解释诗歌的创作了，"从心里出来的诗"在他那里得到的是嘲笑和鄙薄；相反，用瓦雷里的话说，他是"把批评家的洞察力、怀疑主义、注意力和推理能力与诗人的自发的能力结合在一个人身上"[3]，即诗人和批评家一身而二任，或者诗人和批评家生来就应该是一个人。这是（就波德莱尔而言）对盛极而衰的浪漫主义的修正与反驳。

波德莱尔的文学活动开始于19世纪40年代初，是时浪漫主义的"庙堂出现了裂缝"，古典主义有回潮之势，唯美主义已打出了旗帜，现实主义尚在混乱之中。"伟大的传统业已消失，而新的传统尚未形成"[4]，这是一个流派蜂起、方生方死的时代，既是新与旧更替的交接点，又是进与退冲突的漩涡。波德莱尔正是站在这样一个十字路口上，瞻前顾

---

[1] 《波德莱尔全集》第2卷，第793页。
[2] Paul Valéry: *Œuvres complètes*, T. I, Bibliothèque de la Pléiade, Gallimard, p. 1035.
[3] Paul Valéry: *Œuvres complètes*, T. I, Bibliothèque de la Pléiade, Gallimard, p. 604.
[4] 《波德莱尔全集》第2卷，第493页。

后，继往开来，他不仅是诗歌创作上的雅努斯[1]，也是文艺批评上的伊阿诺斯。他的文艺思想在时代思潮的碰撞中形成，又反映了时代思潮的变化，有卓见，也有谬误，丰富复杂，充满矛盾，其中既有传统的观念，又蕴藏着创新的因素，既表现出继承性，又显露出独创性，成为后来许多新流派的一个虽遥远却又有迹可寻的源泉。

诗人波德莱尔是一位美学家。他的诗歌理论，其实就是他的美学理论，因为他认为："现代诗歌同时兼有绘画、音乐、雕塑、装饰艺术、嘲世哲学和分析精神的特点；不管它修饰得多么得体、多么巧妙，它总是明显地带有取之于各种不同的艺术的微妙之处。"[2]于是，"对于一幅画的评述不妨是一首十四行诗或一首哀歌"[3]。在他看来，诗可以论画，画也可以说诗，诗画虽殊途而同归。因此，《恶之花》中表现或陈述出来的创作思想和创作方法与他在其他地方所作的注论阐述既相互补充，又相互发明，水乳交融，浑然一体。

"什么叫诗？什么是诗的目的？就是把善同美区别开来，发掘恶中之美，让节奏和韵脚符合人对单调、匀称、惊奇等永恒的需要，让风格适应主题，灵感的虚荣和危险，等等。"[4]这是波德莱尔为《恶之花》草拟的序言中的话，如

---

1 罗马神话中的两面神。
2 《波德莱尔全集》第2卷，第167页。
3 《波德莱尔全集》第2卷，第418页。
4 《波德莱尔全集》第1卷，第182页。

果再加上应和论和想象论，就可以被视为他的完整的美学原则了。

一切文艺创作活动的根本出发点是文艺对现实世界（人的主观世界也可以是现实世界的一部分）和非现实世界（例如想象世界，中国文论中所谓"意境"之境，王国维所说的"造境"之境）的关系，以及作家对这种关系的感受和认识。波德莱尔认为"世界是一个复杂而不可分割的整体"[1]，"我们的世界只是一本象形文字的字典"[2]。表现周围世界的真实是小说的目的，而不是诗的目的，"诗最伟大、最高贵的目的"[3]是美，诗要表现的是"纯粹的愿望、动人的忧郁和高贵的绝望"[4]。诗人要"深入渊底，地狱天堂又有何妨？到未知世界之底去发现新奇"[5]，要"翱翔在生活之上，轻易地听懂花儿以及无声的万物的语言"[6]。与小说所表现的真实相比，"诗表现的是更为真实的东西，即只在另一个世界是真实的东西"[7]。波德莱尔并不否认"我们的世界"的真实性，但是他认为在"我们的世界"的后面存在着"另一个世界"，那是更为真实的，是上帝根据自己和天堂的形象创造

---

[1] 《波德莱尔全集》第2卷，第784页。
[2] 《波德莱尔全集》第2卷，第59页。
[3] 《波德莱尔全集》第2卷，第329页。
[4] 《波德莱尔全集》第2卷，第334页。
[5] 《恶之花》第126首《远行》。
[6] 《恶之花》第3首《高翔远举》。
[7] 《波德莱尔全集》第2卷，第59页。

和规定的,而诗人之所以为诗人,乃是因为他独具慧眼,能够读懂这部"象形文字的字典"。所谓"读懂",就是洞见世界的整体性和世界的相似性,而这种"整体性"和"相似性"的表现是自然中的万物之间、自然与人之间、人与人之间、人的各种感官之间、各种艺术形式之间有着隐秘的、内在的、应和的关系,而这种关系是发生在一个统一体之中的。波德莱尔在著名的十四行诗《应和》中,集中地、精练地、形象地表达了这种理论:

> 自然是座庙宇,那里活的柱子
> 有时说出了模模糊糊的话音;
> 人从那里过,穿越象征的森林,
> 森林用熟识的目光将他注视。
> 如同悠长的回声遥遥地汇合
> 在一个混沌深邃的统一体中
> 广大浩漫好像黑夜连着光明——
> 芳香、颜色和声音在互相应和。
>
> 有的芳香新鲜若儿童的肌肤,
> 柔和如双簧管,青翠如绿草场,
> ——别的则朽腐、浓郁,涵盖了万物。
>
> 像无极无限的东西四散飞扬,

如同龙涎香、麝香、安息香、乳香
那样歌唱精神和感觉的激昂。

这首诗被称为"象征派的宪章"[1]，内容非常丰富，影响极为深远。它首先以一种近乎神秘的笔调描绘了人同自然的关系。自然是一种有机的生命，其中的万事万物都是彼此联系的，以种种方式显示着各自的存在。它们互为象征，组成了一座象征的森林，并向人发出信息，然而，这种信息是模模糊糊的，不可解的，唯有诗人才能心领神会；而且，人与自然的这种交流，纵然有"熟识的目光"作为媒介，却并不是随时随地可以发生的，只是"有时而已"，只有诗人才可能有机会洞察这种神秘的感应和契合，深入到"混沌深邃的统一体中"，从而达到物我两忘、浑然无碍的境界。其次，这首诗揭示了人的各种感官之间相互应和的关系，声音可以使人看到颜色，颜色可以使人闻到芳香，芳香可以使人听到声音，声音、颜色、芳香可以互相沟通，也就是说，声音可以诉诸视觉，颜色可以诉诸嗅觉，芳香可以诉诸听觉，而这一切又都是在世界这个统一体中进行的。各种感官的作用彼此替代沟通，被称为"通感"，是一种心理和生理的现象，其运用和表现在我国古典诗文中也并不鲜见，但那往往是作为

---

[1] Robert-Benoit Chérix: *Commentaire des fleurs du mal*, Pierre Cailler, Genève. 1949, p. 51.

一种修辞手段或"描写手法"[1]来使用的。波德莱尔则不然,他将通感作为应和的入口甚至契机,进而使之成为他全部诗歌理论的基础,由此而枝叶繁盛的象征的森林便覆盖了人与自然、精神与物质、形式与内容、各种艺术之间等等一切关系。所以,他写道:"斯威登堡早就教导我们说天是一个很伟大的人,一切,形式、运动、数、颜色、芳香,在精神上如同在自然上都是有意味的、相互的、交流的、应和的。"[2]他讽刺"宣过誓的现代的美学教授""关在(他那)体系的令人眼花缭乱的堡垒里,咒骂生活和自然",并且明确指出:"他忘记了天空的颜色、植物的形状、动物的动作和气味,他的手指痉挛,被笔弄成瘫痪,再也不能灵活地奔跑在应和的广阔键盘上了!"[3]因此,应和论虽然带有神秘主义的色彩,却使波德莱尔一刻也不脱离现实的客观世界,使他致力于解读自然这部"词典",并使他能够抓住那种奇妙的时刻:"那是大脑的真正的欢乐,感官的注意力更为集中,感觉更为强烈,蔚蓝的天空更加透明,仿佛深渊一样更加深远,其音响像音乐,色彩在说话,香气诉说着观念的世界。"[4]在波德莱尔看来,艺术是"自然和艺术家之间的一种搏斗,

---

[1] 钱锺书:《通感》,《旧文四篇》,上海古籍出版社,1979年。
[2] 《波德莱尔全集》第2卷,第133页。
[3] 《波德莱尔全集》第2卷,第577页。
[4] 《波德莱尔全集》第2卷,第597页。

艺术家越是理解自然的意图，就越是容易取得胜利"[1]。所谓"取得胜利"，就是创造一种"纯粹的艺术"，实现灵魂内外的直接交流。

应和的理论并非波德莱尔首创，瑞士学者罗贝尔-博努瓦·舍里克斯认为[2]，这种理论古已有之，上溯可至古希腊的柏拉图和普罗提诺[3]，中世纪的神学家，近世则在浪漫派作家拉马丁、雨果、巴尔扎克诸人的创作中留下踪迹。我们从波德莱尔的言论中可以看出，他是融会了18世纪瑞典哲学家斯威登堡的神秘主义、18世纪德国浪漫派作家霍夫曼的"应和论"、19世纪法国空想社会主义者傅立叶的"相似论"，运用丰富的想象，将其写入一首精美的十四行诗中，用创作和批评的实践具体地、形象地发展了这一理论，从而开始了一种新的创作方法，直接为后来的象征派提供了立论和创作的依据。正如法国著名的波德莱尔研究者让·波米埃指出的那样："分散在小说家作品中的这些思辨在诗人的手上被浓缩了。充满激情的创作使巴尔扎克无暇进行反复的、深入的思考，要由波德莱尔更专门地将这种神秘主义的理论应用于诗和美术，同时也使之处于一种既擅长抽象又擅长造型的天才的控制之下。"[4] 根据波德莱尔的应和论，诗人的地位和使

---

[1] 《波德莱尔全集》第2卷，第457页。
[2] Robert-Benoit Chérix: *Commentaire des fleurs du mal*, pp. 32-36.
[3] 古罗马时期希腊哲学家。
[4] Jean Pommier: *La mystique de Baudelaire*, Slatkine Reprints, Genève, 1967, p. 155.

命也大大地改变了。在浪漫派那里，诗人担负着引导人类走向进步和光明的精神导师的使命，而在波德莱尔看来，诗人虽然依旧有崇高的地位，却不再是以引导人类为己任了；他虽然仍是先知先觉者，却不屑为人类社会的进步鼓吹了。诗人最高贵的事业是化腐朽为神奇，"你给我污泥，我把它变成黄金"，"发掘恶中之美"，把这隐藏在感官世界后面的、事物内部的应和关系揭示给世人，因为这种关系，非诗人的眼睛是看不见的。他说："一切都是象形的，而我们知道，象征的隐晦只是相对的，即对我们心灵的纯洁、善良的愿望和天生的辨别力来说是隐晦的。那么，诗人如果不是一个翻译者、辨认者，又是什么呢？"[1] 面对自然这部象形文字的字典，诗人再也不能满足于"摹写自然"，不能使作品只成为"一面不思想，只满足于反映行人的镜子"[2]，而应该求助于暗示，"某种富于启发性的巫术"，对艺术家来说，"问题不在于模仿，而在于用一种更单纯更明晰的语言来说明"[3]。总之，诗不能满足于状物写景，复制自然，而应该深入到事物的内部，透过五光十色的表面现象，暴露其各方面的联系。简言之，诗不应描绘，而应表现，表现的当然也不再是一片风景、一件事物、一种感情，而是诗人在某一形象面前所进行的以直觉为出发点的思考和联想。

---

1 《波德莱尔全集》第2卷，第132-133页。
2 《波德莱尔全集》第2卷，第558页。
3 《波德莱尔全集》第2卷，第457页。

波德莱尔的应和论的哲学基础是唯心主义的神秘主义，导致了诗的超脱和晦涩，然而，由于这种理论具有一定的现实的根据，特别是它强调了诗人的想象力和洞察力，又使诗摆脱了单纯的、表面的现象描绘和肤浅的、暂时的感情抒发，从而开拓了诗的领域，加强了诗的表现力。我们读波德莱尔的《恶之花》，只觉得它深刻，而并不感到它晦涩，这是因为他的幻象"是从自然中提炼出来的"，是对"记忆中拥塞着的一切材料进行分类、排队"，用"强制的理想化"使之"变得协调"[1]，也就是说，诗人的眼睛所看到的幻景"不是黑夜中的杂物堆积场，而是产生于紧张的沉思"[2]。应和论的发展和实践，是波德莱尔对法国诗的巨大贡献，其结果不是某种新的表现手法，也不是某种新的修辞手段，而是一种新的创作方法。波德莱尔不是象征主义运动的创始人，但他的确是名副其实的引领者。

诗是否有某种实用的目的？是否具有某种社会的功用？这个自古以来就纠缠着诗人和理论家的头脑的问题，在浪漫主义运动的后期变得更为尖锐。在这个问题上发生疑问，甚至给予完全否定的回答，表明了浪漫派诗人随着政治上的失望而在创作上逃避现实的倾向日趋明朗。波德莱尔在这个问题上的态度典型地说明了这种变化。1851年之前，他对政

---

[1]《波德莱尔全集》第2卷，第694页。
[2]《波德莱尔全集》第2卷，第637页。

治的变迁还寄予了某种希望，在1848年革命中，也曾以相当积极的姿态参与街垒上的战斗，或者创办具有革命倾向的报纸。这时，他对上述问题曾经以相当明确的语言给予了相当肯定的回答。他认为，写诗不是为了诗人自己的乐趣，而是为了公众的乐趣。他在《1846年的沙龙》卷首的《给资产者》中公开申明："本书自然是献给你们的，因为任何一本书，如果不对拥有数量和智力的大多数人说话，都是一本愚蠢的书。"他表示赞同司汤达的话："绘画不过是组织起来的道德而已。"[1] 他盛赞工人诗人彼埃尔·杜邦，说他的成功主要是"由于公众的感情，诗成了这种感情的征兆，诗人则传播了这种感情"。他喜欢那种"与同时代的人们进行交流的诗人"，他们"站在人类圈的某一点上，把（他）接到的人的思想在摆动得更富有旋律的同一条线上传达出来"。他嘲笑"为艺术而艺术"是"幼稚的空想"[2]，"由于排斥了道德，甚至常常排斥了激情，必然是毫无结果的"，并且断言："艺术与道德和功利是不可分割的。"这时，波德莱尔所说的道德，主要是对人类前途的"乐观主义"、"对人性善的无限信任"、"对自然的狂热的爱"、"对人类的爱"以及对穷苦民众的深切同情。但是1848年革命失败特别是1851年路易·波拿巴政变之后，波德莱尔放弃了本来就十分薄弱的政

---

1 《波德莱尔全集》第2卷，第419页。
2 《波德莱尔全集》第2卷，第26—27页。

治信念，脱离了那些具有共和思想的朋友们，受到了美国作家爱伦·坡的启发和影响，对上述问题就给予了不同的回答，语言也往往相当激烈，而所关心的问题也更偏向于形式的方面。他说："清除了自身外并无其他目的，它不可能有其他目的。除了纯粹为写诗的快乐而写的诗之外，没有任何诗是伟大、高贵、真正无愧于诗这个名称的。"[1]"诗是自足的，诗是永恒的，从不需要求助于外界。"[2]他在1857年7月9日给母亲的信中说："我一贯认为文学和艺术追求一种与道德无涉的目的，构思和风格的美于我足矣。"[3]他对"许多人认为诗的目的是某种教诲，或是应当增强道德心，或是应当改良风俗，或是应当证明某种有用的东西"很不以为然，"因为美与真与善不是一回事"，"所谓真善美不可分离""不过是现代哲学胡说的臆造罢了"[4]。因此，表现了美的艺术品本身就是道德的，它不必将道德、真、善等等作为自己追求的目的。这前后两种观点的不同，说明了政治态度的演变可以导致文学观念的演变。

但是，我们不应该以一种绝对化的态度看待政治态度和文学观念之间的关系，也不应该夸大前者对后者的影响。即以波德莱尔而论，他前后两种观点的对立仅仅是表面的，实

---

1 《波德莱尔全集》第2卷，第329页。
2 《波德莱尔全集》第2卷，第142页。
3 1857年7月9日波德莱尔致母亲书。
4 《波德莱尔全集》第2卷，第111页。

际上，他在脱离政治之后，并未从根本上否定先前的观点。他否定的是资产阶级以善为内容的说教，而肯定的则是以恶为内容的揭露和批判，这是在另一个意义上肯定了诗歌的广义的社会功用。因此，当有人责备福楼拜的《包法利夫人》没有对恶进行指控时，他可以断然拒绝这种指责，说："真正的艺术品不需要指控，作品的逻辑足以表达道德的要求，得出结论是读者的事。"[1]他还这样提醒读者："应该按本来面目描绘罪恶，要么就视而不见。如果读者自己没有一种哲学的宗教指导阅读，那他活该倒霉。"[2]事实上，他也特别强调了发表于1857年的《恶之花》在道德上的意义，同时，他把更多的注意力放在诗的形式方面。他坚决地认为，如果以思想比形式更重要为借口而忽略形式，"结果是诗的毁灭"[3]。

波德莱尔在发表于1857年的《再论爱伦·坡》一文中这样写道："请听明白，我不是说诗不淳化风俗，其最终的结果不是将人提高到庸俗的利害之上，如果是这样的话，那显然是荒谬的。我是说如果诗人追求一种道德目的，他就减弱了诗的力量，说他的作品拙劣，亦不冒昧。诗不能等同于科学和道德，否则诗就会衰退和死亡；它不以真实为对象，它只以自身为目的。"[4]这段话表明，他不是反对诗能产生或具

---

[1] 《波德莱尔全集》第2卷，第82页。
[2] 《波德莱尔全集》第2卷，第143页。
[3] 《波德莱尔全集》第2卷，第82页。
[4] 《波德莱尔全集》第2卷，第333页。

有道德作用或功利效果,他反对的是为了功利的目的写诗。因此,他可以对自己的作品发表两种不同的看法,既是矛盾的,又是统一的。例如对《恶之花》,他一方面可以说人们会从中引出"高度的道德"[1],另一方面又可以说"这本书本质上是无用的,绝对的无邪,写作它除了娱乐和锻炼我对于克服障碍的兴趣外别无其他目的"[2]。说到底,波德莱尔要求的是"寓教于诗,不露痕迹"。他主张道德要"无形地潜入诗的材料中,就像不可称量的大气潜入世界的一切机关之中,道德并不作为目的进入这种艺术,它介入其中,并与之混合,如同融进生活本身之中。诗人因其丰富而饱满的天性而成为不自愿的道德家"[3]。波德莱尔之所以反对说教,是因为他认为说教会破坏"诗的情绪"。他把"诗的情绪"的对立面叫作"显示的情绪",如科学和道德等,"显示的情绪是冷静的、平和的、无动于衷的,会弄掉诗人的宝石和花朵,因此,它是与诗的情绪对立的"[4]。由此可见,波德莱尔所强调的是诗之所以为诗的特点,他的许多迹近唯美主义的观点多半是出于这种考虑。因此,我们可以说波德莱尔有形式主义的倾向,却不能说他是个形式主义者,不能把他的观点等同于泰奥菲尔·戈蒂耶的"为艺术而艺术"的唯美派观点。

---

1 《波德莱尔全集》第1卷,第193页。
2 《波德莱尔全集》第1卷,第181页。
3 《波德莱尔全集》第2卷,第137页。
4 《波德莱尔全集》第2卷,第333页。

他的许多强调艺术、强调形式、强调诗与其他表现方式的区别的言论，多半是出于匡正时弊的目的，因为他对许多人把诗拿来当成说教的工具不满。他的《论泰奥菲尔·戈蒂耶》发表之后，引起许多人的责难，为此，他给维克多·雨果写了一封信解释了自己的意图："我熟谙您的作品。您的那些序言表明，我越过了您关于道德与诗歌的联系所陈述的一般理论。但是，在这种人们被一种厌恶的感情弄得远离艺术、被纯粹功利的观点弄得昏头昏脑的时候，我认为强调其对立面并无多大坏处。我可能说得过了一点，但我是为了获得足够的效果。"[1] 波德莱尔是不大服膺雨果的诗歌理论的，但是这封信所表达的矫枉过正的意思却是真诚的，既符合当时诗坛的实际，又有他的《恶之花》为证。

总之，在诗的目的这个问题上，波德莱尔的态度是相当矛盾的，总的倾向是越来越强调形式和技巧，但是他也从未否定过诗的思想内涵。因此，针对当时浪漫派诗人喜欢说空话、唱高调的流弊，他的观点是有积极意义的。他打破了当时流行的真善美不可分割的观念，虽然过分强调了其间的区别，而忽视甚至否定了其间的联系，但对于冲击资产阶级的虚伪文学来说，仍不失为一种积极的贡献，尤其对西方现代诗歌就形式与内容问题的探索（例如所谓"语言炼金术"之说），更是一种不容忽视的声音。

---

[1] 《波德莱尔书信集》第1卷，第597页。

波德莱尔反对诗人主观上为了道德的目的而写诗，这并不意味着他赞成诗人可以不负责任地任意挥写；而他本人也的确是一贯鄙视那种专事刺激官能的淫秽文字的[1]。他认为："诗在本质上是哲理，但是由于诗首先是宿命的，所以它之为哲理，并非有意为之。"[2] 所谓"宿命"，说的是诗人以诗为生命、为存在、为世界。因此，"艺术愈是想在哲学上清晰，就愈是倒退，倒退到幼稚的象形阶段；相反，艺术愈是远离教诲，就愈是朝着纯粹的、无所为的美上升"[3]。应该说，这个结论是很深刻的，它划清了艺术与人类的其他表达方式的界限，规定了自身发展的道路和方向；但是，这个结论也有严重的缺欠，它只强调了区别而否定了联系，因而暴露出形式主义的倾向，后来的象征派诗歌的迷惘晦涩似乎可以从这里找到根源，而追求"纯粹的、无所为的美"又必然会导致诗歌走上脱离社会、脱离人生的道路。不过，就波德莱尔本人而言，这种"纯粹的、无所为的美"是否是唯一的存在，应否成为诗人唯一的追求，都是很少怀疑的。他的"发掘恶中之美"，实际上是深深扎根在现实的土壤之中的，他发掘出来的美当然更不是"无所为的"。

美的问题，是一个纠缠了波德莱尔一生的大问题。在他

---

1 《波德莱尔书信集》第1卷，第532页。
2 《波德莱尔全集》第2卷，第9页。
3 《波德莱尔全集》第2卷，第599页。

看来，"诗最伟大、最高贵的目的"是"美的观念的发展"[1]，诗人的最高使命是追求美。他说："诗的本质不过是，也仅仅是人类对一种最高的美的向往。"[2]那么，美究竟是什么呢？波德莱尔在许多地方谈到美，他对美的独特看法很值得注意。他说："我发现了美的定义，我的美的定义。那是某种热烈的、忧郁的东西，其中有些茫然的、可供猜测的东西……神秘、悔恨也是美的特点。"[3]"不规则，就是说出乎意料，令人惊讶，令人奇怪，是美的特点和基本成分。"[4]他列举了十一种造成美的精神，例如无动于衷、厌倦无聊、心不在焉、厚颜无耻、冷漠、强悍、凶恶等等，其中大部分都与忧郁、厌倦有关系。然后，他说："我不认为愉快不能与美相联系，但是我说愉快是美的最庸俗的饰物，而忧郁才可以说是它的最光辉的伴侣，以至于我几乎设想不出（难道我的头脑是一面魔镜吗？）一种美是不包含不幸的。根据——有些人则会说、执着于——这种思想，可以设想我难以不得出这样的结论：最完美的雄伟美是撒旦——弥尔顿的撒旦。"[5]众所周知，弥尔顿笔下的撒旦是一个反抗的英雄形象。由此可见，波德莱尔的美是一种不满和反抗精神的表现，打上了鲜明的

---

[1]《波德莱尔全集》第2卷，第329页。
[2]《波德莱尔全集》第2卷，第334页。
[3]《波德莱尔全集》第1卷，第657页。
[4]《波德莱尔全集》第1卷，第656页。
[5]《波德莱尔全集》第1卷，第657-658页。

时代的烙印。所谓"美是古怪的"[1]、"美总是令人惊奇的"[2]，正是要让平庸的资产者惊讶，要骇世惊俗，要刺痛资产者的眼睛。波德莱尔的美实际上是1830年革命和1848年革命之后，面对大资产阶级的秩序日益巩固加强，中小资产阶级知识分子普遍感到幻灭而产生的苦闷、彷徨、愤怒和反抗等情绪的反映，因此，以难以排遣的忧郁为特征的浪漫主义就被他称为"美的最新近、最现时的表现"了。

具体地说，波德莱尔认为美本身包含两个部分：绝对美和特殊美。他说："如同任何可能的现象一样，任何美都包含某种永恒的东西和某种过渡的东西，即绝对的东西和特殊的东西。绝对的、永恒的美不存在，或者它是各种美的普遍的、外表上经过抽象的精华。每一种美的特殊成分来自激情，而由于我们有我们的特殊的激情，所以我们有我们的美。"[3]波德莱尔的这种观点是一贯的，七年之后的1853年，他又写道："构成美的一种成分是永恒的、不变的，其多少极难加以确定，另一种成分是相对的、暂时的，可以说它是时代、风尚、道德、情欲，或是其中一种，或是兼容并蓄。它像是神糕有趣的、引人的、开胃的表皮，没有它，第一种成分将是不能消化和不能品评的，将不能为人性所接受和吸

---

[1] 《波德莱尔全集》第2卷，第578页。
[2] 同上。
[3] 《波德莱尔全集》第2卷，第420页。

收。"[1]波德莱尔真正的兴趣在于特殊美,即随着时代风尚而变化的美,既包括着形式也包括着内容。这样,他就断然抛弃了那种认为只有古人的生活才是美的观念,而为现实生活充当艺术品的内容进行了有力的鼓吹。"有多少种追求幸福的习惯方式,就有多少种美"[2]、"每个民族都拥有自己的美和道德的表现"[3],这就是他的结论。因此,现实的生活,巴黎的生活,对波德莱尔来说,洋溢着英雄气概,充满着美,而巴黎的生活主要的不是表面的、五光十色的豪华场面,而是底层的、充斥着罪犯和妓女的阴暗的迷宫,那里面盛开着恶之花。他认为,巴尔扎克笔下的人物:伏脱冷、拉斯蒂涅、皮罗托,是比《伊利亚特》中的英雄还要高大得多的人物。[4]波德莱尔有力地证明了,描写社会中丑恶事物的作品不仅可以是激动人心的,而且在艺术上可以是美的,也就是说,恶中之美是值得发掘的。所谓"发掘",指的是"经过艺术的表现……带有韵律和节奏的痛苦使精神充满了一种平静的快乐"[5]。因此,单纯地展览丑恶的现象是得不到美的,丑恶现象本身也不就是美。波德莱尔对"一面不思想、只满足于反映行人的镜子"是不以为然的。有些人指责波德莱尔

---

[1] 《波德莱尔全集》第2卷,第685页。
[2] 《波德莱尔全集》第2卷,第420页。
[3] 《波德莱尔全集》第2卷,第419页。
[4] 《波德莱尔全集》第2卷,第429页。
[5] 《波德莱尔全集》第2卷,第123页。

以丑为美，这是没有根据的。他的美不表现为欢乐和愉快，而表现为忧郁、不幸和反抗，这正说明他的诗植根于现实生活之中，具有强烈的时代感。这种忧郁、不幸和反抗，正是他从现实的丑恶中发掘出来的美。我们可以说，波德莱尔强调"特殊美"和"发掘恶中之美"这一思想与巴尔扎克的批判现实主义在精神上是一致的。

一种深刻的悲观主义使波德莱尔认为通往美的道路是一条崎岖坎坷、难以到达目的地的道路。美吸引和诱惑着诗人，诗人却往往感到迷惘和颓丧，他不禁慨叹道："啊！难道应该永远地痛苦或者永远地逃避美吗？自然啊，你这冷酷无情的蛊惑者，你这战无不胜的敌手，放开我吧！别再引动我的欲望和我的骄傲了！研究美是一场决斗，诗人恐怖地大叫一声，随后即被战胜。"[1] 作诗，对波德莱尔来说，从来也不是一种快乐，而永远是"一件最累人的营生"[2]。美在波德莱尔面前有如一座大理石雕像，严厉、冰冷、神秘：

我仿佛从最高傲的雕像那里
借来了庄严的姿态，而诗人们
将在刻苦的钻研中耗尽时日。[3]

---

1 《波德莱尔全集》第1卷，第278-279页。
2 《波德莱尔书信集》第1卷，第311页。
3 《恶之花》第17首《美》。

然而，诗人喜欢"克服障碍"，他不灰心、不气馁，他仍然在苦苦地追求。他靠什么呢？不是从天而降的灵感，而是"刻苦的钻研"，不是靠"心"，而是靠"想象力"。

灵感，是浪漫派诗人特别钟爱的东西，而在波德莱尔的眼里，却有着截然不同的面貌。他认为，艰苦的精神劳动，日夜不息的锻炼，是灵感产生的基础。灵感不是神秘莫测的天外之物，而是"毅力，精神上的热情，一种使能力始终保持警觉，呼之即来的能力"[1]。他在当时人们普遍推崇天才、强调灵感的风气中，毫不含糊地指出，新一代的文学家由于绝对地相信天才和灵感，而"不知道天才应该如何同学艺的杂技演员一样，在向观众表演之前曾冒了一千次伤筋断骨的危险，不知道灵感说到底不过是每日练习的报酬而已"[2]。他告诫年轻的作家："要写得快，就要多想，散步时，洗澡时，吃饭时，甚至会情妇时，都要想着自己的主题。"[3]他自己写诗是字斟句酌、反复推敲，甚至不放过一个标点符号，他在《太阳》一诗中写道：

> 我将独自把奇异的剑术锻炼，
> 在各个角落里寻觅的偶然，
> 绊在字眼上，就像绊着了石头，

---

1 《波德莱尔全集》第2卷，第343页。
2 《波德莱尔全集》第2卷，第183页。
3 《波德莱尔全集》第2卷，第17页。

> 有时会碰上诗句，梦想了许久。

这正是他关于灵感的观点的形象写照。因此，他嘲笑那些绝对相信灵感的作家"装作如醉如痴的模样，闭上眼睛想着杰作，对混乱状态怀着充分信心，等待着抛到天花板上的字落在地上成为诗"[1]。然而，波德莱尔并不否认灵感，恰恰相反，他还相当精确地描绘过灵感袭来的情景，特别是他还有过这样奇特的感受："灵感总是招之即来，却不总是挥之即去。"[2]这正道出了诗人在灵感的裹挟下欲罢不能的情形。总之，在灵感和艰苦的劳动之间，波德莱尔显然更推崇后者，这既是他个人的经验之谈，也是他关于美的观念的必然结果。

艰苦的精神劳动不仅有助于灵感的产生，还有助于想象力的发挥。波德莱尔基于对世界的统一性和相似性的认识，特别重视想象力的作用。因为想象力是应和现象的引路人和催化剂，"是想象力告诉颜色、轮廓、声音、香味所具有的精神上的含义"。他把想象力奉为人的"最珍贵的禀赋，最重要的能力"、"一切能力中的王后"，"它理应统治这个世界"[3]。不仅艺术家不能没有想象力，就是一个军事统帅、一个外交家、一个学者，也不能没有想象力，甚至音乐

---

[1]《波德莱尔全集》第2卷，第335页。
[2]《波德莱尔全集》第1卷，第658页。
[3]《波德莱尔全集》第2卷，第621页。

的欣赏者也不能没有想象力，因为一首乐曲"总是有一种需要由听者的想象力加以补充的空白"[1]，这可推广及于其他艺术领域，如文学、绘画等。那么，想象力究竟是什么呢？波德莱尔说："它是分析，它是综合，但是有些人在分析上得心应手，具有足够的能力进行归纳，却缺乏想象力……它是感受力，但是有些人感受很灵敏，或许过于灵敏，却没有想象力……它在世界之初创造了比喻和暗喻。它分解了这种创造，然后用积累和整理的材料，按照人只有在自己灵魂深处才能找到的规律，创造一个新世界，产生出对于新鲜事物的感觉。"[2]在他看来，想象力是一种"神秘的"能力，深藏在人的灵魂的底层，具有"神圣的来源"[3]。这种观点与应和的理论是一脉相承的，所谓"规律"，正是应和论所揭示的规律，所以，波德莱尔又以更明确的语言写道："想象不是幻想，想象力也不是感受力，尽管难以设想一个富有想象力的人不是一个富有感受力的人。想象力是一种近乎神的能力，它不用思辨的方法而首先觉察出事物之间内在的、隐秘的关系，应和的关系，相似的关系。"[4]由此可以看出，波德莱尔认为，想象力是一种近乎直觉的能力，并有着浓厚的神秘色彩。这也许不是对想象力的科学说明，但是，更值得注意的

---

[1]《波德莱尔全集》第2卷，第621页。
[2]《波德莱尔全集》第2卷，第782页。
[3]《波德莱尔全集》第2卷，第622页。
[4]《波德莱尔全集》第2卷，第329页。

是，波德莱尔并未割断想象与现实生活的联系，因此，他认为必须说明的是，"想象力越是有了帮手，才越有力量，好的想象力拥有大量的观察成果，才能在与理想的斗争中更为强大"[1]。同时，他还肯定："想象是真实的王后，可能的事也属于真实的领域。"[2] 想象力带给读者的是"缪斯的巫术所创造的第二现实"[3]。他还特别指出，想象力"包含批评精神"[4]。这就是说，想象归根结底是一种理性的活动。波德莱尔看到了创作行为既是自觉的又是不自觉的，所以他不推崇"心的敏感"而强调"想象力的敏感"。他指出："心的敏感不是绝对地有利于诗歌创作，一种极端的心的敏感甚至是有害的。想象力的敏感是另外一种性质，它知道如何选择、判断、比较、避此、求彼，既迅速又是自发的。"[5] 这样，波德莱尔就不仅深刻地批判了"艺术只是摹写自然"的理论，树立了想象在文艺创作中的崇高地位，扩大了"真实"的领域，而且还把想象建立在对客观世界的观察与分析之上，冲淡了它的神秘色彩，加强了它与现实生活的联系。

波德莱尔在创作中，谨守古典的规则，追求纯熟的技巧，因为他虽然十分重视想象力的作用，却丝毫也不抱怨形

---

1 《波德莱尔全集》第 2 卷，第 621 页。
2 同上。
3 《波德莱尔全集》第 2 卷，第 121 页。
4 《波德莱尔全集》第 2 卷，第 623 页。
5 《波德莱尔全集》第 2 卷，第 116 页。

式的束缚。他推崇"巨大的热情"和"非凡的意志"相结合的人。所谓"意志",就是驾驭热情的能力。他正确地阐述了想象力和技巧之间的关系:"一个人越是富有想象力,越是应该拥有技巧,以便在创作中伴随着这种想象力,并克服后者所热烈寻求的种种困难。而一个人越是拥有技巧,就越是要少夸耀、少表现,以便使想象力放射出全部光辉。"[1] 想象力和技巧、轻重、主从,判然有别,各居其位。这样的见解既通达又深刻,可谓精辟。技巧是在一定的束缚中所获得的自由。波德莱尔认为,诗歌的格律不是凭空捏造杜撰出来的,而是精神活动本身所要求的基本规则的集合体,格律从不限制独创性的表现,相反,它还"有助于独创性的发扬"[2]。"因为形式的束缚,思想才更有力地迸射出来……"他举例对此做了精彩的说明,"您见过从天窗,或两个烟囱之间,或两面绝壁之间,或通过一个老虎窗望过去的一角蓝天吗?这比从山顶望去,使人对天空的广袤有一个更深刻的印象"[3]。规则和形式都是某种限制,思想却由于技巧得到更好的表现。小中见大,通过有限来表现无限,这是波德莱尔的实践与理论的核心之一,既是一种技巧,也是一种创作原则。

技巧和规则之所以重要,还因为它们反映了人为的努

---

[1] 《波德莱尔全集》第 2 卷,第 612 页。
[2] 《波德莱尔全集》第 2 卷,第 627 页。
[3] 1860 年 2 月 18 日波德莱尔致弗莱斯书。

力。波德莱尔的美学观念中的一个重要原则是重艺术（即人工）而轻自然。他认为艺术是美的、是高于自然的，而自然是丑的，因为它是没有经人为的努力而存在的，所以与人类的原始罪恶有关系。自然使人由于本能的驱使而犯罪，相反，"一切美的、高贵的东西都是理性和算计的产物"，美德是"人为的，超自然的"。因此，他的结论是："恶不劳而成，是前定的；而善则是一种艺术的产物。"[1] 写诗也是如此，呕心沥血作出来的诗，才可能是好诗，而自然流露的诗，所谓"从心里出来的诗"，他是不以为然的。所以，"心里有激情、有忠诚、有罪恶，但唯有想象里才有诗"[2]。绘画也不例外，"一处自然胜地只因艺术家善于置身其中的现实的感情才有价值"[3]，所以，"想象力造就了风景画"[4]。波德莱尔的这种重艺术轻自然的观点显然是打上了基督教原罪说的印记，但是从美学上看，却是有错误也有真理的。其错误在于割断了艺术与自然的关系，把两者绝对地对立起来。其真理则在于指出和肯定了艺术的作用，即人对自然的加工和改造的作用。自然本身有美、也有丑，认为顺应自然就是美，这种观点也是片面的。波德莱尔反对艺术单纯地模仿自然，也是直接与这种观点相关联的。同时，波德莱尔所说的自然含

---

[1] 《波德莱尔全集》第2卷，第715页。
[2] 《波德莱尔全集》第2卷，第115页。
[3] 《波德莱尔全集》第2卷，第660页。
[4] 《波德莱尔全集》第2卷，第665页。

义很广，既包括大自然，也包括人们周围的社会存在，甚至还有所谓人性，等等。因此，他的厌恶自然也包含着反抗社会现实的意思，所谓"人造天堂"，既是一种逃避，也是一种追求。当然，说波德莱尔与人异趣，厌恶大自然的一切，那也有失公正，他的许多诗篇和画评就是证明，而且他的早期文学评论恰恰是强调"真诚"和"自然"的。因此，对于波德莱尔的许多厌恶"单纯的自然"的言论，应该从他强调艺术的角度去看，而不应该加以绝对化，夸大他的某些不正常的心理和过激的言辞。

第七章　在浪漫主义的夕照中

文学史家一般认为：1820至1830年是法国浪漫主义运动的极盛期。

当波德莱尔于1845年前后登上文坛的时候，法国文坛上已是另一番天地。他发现，曾经是轰轰烈烈、所向披靡的浪漫主义运动失去了锋芒，仿佛"强弩之末，势不能穿鲁缟"，在卷土重来的伪古典主义面前颇露出些窘态。诗人和公众似乎都累了、倦了，有一些批评家出来宣布浪漫主义已经名存实亡，更多的人则在报刊上撰文，力陈其弊，总之，"很少有人愿意赋予这个词以一种实在的、积极的意义"[1]。然而，波德莱尔恰恰是这很少的人中的一个，他不相信，"有一代人会为了一面没有象征意义的旗帜而同意进行几

---

[1]《波德莱尔全集》第2卷，第420页。

年论战"[1]。其生也晚。当拉马丁陶醉于《沉思集》的"空前的、普遍的成功"的时候,波德莱尔还在母腹中焦急地等待着出生。他没有目睹浪漫主义的辉煌的日出,但是他曾经感受过日上中天时的炎热。而今他登上了文坛,面对着萧然残照,他的脑海中不禁涌起瑰丽炽热的想象,他更想从中发现"新的震颤",重新赋予浪漫主义这个词以"一种实在的、积极的意义"。1862年1月12日,波德莱尔发表了一首十四行诗,题为《浪漫派的夕阳》:

> 初升的太阳多么新鲜多么美,
> 仿佛爆炸一样射出它的问候!
> 怀着爱情礼赞它的人真幸福,
> 因为它的西沉比梦幻还生辉!
>
> 我记得!……我见过鲜花、犁沟、清泉,
> 都在它眼下痴迷,像心儿在跳……
> 快朝天边跑呀,天色已晚,快跑,
> 至少能抓住一缕斜斜的光线!
>
> 但我徒然追赶已离去的上帝;
> 不可阻挡的黑夜建立了统治,

---

[1]《波德莱尔全集》第2卷,第420页。

> 黑暗，潮湿，阴郁，到处都在颤抖，
>
> 一股坟墓味儿在黑暗中飘荡，
> 我两脚战战兢兢，在沼泽边上，
> 不料碰到蛤蟆和冰凉的蜗牛。

原诗发表时，出版者在最后一行诗下附了一条小注，其文曰：

> 早在古典主义者、浪漫主义者、现实主义者、绮丽派之间的争吵前几个世纪，就已经有了"愤怒出诗人"这句话……很明显，"不可阻挡的黑夜"云云，是波德莱尔先生对文学现状的特点的概括，而"蛤蟆"和"冰冷的蜗牛"则指的是与他属于不同流派的作家。
>
> 这首十四行诗作于1862年，原为充当夏尔·阿斯里诺先生的《浪漫派诗文简编》一书的收场诗。这本书没有出版，原有岱奥多·德·邦维尔先生的十四行诗《浪漫主义的日出》作为开场诗。

据考证[1]，这篇小注的第一段文字出自波德莱尔本人之手，所谓"与他属于不同流派的作家"指的是当时专以描摹丑陋场景为能事的现实主义作家，也就是波德莱尔所说的"常情常

---

1 《波德莱尔全集》第1卷，第1122页。

理派"。出自出版家布莱-马拉西之手的第二段给人以想象揣摩的空间，一本《浪漫派诗文简编》以旭日为序，以夕阳为跋，中间会有多少明暗的嬗递和冷暖的消长啊！波德莱尔无意中担起了为浪漫主义运动做总结的任务。

《浪漫派的夕阳》清楚地表明了波德莱尔对浪漫主义运动的怀念、对文坛现状的鄙夷，以及他那种无可奈何却又竭力想推陈出新的心情。法国的浪漫主义运动曾经有过光荣的日子，然而，1830年七月革命之后，当年戈蒂耶身穿红背心大闹法兰西喜剧院的那种狂热和激情已逐渐冷却，曾经充满了希望的文学革命也很快露出衰颓的光景，这不能不使波德莱尔环顾左右，有不胜今昔之感。他在《论泰奥菲尔·戈蒂耶》一文中写道："任何一位醉心于祖国荣光的法国作家，都不能不怀着骄傲和遗憾的感情回首眺望那个时代，那时处处都潜伏着蕴涵丰富的危机，浪漫主义蓬勃发展。"[1] "骄傲和遗憾"，正是波德莱尔灌注在这首诗中的感情。他骄傲，因为那个时代升起了那么多璀璨的明星，它们的光芒给法国文学带来了那么强大的活力；他遗憾，因为物换星移，那个时代毕竟过去了，接踵而至的是"不可阻挡的黑夜"，次日的黎明将宣告怎样的一天？是晴？是阴？是雨？法国的诗歌面临着转折的关口，似乎隐隐约约地传来了对新人的呼唤。从描写转向暗示，从比喻转向象征，从情感转向精神，从造型转

---

1 《波德莱尔全集》第2卷，第110页。

向音乐，难道这将是法国诗走向现代的路口吗？无论是诗坛的盟主雨果，还是批评的权威圣伯夫，仿佛都还陶醉在昔日的荣光里。

法国浪漫主义文学的全盛期是19世纪二三十年代。1820年3月，拉马丁发表《沉思初集》，史称"浪漫主义诗歌的第一次表现"；1827年，雨果发表了讨伐伪古典主义的檄文《〈克伦威尔〉序言》，浪漫主义运动开始有了自己的宣言和领袖。前后几年工夫，犹如风起云涌，名篇佳作接踵而至，蔚为壮观，例如雨果的《颂歌集》（1822）、《东方集》（1829），拉马丁的《诗与宗教的和谐》（1830），维尼的《摩西》和《埃洛阿》（1824）、《散—马尔斯》（1826），缪塞的《月光谣》（1829），大仲马的《亨利三世和他的宫廷》（1829），等等。面目一新的浪漫主义文学一扫伪古典主义的腐朽、封建礼制的干瘪和第一帝国时代的僵死的形式，真是"忽如一夜春风来，千树万树梨花开"，法国文坛顿时改变了面貌。到了1830年初，雨果的《欧纳尼》上演，更是彻底摧毁了伪古典主义的堡垒，使这"一个类似文艺复兴的运动"达到了令人目眩的顶峰。紧接着是杰作迭出，雪片儿似的飞来，令人眼花缭乱、目不暇接，例如雨果的《巴黎圣母院》和《秋叶集》（1831）、《黄昏之歌》（1835）、《心声集》（1837）、《吕意·布拉斯》（1838）、《光与影》（1840），缪塞的《纳穆娜》（1832）、《罗拉》（1833）、《罗朗查丘》（1834）、《四夜》（1835-1837），拉马丁的《约瑟兰》(1836)、《天使谪凡》(1838),维尼的《斯岱洛》(1832)、《查铁敦》(1834)、《狼之死》(1838),戈蒂耶的《莫班小姐》(1835),等等。自我表现与自我崇拜、感情的充沛与抒发、语言的夸张与怪诞、对理想的追求、对奇特事物的爱好、对异国风情的向往,总之,对一切束缚个性和自由的陈规旧习的冲决,成了这二十年间文学王国的君主。然而,浪漫主义运动在顶峰上停留的时间并不长,《欧纳尼》上演(1830年2月25日)后不久,七月王朝的建立就一下子打折了这些在高空中翱翔的雄鹰的翅膀,使他们一个个朝着平庸而又肮脏的土地跌了下去,然后各自走上了不同的道路。根据作家兼评论家马克西姆·杜刚的观察,浪漫主义运动从1840年起就进入尾声了,他说:"这时期,即1840至1841年间,庙堂开始出现裂缝。那些高大的塑像依然闪闪发光,例如拉马丁、维克多·雨果、大仲马、阿尔弗莱德·德·维尼、泰奥菲尔·戈蒂耶、阿尔弗莱德·德·缪塞,头上依然罩着金光,其光荣还无人提出异议。但是,那些陪伴着他们的低一等的、在他们的名声里钻来钻去的作家们却越来越不行了,似乎他们的观念的激烈更增加了他们的弱点。"[1]杜刚的说法看似严峻,其实还算客气,因为这些大师的光荣还是昔日的光荣,进入19世纪40年代,他们就很少增添什么东西了。雨果自1840年出版《光与影》之后就

---

[1] 转引自André Ferran: *L'esthétique de Baudelaire*, Nizet, 1968, p. 77。

暂时沉默了，忙于政治活动；1843年他的剧本《城堡里的伯爵》演出失败，被史家看作浪漫主义运动结束的标志，而可以提供佐证的还有，仅仅一个月后，朋萨尔的古典主义悲剧《吕克莱斯》演出大获成功。自称第一个"使诗走下巴纳斯山"和"把人的心弦本身给予缪斯"的拉马丁，1838年发表长诗《天使谪凡》之后就搁笔了，实际上作为诗人已不复存在。以塑造孤傲坚忍的诗歌形象著称的维尼也已遁入象牙之塔，缠绵病榻，在忧郁中撰写回忆录和出入社交界。浪漫主义的"顽皮的孩子"缪塞早已写出他的主要作品，只是偶尔再写些小说和剧本。当年为《欧纳尼》大喊大叫的急先锋戈蒂耶，早在1832年就开始宣扬"为艺术而艺术"了。法国诗坛上一时竟有人去楼空之感，人们进入了一个彷徨、徘徊、探索、尝试的时期，"诗坛上再无流派的约束"[1]。

圣伯夫曾经这样概括浪漫主义运动在诗歌方面的抱负："给法国诗歌以真实、自然和亲切，同时，重新教会它正确地表达它已经忘却了一个多世纪的东西，还要教会它那么多别人尚未对它说过的东西；使它表达出灵魂的骚乱和最微不足道的思想的色彩；使它不仅仅用颜色和形象，而且有时还要用一种简单的、恰当的音节配合来反映自然；使它显现在轻松的幻想之中，随意剪裁并赋予它一种更加轻巧的精致；使它在众多的巨大主题中具有一种集体的行进步伐，使诗节

---

[1] Sainte-Beuve: *Causeries du Lundi*, Garnier Frères, 1948, p. 75.

像舰队一样游弋，或使这支舰队升入高空，就像它有翅膀一样；在颂歌中，使人联想到雄伟的当代音乐，而诗本身并不受到更大的损害……"[1]活跃在1819至1830年间的那些诗人们，年少气盛，感觉敏锐，抓住了复辟时代最紧迫的问题，即自由主义，在诗界掀起了一场革命。他们的抱负很大，也的确改变了法国诗歌的面貌，并且产生了比现实主义更为深远的影响，然而，他们这支队伍并非步调一致的队伍，他们的目标并非众矢一的的目标，因此，当他们在政治上受到挫折、感到失望的时候，他们思想上的极端和方法上的偏颇也就暴露出来，并导致某些消极的后果。因此，浪漫主义运动的胜利，就其本身来说，并不牢固，其对法国诗歌所做出的承诺在很大程度上并没有兑现。

浪漫主义运动过分地强调个人感情的挖掘和流露，结果导致了感情的浮夸和泛滥，矫揉造作取代了天真和诚挚；不适当地突出自我表现，促使文学中的个人主义恶性膨胀，用崇拜自我代替了对社会和他人的探索及研究；片面地夸大诗人的社会作用，以人类导师自诩，又使诗歌中充满了空洞的高调和盲目的乐观。

1830年之后，在个人主义的浪潮中，年轻一代的文人在强调自由和感觉的口号下，盲目追求新奇和刺激，使本来就存在于法国文学中的神怪幻觉作品更变本加厉地发

---

1 Sainte-Beuve: *Causeries du lundi*, pp. 77–78.

展起来。"自18世纪末起,一股幻觉之风就从英国刮到法国。自1797年起到1803年止,这期间小说中充斥着妖魔和吸血鬼……此风在帝国时代一度消失,1815年后复又兴起。"[1] 1830至1833年间,更有英国的理查森和德国的霍夫曼的作品被翻译介绍到法国,更助长了这种风气,颓风所至,连雨果、巴尔扎克、梅里美、乔治·桑这样一些作家都未能幸免。大作家也许有能力"取其精华,去其糟粕",而追随其后的众多二流作家大概就只能步入歧途了。

波德莱尔的《浪漫派的夕阳》描绘的正是浪漫主义在1840年之后的这种趋向衰败的景象。

其实,浪漫主义文学的这种颓势,已不再是当时文坛上慧眼独具的人才能看到的了。《城堡里的伯爵》的失败是在1843年,然而在此之前若干年,已经出现了回到古典主义上去的苗头。1837年,女演员拉赛尔首演拉辛的《费德尔》,获得巨大成功,从此声名大噪,是缪塞首先撰文表示热烈祝贺并给予高度评价。1840年初,一位名叫肖德才格的批评家在《艺术家》杂志上撰文宣称:"当代文学的重要性日益减少。书局里和书店里徒然地堆着大批新书,公众无动于衷,表示冷淡。充其量只有几个无所事事的女人或逃学的学生匆匆看上一小时这种苍白的、乏味的作品。"[2] 所谓"当代

---

1 André Ferran: *L'esthétique de Baudelaire*, p. 87.
2 转引自André Ferran: *L'esthétique de Baudelaire*, p. 75。

文学",当然指的是与古典主义文学相对的浪漫主义文学。他在1841年出版的《论法国当代作家》一书中尖锐地指出:"倾吐私衷"和"发泄感情"的时代已经过去了。他认为浪漫派没有实现自己的诺言,没有"回答普遍的要求",批评浪漫派过分地推崇自我:"他们幻想着在琴弦上歌唱自己,把自己当作他们的大话的唯一主题,扬扬自得地颂扬他们生活中最微不足道的事情;他们像一个画家一辈子不知疲倦地以一百种方式画自己……他们临泉自赏……永远是我,总是我,我歌唱,我旅行,我爱,我哭,我痛苦,我嘲弄,我辱骂宗教或者我祈祷上帝……"[1]语言不免尖刻,说的却的确是实情。肖德才格是一位偏于保守的批评家,但是他的意见却很有代表性,为不止一位浪漫派作家所证实。

不过,运动虽然是失去了势头,但运动的主将们仍然健在,甚至正当盛年,他们仍然是一代文学青年崇拜的偶像和学习的楷模。因此,1840年那一代的青年仍然是在浪漫主义的氛围中成长起来的。

波德莱尔是个"世纪儿",尽管他的"摇篮靠着一个书柜",里面放着《百科全书》,他仍然被浪漫主义这"美的最新近、最现时的表现"所征服。如同大多数复辟时代的青少年一样,他也把夏多布里昂当作自己的导师,十四岁时就感到正在步步接近深渊,对勒内的叹息心领神会;拉马丁的

---

[1] 转引自 André Ferran: *L'esthétique de Baudelaire*, p. 75。

《沉思集》拨动了千万人的心弦，也在他的心头唤起对"永恒"与"和谐"的向往；至于雨果的诗篇，中学生波德莱尔更是反复吟诵，不绝于口，虽然他对1830年以后热衷于政治活动的雨果颇有微词，两人的美学思想也大相径庭，但对于《心声集》、《秋叶集》、《黄昏之歌》和《光与影》这些浪漫主义杰作，他却始终怀有一种崇敬和向往的感情。浪漫派作家中对波德莱尔影响最大的要算是圣伯夫和戈蒂耶了。圣伯夫的小说《情欲》第一次使波德莱尔在痛苦和快乐之间建立了联系，学会了把痛苦变成"真正的快乐"。圣伯夫的细腻的自我心理分析和自我精神反省，他对古典诗歌的爱好（例如对格律谨严、形式完美的十四行诗），都给波德莱尔留下了深刻的印象。至于《约瑟夫·德洛姆的生活、诗歌和思想》更被他称为"昨日之《恶之花》"，波德莱尔也乐于承认[1]。或是出于批评家的短视，或是出于文人的嫉妒，圣伯夫不太看重这位在诗歌上远远超过他的年轻人，但波德莱尔却毕生将他视为师长。戈蒂耶也是以导师的面目出现的。把他和波德莱尔联系在一起的，是对艺术美即形式美的追求，不过，波德莱尔并没有跟随他走上"为艺术而艺术"的道路，只是在形式方面肯下苦功夫罢了。他直接得益于戈蒂耶的，也许是后者对巴黎这座现代大都会的描绘，那种阴暗、冰冷的笔调显然与《巴黎风貌》有着某种联系。此外，

---

[1] 1865年3月15日波德莱尔致圣伯夫书。

波德莱尔还是英国文学和德国文学的爱好者。英国的拜伦和雪莱，是他最喜欢的诗人，他在拜伦身上看重的是反抗和自由的精神，他认为拜伦"出色地表达了激情的谴责性部分"，他"发出的辉煌的、耀眼的光芒，照亮了人心中潜伏着的地狱"。德国的浪漫派作家霍夫曼则把他引入一个充满灵与肉、天与地、人与自然相互应和的神秘天地。美国的爱伦·坡更是波德莱尔精神上的兄弟。

夕阳无限好，只是近黄昏。波德莱尔决心赶在日落之前，"抓住一缕斜斜的光线"。他抓住了。这一缕仍然灿烂的余晖在他的手中化作一片光明，"灼热闪烁、犹如众星"，在人们的心灵中激起"新的震颤"。他的《恶之花》就像笼罩在一片浪漫主义的夕照中的一朵金蔷薇，新奇、美丽、迷人。

根据法国当代批评家维克多·布隆贝尔的说法[1]，法国的浪漫主义有四个基本的主题（包括正题和反题）：孤独，或被看作痛苦，或被看作赎罪的途径；知识，或被当成快乐和骄傲的根源，或被当成一种祸患；时间，或被看作未来的动力，或被看作解体和毁灭的原因；自然，或被当成和谐与交流的许诺，或被当成敌对的力量。

《恶之花》保留了这些基本的主题，而且令人惊异的是，几乎都是在反题中发掘和展开。孤独感，流亡感，深渊

---

[1] Victor Brombert: *Gustave Flaubet par lui-meme,* Seuil, 1971, pp. 123-124.

感，绝望感，流逝的时光，被压抑的个性及其反抗，对平等、自由、博爱的渴望，社会和群众对诗人的误解，等等，无一不带有浪漫主义的典型色彩。

《信天翁》从主题到风格，都纯然是一首浪漫主义的诗：

> 水手们啊常常为了开心取乐，
> 捉住信天翁，这些海上的飞禽，
> 它们懒懒地追寻陪伴着旅客，
> 而船是在苦涩的深渊上滑进。
>
> 一旦水手们将其放在甲板上，
> 这些青天之王，既笨拙又羞惭，
> 就可怜地垂下了雪白的翅膀，
> 仿佛两只桨拖在它们的身边。
>
> 这有翼的旅行者啊多么靡萎！
> 往日何其健美，而今丑陋可笑！
> 有的水手用烟斗戏弄它的嘴，
> 有的又跛着脚学这残废的鸟！
>
> 诗人啊就好像这位云中之君，
> 出没于暴风雨，敢把弓手笑看；

> 一旦落地，就被嘘声围得紧紧，
> 长羽大翼，反而使它步履艰难。

巨大的飞鸟，异域的海洋，暗示出流亡的命运；鲜明的对比，贴切的比喻，直接展示出诗人的厄运，尤其是"诗人啊就好像这位云中之君……"这样的明喻，明白无误地揭出诗的主旨。从主题到手法、到色彩，都使这首诗与一首慨叹诗人命运的浪漫派诗歌无异。当然，诗中将大海比作"痛苦的深渊"，读来令人竦惧，已经透出波德莱尔式的阴冷。在《祝福》一诗中，波德莱尔把诗人比作儿童，生来就饱受不被理解之苦，但是他把痛苦看作疗治不幸的"圣药"和"甘露"，坚信诗人将因此而受到上帝的眷顾。在《死后的悔恨》一诗中，诗人更把希望寄托于死后世人（他的情人）的悔恨，这首十四行诗收尾的两节三行诗写道：

> 而坟墓，我那无边梦想的知己，
> （因为啊坟墓总能够理解诗人）
> 在那不能成眠的漫漫长夜里，

> 将对你说："你这妓女真不称心，
> 若不知死者的悲伤，何用之有？
> ——蛆虫将如悔恨般啃你的皮肉。"

诗人的谴责虽然有希望作为后盾,但他毕竟只能向坟墓倾吐自己的"无边的梦想",这不禁令人想起浪漫主义先驱夏多布里昂的《墓中回忆录》。

《献给美的颂歌》也是一首具有浪漫主义特色的诗篇。那强烈的、无处不在的对比特别引人注目:天空和深渊,善行和罪恶,夕阳和黎明,欢乐和灾祸,恶魔的目光和神圣的目光,使英雄变得怯懦和使儿童变得勇敢,美来自天上还是来自地狱,等等,这种两两相对的形象和意念像瀑布一样倾泻而下,一直持续到终篇,逼得人想到雨果的著名的对照原则。波德莱尔的一首无题小诗(《恶之花》第九十九首)更给人一种雨果式的亲切感:

> 我没有忘记,离城不远的地方,
> 有我们白色的房子,小而安详;
> 两尊石膏像,波摩娜和维纳斯,
> 一片疏林遮住了她们的躯体,
> 傍晚时分,阳光灿烂,流金溢彩,
> 一束束在玻璃窗上摔成碎块,
> 仿佛在好奇的天上睁开双眼,
> 看着我们慢慢地、默默地晚餐,
> 大片大片地把它美丽的烛光
> 洒在粗糙的桌布和布窗帘上。

恬淡，素雅，一派田园风光中充溢着柔情缱绻的眷恋。这是波德莱尔向他母亲倾吐的心里话。不粉饰，去雕琢，一片天籁，这不正是浪漫派诗人孜孜以求却往往失之过火的东西吗？

浪漫派还有一个心爱的主题，那就是对于魔王撒旦的赞颂或谴责。他们沿着弥尔顿的《失乐园》开辟的道路，把撒旦看作是反抗的精灵、智慧的代表和光明的使者。或者，他们遵循歌德的《浮士德》的方向，把撒旦看作对人的尊严的不可抗拒的诱惑、腐蚀和毁灭。波德莱尔在这个主题上表现出强烈的浪漫主义精神。他既有对恶魔的崇拜，致力于表现"恶的奇特的美"，又有对恶魔的恐惧，其中掺杂着无可奈何的屈服。前者如《献给撒旦的祷文》。波德莱尔在诗中祈求撒旦怜悯他的"无尽的苦难"，最后做了这样的祷告：

> 撒旦啊，我赞美你，光荣归于你，
> 你在地狱的深处，虽败志不移，
> 你暗中梦想着你为王的天外！
> 让我的灵魂有朝一日憩息在
> 智慧树下和你的身旁，那时候，
> 枝叶如新庙般荫蔽你的额头！

而后者则有《毁灭》这样的诗，把诱惑中的欢乐当作远离上帝的痛苦，流露出一种欲罢不能的情绪，从而陷入被恶魔毁灭的恐惧之中：

> 魔鬼不停地在我的身旁蠢动，
> 像摸不着的空气在周围荡漾；
> 我把它吞下，胸膛里阵阵灼痛，
> 还充满了永恒的、罪恶的欲望。
>
> 它知道我酷爱艺术，有的时候
> 就化作了女人最是妩媚妖娆，
> 并且以虚伪作为动听的借口，
> 使我的嘴唇习惯下流的春药。
>
> 就这样使我远离上帝的视野，
> 并把疲惫不堪、气喘吁吁的我
> 带进了幽深荒芜的厌倦之原，
>
> 在我的充满了混乱的眼睛里，
> 扔进张口的创伤、肮脏的衣衫，
> 还有那"毁灭"的器具鲜血淋漓！

恶魔无处不在，狡猾地投入所好，阴险地张开诱惑的罗网，而落入圈套的人则在欢乐中遭到毁灭，这种过程在诗中被揭示得异常清晰，尤其难得的是，被诱惑者具有清醒的恶的意识，对犯罪心理进行了深入、细致而有步骤的分析。这也许是波德莱尔比先前的浪漫派诗人高明的地方。在《魔鬼附身者》、《薄暮冥冥》等诗中，也都于清晰的描绘中见出深刻的分析。

远行、逃逸、怀旧、异国情调，是《恶之花》的重要主题，也是浪漫主义诗歌的基本主题。波德莱尔并没有在很多地方留下足迹，相反，他也许是当时的诗人中旅行最少的人。他只是在巴黎这座"病城"中频繁地更换住所，他那些神奇瑰丽的旅行都在头脑中进行。当然，他有过一次不情愿的远航，虽然他中途匆匆返回，却给他带来了意料之外的"财富"，使他生出无穷无尽的幻想。于是，大海、航船、海鸟、香料、远古、异域等等，就都成了他心爱的形象和梦幻的天地。而巴黎，正是他想要逃离的罪恶渊薮；而时代，正是他想要挣脱的镣铐枷锁。波德莱尔写过这样一首无题诗：

> 我爱回忆那没有遮掩的岁月，
> 福玻斯爱给其雕像涂上金色。
> 那时候男人和女人敏捷灵活，
> 既无忧愁，也无虚假，尽情享乐；
> 多情的太阳爱抚他们的脊梁，
> 他们就显示高贵器官的强壮。
> 库珀勒也慷慨大方，肥沃多产，

并不把子女看成过重的负担，
却好像心怀广博之爱的母狼，
让普天下吮吸她褐色的乳房。
男子汉个个优雅健壮，有权利
因美女拜他为王而扬扬得意；
她们是鲜果，无损伤也无裂口，
让人想咬一口光滑结实的肉。

今日之诗人，倘若他要想象出
这种天赋的伟大，如果置身于
男人和女人露出裸体的场面，
对着这惊恐万状的阴暗画卷，
会感到阴风冷气裹住了魂灵。
啊，因没有衣衫而悲伤的畸形！
啊，可笑的躯干！胸膛必须遮掩！
啊，真可怜，弯曲，松弛，大腹便便！
你们这些孩子，被冷酷泰然的
"实用"之神用青铜的襁褓裹起！
还有你们女人，唉，蜡一般苍白，
放荡养活你们，又把你们损害，
而你们处女，继承母亲的罪孽，
还有那多生多产的一切丑恶！

> 我们是一些已被腐化的民族,
>
> 确有这种美女古人不曾目睹:
>
> 面孔因为心脏的溃疡而憔悴,
>
> 如人所说,一种萎靡忧郁的美;
>
> 然而我们迟生的缪斯的发明
>
> 永远也阻止不了患病的生灵
>
> 向青春致以发自内心的敬意,
>
> ——圣洁的青春,神色单纯,面容甜蜜,
>
> 清澈明亮的眼睛像流水无瑕,
>
> 她无忧无虑,像蓝天、飞鸟、鲜花,
>
> 将在万物之上倾注她的芬芳,
>
> 她的甜蜜的热情和她的歌唱!

礼赞青春,缅怀远古,鄙夷当代,使波德莱尔的这首无题诗洋溢着浓烈的浪漫主义情调。尤其是"失去的乐园"这个曾经激动过古往今来无数诗人的主题,在浪漫主义风行的时代激起了更为强烈的普遍共鸣。波德莱尔说过:"任何一位抒情诗人,最终注定要踏上返回失去的乐园的道路。"[1] 这里的"抒情诗人"显然可以读作"浪漫派诗人"。而在波德莱尔的诗中,这一主题则以更为鲜明的对比和散文化的诗句,表达出怀旧情绪的激烈,又因为诗中寄寓了希望而显露出批判

---

1 《波德莱尔全集》第2卷,第167页。

的锋芒。

其他如"时间"、"自然"等主题,也都在《恶之花》中占有重要地位,并且都蒙上了一重浪漫主义夕阳的余晖。总之,《恶之花》的浪漫主义色彩随处可见,非此"主题"一项。然而,这是一片在夕照中开放的花朵,它们不是高扬着头,轻快地迎风摇摆,而是微微垂首,陷入痛苦的沉思。

波德莱尔是一位经历了两次社会革命的浪漫主义者,较之前辈或兄长,他对浪漫主义的理解已经有了很大的变化。他并未亲身经历1830年七月革命,也没有体验过19世纪二三十年代的那些浪漫主义者的狂热和激情,但是他对七月革命后浪漫派的迷惘和消沉却有着切身的体验和深刻的感受。波德莱尔是在浪漫主义的颓风中成长起来的。早在1838年,他才十七岁,就敏锐地感觉到当时文坛上的一切"都是虚假的、过分的、怪诞的、浮夸的……"[1]他在写于19世纪40年代初的中篇小说《舞女芳法罗》中对浪漫主义的弊病进行了清算,借主人公之口说道:"可怜我吧,夫人,更确切地说,可怜我们吧,因为我有许多跟我一样的弟兄;是对所有的人的恨,对我们自己的恨,使我们说了这么多谎话。我们不能通过自然的途径变得高贵和美,我们感到绝望,这才把我们的脸涂得稀奇古怪。我们一心一意地矫饰我们的心,用显微镜研究它的可憎的赘瘤和见不得人的疵点,

---

[1] 1838年8月3日波德莱尔致母亲书。

并且恣意夸大，因此，我们不能用其他人所用的那种语言说话。他们为生活而生活，我们却为认识而生活。这就是奥秘所在……我们像疯子一样地进行心理分析，越想了解就越疯得厉害……"[1]这是19世纪30年代后期登上文坛的那些浪漫派的自白，也是一代青年的绝妙的心灵画像。波德莱尔是过来人，既有深切的体验，又有清醒而冷静的目光，尤其有一种无所畏惧的分析精神，所以他能够作出这样鞭辟入里的批评。

司汤达曾经给浪漫主义下过一个著名的定义："浪漫主义是为人民提供文学作品的艺术。这种文学作品符合当前人民的习惯和信仰，所以它们可能给人民以最大的愉快。"[2]波德莱尔继续并且深化了司汤达的这种观念，对浪漫主义提出了新的理解："对我来说，浪漫主义是美的最新近、最现时的表现。"所谓"最新近、最现时"，就是当时人们的生活、社会的脉搏、时代的精神。因此，他认为，需要给浪漫主义灌注新的生命，关键并不在于主题的选择、地方的色彩、怀古的幽情、准确的真实，而在于"感觉的方式"，即新鲜的感受、独特的痛苦、对现代生活的敏感，即勇于挖掘和表现现代生活的英雄气概。他指出："谁说浪漫主义，谁就是说现代艺术——也就是说：各艺术包含的种种方法所表现的亲切、

---

1 《波德莱尔全集》第1卷，第559-560页。
2 见所著《拉辛与莎士比亚》，王道乾译，上海译文出版社，1979年。

灵性、颜色、对无限的渴望。"因此，不能在外部寻找浪漫主义，只有在内部才能找到它。[1]

《恶之花》在浪漫主义的夕照中开放，具有诡奇艳丽的色彩和神秘幽远的意境。其诡奇艳丽，可以说占尽浪漫主义的外部风光，而其神秘幽远，则可以说深得浪漫主义的内里精髓。例如《信天翁》一诗，"船在苦涩的深渊上滑进"，就展现出一个极富联想的形象，透出了不同于浪漫主义的异响。在《献给美的颂歌》中，诗人于一系列鲜明的对比之外，在美的饰物中发现了"恐惧"和"谋杀"这两个怪物，暗示出诗人对追求美所感到的绝望和悲观，使这首诗获得了象征主义的特色。我们在《灯塔》、《墓地》、《幽灵》、《苦闷和流浪》、《远行》诸诗中，也可以看到同样的情况。这样，波德莱尔就在浪漫主义的躯体里注入了象征主义的血液，使浪漫主义的主题、色彩和情调在更深刻、更隐秘的程度上被更有力地表现了出来。波德莱尔终于赋予了浪漫主义这个词以"一种实在的、积极的意义"。

波德莱尔曾经严厉地批评过浪漫主义，但是他从来也没有否定过浪漫主义。他在精神上始终保持着浪漫主义的锐气，是一个挽狂澜于既倒并且能够继往开来的浪漫主义者。也许正是为此，福楼拜才对波德莱尔说："您找到了使浪漫主

---

[1] 《波德莱尔全集》第 2 卷，第 420 页。

义恢复青春的方法。"[1]

然而,恢复了青春的浪漫主义已不完全是原来的浪漫主义了,它有了新的面貌、新的目光、新的感觉、新的精神了。

---

[1] 转引自《波德莱尔全集》第1卷,第805页。

第八章　穿越象征的森林

波德莱尔使法国浪漫主义恢复了青春。他深入到浪漫主义曾经探索过的未知世界的底层，在那里唤醒了一个精灵，这精灵日后被称作象征主义。虽然有人将其戏称为"阿尔卡之龙"[1]，暗寓子虚乌有之义，但是在波德莱尔之后，人们始终在进行着不懈的努力，试图给予明确的界定，至少也要勾画出大致的轮廓。尤其是1886年之后的那一批自称为象征派的诗人们，公开申明："夏尔·波德莱尔应该被视为目前这场运动的真正先行者。"[2] 于是，文学的观察者们，无论是将象征主义断为追求理念，还是界为探索梦境，还是归结为暗示通感手法的运用，甚至简单地概括为反传统的精神，都不

1　典出法朗士《企鹅岛》，该龙人人得见，但言人人殊，终不识其真面目。
2　Jean Moréas: *Un Manifeste littéraire*, 转引自 G. Leoutre et P. Salomon: *Baudelaire et le symbotisme*, Masson et Cie, 1970, p. 180。

约而同地把目光转向波德莱尔，试图从他那里掘出最初的泉水。应该说，波德莱尔不负众望，他在浪漫主义和象征主义之间架起了一座桥梁，然而这是一座向内伸展的桥梁，直通向浪漫主义的最隐秘的深处，连浪漫派诗人都不曾意识或不曾挖到的深处。

有论者说："象征主义就在浪漫主义的核心之中。"[1] 它曾在拉马丁、雨果、维尼等人的某些诗篇中透出过消息，曾在杰拉尔·奈瓦尔[2]的梦幻中放出过异彩，更曾在德国浪漫派诗人如诺瓦利斯的追求中化作可望而不可即的"蓝色花"。然而，处在浪漫主义核心中的象征主义毕竟还只是"潜在的和可能的"，"为了重获真正的象征的诗，还必须有更多的东西：一种新的感觉方式，真正地返回内心，这曾经使德国浪漫派达到灵魂的更为隐秘的层面。因此，需要有新的发现，为此，简单的心的直觉就不够了，必须再加上对我们的本性的极限所进行的深入的分析"[3]。所以，诗人要"真正地返回内心"，就不能满足于原始的感情抒发或倾泻，而要将情绪的震颤升华为精神的活动，进行纯粹的甚至抽象的思索，也就是"分析"。这种分析，在波德莱尔做起来，就是肯定了人的内心所固有的矛盾和冲突，即："在每一个人身上，时时刻刻都并存着两种要求，一个向着上帝，一个向着

---

[1] 语出 Pierre Moreau，转引自 Cuy Michaud: *Message poétique du symbolisme*, Nizet, 1947, p. 26。

[2] Gérard de Nerval（1808—1855），法国诗人，法国象征主义的另一位先行者。

[3] Cuy Michaud: *Message poétique du symbolisme*, p. 27.

撒旦。"他发现并且深刻地感觉到，高尚与卑劣之间有着密切的联系，无意识和向上的憧憬有着同样紧迫的要求。这种深刻的感觉，马塞尔·莱蒙将其界定为"对于精神生活的整体性的意识"，并且认为这是波德莱尔的诗的"最重要的发现之一"[1]。这就是说，波德莱尔是有意识地寻求解决人的内心矛盾冲突的途径，也就是说他要"到未知世界之底去发现新奇"，与已知的现实世界的丑恶相对立的"新奇"。这"新奇"天上有，地下有，梦中亦有，要紧的是离开这个世界，哪怕片刻也好。他的所谓"人造天堂"其实是有意识地促成的一种梦境，起因于鸦片，起因于酒，都不重要，重要的是创造一个人能够加以引导的梦境。"象征主义首先是梦进入文学。"[2] 波德莱尔也曾指出："梦既分离瓦解，也创造新奇。"[3] 他有一首诗叫作《巴黎的梦》，极鲜明生动地再现了他在灵魂深处所进行的冒险；他也通过这首诗直接叩击读者的潜意识的大门，剥露出"生活的超自然的一面"[4]。请试读之：

巴黎的梦

一

这一片可怖的风光，

---

1 Marcel Raymond: *De Baudelaire au surréalisme*. José Corti, 1982, p. 18.
2 语出 A. Poizat, 转引自 *Message poétique du symbolisme*, p. 26。
3 《波德莱尔书信集》第 2 卷，第 15 页。
4 《波德莱尔全集》第 1 卷，第 408 页。

从未经世人的俗眼,
朦胧遥远,它的形象
今晨又令我醺醺然。

奇迹啊布满了睡眼!
受怪异的冲动摆布,
我从这些景致里面,
剪除不规则的植物,

我像画家恃才傲物,
面对着自己的画稿,
品味大理石、水、金属
组成的醉人的色调。

楼梯拱廊的巴别塔,
成了座无尽的宫殿,
静池飞湍纷纷跌下
粗糙或磨光的金盘;

还有沉甸甸的瀑布,
犹如一张张水晶帘,
悬挂在金属的绝壁,
灿烂辉煌,令人目眩。

不是树，是廊柱根根，
把沉睡的池塘环萦，
中间有高大的水神，
如女人般临泉照影。

伸展的水面蓝莹莹，
堤上岸边红绿相间，
流过千万里的路程，
向着那世界的边缘；

那是宝石见所未见，
是神奇的流水，也是
明晃晃的巨大镜面，
被所映的万象惑迷！

恒河流在莽莽青昊，
无忧无虑，不语不言，
将其水瓮中的珍宝，
倾入金刚石的深渊。

我是仙境的建筑师，
随心所欲，命令海洋
驯服地流进隧道里，

那隧道由宝石嵌镶；

一切，甚至黑的色调，
都被擦亮，明净如虹，
而液体将它的荣耀
嵌入结晶的光线中。

天上没有一颗星星，
甚至没有一线残阳，
为了照亮这片奇景，
全凭自己闪闪发光！

在这些奇迹的上面，
翱翔着（可怖的新奇！
不可耳闻，只能眼见！）
一片沉寂，无终无始。

二

我重开冒火的双眼，
又看见可怕的陋室，
我重返灵魂，又痛感
可咒的忧虑的芒刺；

> 挂钟的声音好凄惨,
>
> 粗暴地敲响了正午,
>
> 天空正在倾泻黑暗,
>
> 世界陷入悲哀麻木。

这首诗分为两个部分,两部分在长度上和意境上的不协调显得十分突兀,然而正是这突兀造成强烈的对比,使第二部分成了一个惊叹号,把诗人(或读者)从大梦中唤醒,或者像一块巨石,突然打碎了深潭的平静。然而这梦之醒、潭之碎正与人心的矛盾和冲突相同,一波未平,一波又起,每一次醒,每一次碎,都激励着人们更急迫地敲叩梦的"象牙或牛角之门"[1]。这是早晨的梦,但是梦中的世界比窗外的世界更明亮、更整齐、更美。这世界有的是坚硬的大理石、闪光的金属和清澈的水,这世界拒绝的是不规则的植物和嘈杂的声响,这世界充满了红和绿的色彩,连黑色也不再给人以沉重愁惨之感。这是一个和谐、有序、整齐和明亮的世界。诗人在这里发现了"新奇",所谓新奇,实际上就是人世间的失谐、无序、混乱和黑暗的反面。对于感觉上麻木的世人来说,这新奇是可怕的;对于精神上懒惰的世人来说,这寻觅新奇的精神冒险也是可怕的。然而诗人是无畏的,他的勇气来自构筑人造天堂的强烈愿望和非凡意志。虽然梦境不能

---

1 Gérard de Nerval: *Œuvres complètes*, T. II, Gallimard, p. 1248.

久长，但诗人必须尽力使之延续，他靠的是劳动和技巧，精神的劳动使他痛苦的灵魂摆脱时空的束缚，超凡入圣，品尝没有矛盾没有冲突的大欢乐；艺术的技巧使他将这大欢乐凝固在某种形式之中，实现符号和意义的直接结合以及内心生活、外部世界和语言的三位一体[1]，于是，对波德莱尔来说，"一切都有了寓意"。经由象征的语言的点化，"自然的真实转化为诗的超真实"，这是波德莱尔作为广义的象征主义的缔造者的重要标志之一。波德莱尔实际上是把诗等同于存在，在他看来，真实的东西是梦境以及他们想象所创造的世界，但是，"自然的真实"并不是可以任意否定的东西，波德莱尔也不打算否定，因此，诗的第二部分又让"自然的真实"出场，"时间"这敌人无情地将梦境打碎，告诉诗人：梦已做了一个上午，该回到现实中来了，哪怕现实是一个"悲哀麻木"的世界。这种梦境与现实的对立正是人心中两种要求相互冲突的象征。

梦境的完成需要想象力的解放，而想象力的解放则依赖语言的运用，因为波德莱尔实际上认为，语言不仅仅是一种工具，也同时是一种目的，语言创造了一个世界，或者说，语言创造了"第二现实"[2]。这里的语言自然不是人们日常生活中仅仅用于交流的语言，而是诗的语言，是用于沟通可

---

1 Henri Lemaitre: *La poésie depuis Baudelaire*, Armand Colin, 1965, p. 29.
2 《波德莱尔全集》第2卷，第693页。

见之物与不可见之物、梦境与现实、"人造天堂"和人间地狱之间的语言。这样的语言是诗人通过艰苦的劳动才能创造出来的语言,因此波德莱尔说:"在字和词中有某种神圣的东西,我们不能率意为之。巧妙地运用一种语言,就是施行某种富有启发性的巫术。"[1]同时,他还有"招魂、神奇的作用"[2]、"暗示的魔法"、"应和"等相近的说法。这一切自然与当时颇为流行的神秘学(占星术、炼金术等)有着深刻的联系,但就其实质来说,则是表达了波德莱尔的诗歌观念,正如瑞士批评家马克·艾杰尔丁格指出的那样:"波德莱尔和奈瓦尔一起,但在兰波之前,在法国最早将诗理解为'语言的炼金术'、一种神奇的作用和一种转化行为,此种转化行为类似于炼金术中的嬗变。"[3]

诗之所以为诗,取决于语言。波德莱尔从应和论出发,痛切地感到语言和它要表达的意义之间的距离。所谓"文不逮意",并不总是由于对语言的掌握不到家,有些情境,有些意蕴,有些感觉,确乎不可言传,得寻别的途径。然而就诗来说,这别的途径仍然不能出语言的范围,所谓"语言炼金术",正表达了象征主义的诗人们在语言中寻求"点金石"的强烈愿望。波德莱尔既然要探索和表现事物之间非肉

---

[1] 《波德莱尔全集》第2卷,第690页。
[2] 《波德莱尔全集》第2卷,第957页。
[3] Marc Eigeldinger: *Baudelaire et l'alchimie verbale, Etudes baudelairiennes II*, Baconnieve, 1971, p. 81.

眼、非感觉所能勘破的应和与一致的关系，就不能不感觉到对这种点金石的迫切需要。结果，他摈弃了客观地、准确地描写外部世界的方法，去追求一种"富有启发性的巫术"，以便运用一种超感觉的能力去认识一种超自然的本质，他所使用的术语有着浓厚的神秘主义色彩，然而他所要表达的内容却并不神秘。他所谓的"超自然主义"，指的是声、色、味彼此应和、彼此沟通，生理学和心理学已经证明，这并非一种超感觉的、超自然的现象，而是一种通感现象（la synesthésie），在他之前已反映在许多作家的作品中了。波德莱尔的创新之处，在于他把这种现象在诗创作中的地位提高到空前未有的高度，成为他写诗的理论基础。因此，他虽然也使用传统的象征手段，但象征在他那里，除了修辞的意义之外，还具有本体的意义，因为世界就是一座"象征的森林"。所以，象征并不是诗人的创造，而是外部世界的固有之物，要由诗人去发现、感知、认识和表现，正如象征派诗人梅特林克所说："象征是大自然的一种力量，人类精神不能抗拒它的法则。"他甚至进一步指出："诗人在象征中应该是被动的，最纯粹的象征也许是在他不知道的情况下产生的，甚至是与他的意图相悖的……"[1]因此，我们不难理解，为什么波德莱尔要把想象力当作"各种功能的王后"，当作引导诗人在黑暗中前进的"火炬"。想象力在浪漫派诗人那里，

1　Jules Huret: *Enquête sur l'éuolution littéraire*, Thot, 1984, p. 124.

是意境和感情的装饰品，而在波德莱尔看来，想象力则是一种有血有肉、有具体结果的创造力。所谓"富有启发性的巫术"，其实就是运用精心选择的语言，在丰富而奇特的想象力的指引下，充分调动暗示联想等手段，创造出一种富于象征性的意境，来弥合有限和无限、可见之物和不可见之物之间的距离。试以《头发》一诗为例：

> 哦，浓密的头发直滚到脖子上！
> 哦，发髻，哦，充满慵懒的香气！
> 销魂！为了今晚使阴暗的卧房
> 让沉睡在头发中的回忆住上，
> 我把它像手帕般在空中摇曳。
>
> 懒洋洋的亚洲，火辣辣的非洲，
> 一个世界，遥远，消失，几乎死亡，
> 这芳香的森林在你深处居留！
> 像别人的精神在音乐上飘游，
> 爱人！我的精神在香气中荡漾。
>
> 我将去那边，树和人精力旺盛，
> 都在赤日炎炎中长久地痴迷；
> 粗大的发辫，请做载我的浪峰！
> 乌木色的海，你容纳炫目的梦，

那里有风帆、桨手、桅樯和彩旗:

喧闹的港口,在那里我的灵魂
大口地痛饮芳香、色彩和音响;
船只在黄金和闪光绸中行进,
张开它们巨大的手臂来亲吻
那颤动着炎热的晴空的荣光。

我要将我那酷爱陶醉的脑袋,
埋进这海套着海的黑色大洋,
我微妙的精神,有船摇的抚爱,
将再度找到你,哦丰饶的倦怠!
香气袭人之闲散的无尽摇荡!

蓝色的头发,黑夜张起的穹庐,
你为我让天空变得浑圆深广,
在你那头发的岸边绒毛细细,
我狂热地陶醉于混合的香气,
它们发自椰子油、柏油和麝香。

长久!永远!你的头发又密又稠,
我的手把红蓝宝石、珍珠播种,
为了让你永不拒绝我的欲求!

> 你可是令我神游的一块绿洲?
> 让我大口吮吸回忆之酒的瓶?

情人的头发曾经是许多诗人歌咏的对象,但在这首诗中,波德莱尔并没有对它进行具体的描写,而是把它变成一种象征,并以此为中心渐次铺开一张由回忆组成的网。头发首先是作为诗人的视觉和嗅觉的触发物,在诗的头两行以相当突兀的方式提了出来,仿佛导火线被点燃,立即触动了诗人的联想。尤其是第一句中,诗人在"头发"后面着一"滚"字,暗示出波浪的形象,紧接着,"发髻"一词更加明确了联想的方向,而"慵懒"则令人想到南方。于是,仅此开头两句,便蕴含了这首诗的全部原动力。头发的浓密触发了诗人对大海的回忆,又由大海而联想到热带岛屿上的人和树,并由此促成一个梦境:一个桨声帆影、桅樯林立的港口。港口是什么?是人们远行的出发地。这形象正是诗人的潜意识的外现。千帆竞发,青天如盖,又与头发合为一体,由于一种奇妙的应和,头发的颜色竟在诗人的眼中由深棕变为湛蓝。同时,头发的气味,又唤起了诗人曾在异域闻到过的种种香气。由于气味的导引,诗人回忆中的世界更加辽远,也更加完整。最后一节中,诗人的回忆和梦境凝结在象征的周围,化成一种愿望:希望情人的头发永远成为他的美好回忆的触媒剂。此外,诗人并非消极地承受回忆的袭击,而是主动地通过种种渠道诱发回忆,如像诗中所说:"我把它(回忆）像手帕般在空中摇曳。"这也是区别于浪漫派的诗的一个重要方面。总之，这是一首极富暗示和联想的诗，形象鲜明却并不具体，因为诗人追求的是寓无限于有限，创造一种"缩小的无限"[1]，试图在可见的物体上看到一个不可见的世界，赋予头发与回忆之间的联系一种更广泛更普遍的意义。

波德莱尔在《天鹅（二）》中写道："一切都有了寓意。"他在诗中追求的就是这种寓意（l'allégorie），但是，他所说的寓意并非传统的含有道德教训的那种讽喻，而是通过象征所表现出来的人的灵性（la spiritualité）。所谓灵性，其实就是思想。诗要表现思想，这是对专重感情的浪漫派唱了反调，这也是波德莱尔对象征主义诗歌的一大贡献。波德莱尔的诗富有哲理，就是由此而来。而所谓哲理，并不是诗人从某位哲学家那里贩来硬加在诗中的；相反，他必须在生活本身中挖掘和提炼。波德莱尔在日记中写道："在某些近乎超自然的精神状态中，生命的深层在人们所见的极平常的场景中完全显露出来。此时这场景便成为象征。"[2]这就意味着，某种思想、某种哲理，可以从日常生活的平凡中汲取形象，通过象征的渠道披露人生的底蕴。从《恶之花》中我们可以看出，波德莱尔很少直接抒写自己的感情，他总是围绕着一个思想组织形象，即使在某些偏重描写的诗中，

---

[1] 《波德莱尔全集》第1卷，第696页。
[2] 《波德莱尔全集》第1卷，第659页。

也往往由于提出了某种观念而改变了整首诗的含义。我们可以举出最为一些人诟病的《腐尸》一诗为例。这首诗共十二节四十八行，诗人用了一半的篇幅来描写一具腐尸，纤毫毕露，似可触摸，形象的丑恶催人作呕，笔触的冷静令人咋舌。据说当时有一些不满现实的青年在咖啡馆里朗诵此诗，在座的资产者们个个手捂上了脸，大叫"丑闻"，波德莱尔也因此获得"尸之王"的雅号。如果诗到此为止，那确是一幅出自拙劣画匠之手的拙劣的画，怕连诗也称不上。但是，诗并未到此为止，诗人斜出一笔，用三节抒情的诗句慨叹腐尸的原形已成梦境，透出了一星思考的端倪。接着，诗人用了两节诗警告他的情人：

　　——而将来您也会像这垃圾一样，
　　像这恶臭可怖可惊，
　　我眼睛的星辰，我天性的太阳，
　　您，我的天使和激情！

　　是的！您将如此，哦优美之女王，
　　领过临终圣礼之后，
　　当您步入草底和花下的辰光，
　　在累累白骨间腐朽。

倘使诗在这里结束，虽说已有了些意蕴，但终究不过是一篇红粉骷髅论而已，不出前人窠臼。所幸诗人的笔不曾停下，他写出了最后一节：

> 那时，我的美人啊，告诉那些蛆，
> 接吻似的把您啃噬：
> 我的爱虽已解体，但我却记住，
> 其形式和神圣本质！

这真是惊人之笔，转眼间化腐朽为神奇，使全诗的面貌顿时改观。原来诗人的目的并不在"把丑恶、畸形和变态的东西加以诗化"，也不是"歌咏尸骸"、"以丑为美"。他是在别人写作红粉骷髅的诗篇上引出深刻的哲理：精神的创造物永存。对此，法国批评家让-彼埃尔·里夏尔有过极好的概括："在《腐尸》这首诗中，对于精神能力的肯定最终否定了腐朽，这种精神能力始终在自身中保留着腐烂肉体的'形式和神圣本质'：肉体尽可以发霉、散落和毁灭，但其观念继续存在，这是一种牢不可破的、永恒的结构。"[1] 关于这首诗的主旨，我们不仅可以从诗本身得出这样的结论，波德莱尔本人的信件和日记也可以提供佐证。例如他在日记中就说过："精神创造的东西比物质更有生命力。"[2] 他还特别地提到

---

1 Jean-Pierre Richard: *Poésie et profondeur*, Seuil, 1955, p. 136.
2 《波德莱尔全集》第1卷，第649页。

"形式"："人创造的一切形式，都是不朽的。"[1]这就是为什么他在给友人的信中不无悲哀地慨叹："我被视为'尸体文学的诗人'，这使我很痛苦。"[2]众多的读者之所以在这首诗中只看到"丑恶"，甚至"不道德"，是因为他们被具体的形象挡住了去路，而对诗人的精神活动麻木不仁。他们既无力捕捉住诗中的象征，也就无力从整体上把握住诗的主旨。

瓦雷里在《波德莱尔的位置》一文中指出，波德莱尔是最早对音乐感到强烈兴趣的法国作家之一。他还引用自己写过的文字，对象征主义做出了著名的界定："被称作象征主义的那种东西可以简单地概括为好几族诗人想从音乐那里收回他们的财富这种共同的意愿。"[3]这里的"收回"一词，大有深意。诗与音乐本来就有不解之缘，富于旋律美和节奏美的诗家代不乏人，浪漫派诗人中就有拉马丁、雨果、戈蒂耶等。象征主义诗人要从音乐那里收回的财富的清单显然还要长得多。波德莱尔曾经为《恶之花》草拟过好几份序言，其中有一份提纲表明，他试图说明诗如何通过某种古典经论未曾阐明过的诗律来使自己和音乐联系在一起，而这种诗律的"根更深地扎入人的灵魂"[4]。这种"诗律"也许就是象征主义要从音乐那里索回的主要财富。波德莱尔的诗固然

---

1 《波德莱尔全集》第1卷，第705页。
2 《波德莱尔书信集》第1卷，第573页。
3 Paul Valéry: *Variété* II, Gallimard, 1930, p. 153.
4 《波德莱尔全集》第1卷，第183页。

不乏"音色的饱满和出奇的清晰"、"极为纯净的旋律线和延续得十分完美的音响"[1]，然而使之走出浪漫主义的低谷的却是"一种灵与肉的化合，一种庄严、热烈与苦涩、永恒与亲切的混合，一种意志与和谐的罕见的联合"[2]。可以推想，当瓦雷里写下"化合"（une combinaison）、"混合"（une mélange）以及"联合"（une alliance）这几个词的时候，他一定想到了音乐，想到了音乐不靠文字仅凭音响就能够发出暗示、激起联想、创造幻境的特殊功能。而这恰恰是波德莱尔的诗的音乐性之精义所在。波德莱尔力图摈弃描写，脱离合乎逻辑的观念演绎，抓住某种特殊的感觉并且据此和谐地组织意象，最终获得一种内在的音乐性。他的许多富于音乐性的诗，如《邀游》、《秋歌》、《阳台》、《情人之死》、《赞歌》、《沉思》等，都不止于音调悦耳、韵律和畅。特别是题为《黄昏的和谐》的那一首，更被誉为"满足了象征派的苛求："通过诗重获被音乐夺去的财富"[3]。下面就是这首诗：

那时辰到了，花儿在枝头颤震，
每一朵都似香炉散发着芬芳；
声音和香气都在晚风中飘荡；
忧郁的圆舞曲，懒洋洋的眩晕！

1　Paul Valéry: *Variété* II, p. 152.
2　Paul Valéry: *Variété* II, p. 150.
3　《波德莱尔全集》第1卷，第920页。

每一朵都似香炉散发着芬芳；
小提琴幽幽咽咽如受伤的心；
忧郁的圆舞曲，懒洋洋的眩晕！
天空又悲又美，像大祭台一样。

小提琴幽幽咽咽如受伤的心，
温柔的心，憎恶广而黑的死亡！
天空又悲又美，像大祭台一样；
太阳在自己的凝血之中下沉。

温柔的心，憎恶广而黑的死亡，
收纳着光辉往昔的一切遗痕！
太阳在自己的凝血之中下沉……
想起你就仿佛看见圣体发光！

黄昏、落日、鲜花、小提琴，一个个孤立的形象，实在却又模糊，造成了一片安详而又朦胧的氛围。眩晕、死亡、下沉、遗痕，一系列具体的感觉，真实却很飘忽，汇成了一股宁静而又哀伤的潜流。香炉、大祭台、圣体，一连串富有宗教意味的譬喻，烘托出一种万念俱释、澄明清净的心态。诗人并没有着墨于环境的描写，也没有着力于情绪的抒发，只是围绕着心与境谐这一主旨安排了形象，配合了比喻，而且诸多形象全然不是为眼睛而设，只是轻柔然而执着地敲击着人的感觉。同时，这首诗采用了"马来体"的形式而略加变化，反复咏唱，一如祈祷，具有强烈的感染力。这不是急管繁弦，也不是浅斟低唱，而是庄严平静的广板，极完美地表达了一个憎恶黑暗渴望光明的人在黄昏之际所获得的珍贵的宁静，流露出一种忘机忘情的喜悦。这首诗曾经进入德彪西[1]等人的音乐，该不是偶然的。

总之，自波德莱尔之后，特别是1886年象征主义成为一次文学运动之后，站在象征主义这面大旗下面的诗人虽面貌各异，却也表现出某些共同的倾向。例如，在基本理论方面，他们都认为世界的本质隐藏在万事万物的后面，诗人处于宇宙的中心，具有超人的"视力"，能够穿透表面现象，洞察人生的底蕴，诗人的使命在于把他看到的东西破译给人们；诗人不应该跟在存在着的事物后面亦步亦趋，恰正相反，是精神创造世界，世界的意义是诗人赋予的，因此，物质世界和精神世界之间存在着一种深刻的统一性，一切都是互相应和的、可以转换的。在诗歌的表现对象上，他们大多是抒写感情上的震颤而从不或极少描写，也不刻画人物形象，甚至也不涉及心理活动的过程。他们要表现的永远是一种感情，抽象的、纯粹的感情，一种脱离了（并不是没有）本源的情绪。诗人力图捕捉的是他在一件事一个物面前所产生的感情上的反应，而将事和物隐去。有人说，象征主义的

---

[1] Claude Debussy（1862-1918），法国印象派作曲家。

作品其大半是写在作者头脑中的，写在纸上的只是其一小半，只是其结果。象征主义诗人对事对物的观察、体验、分析、思考都是在他拿起笔来之前就完成了的，所写下的往往只是一记心弦的颤动、一缕感情的波纹、一次思想的闪光，其源其脉，都要读者根据诗人的暗示自己去猜想，而诗人也认为他们是能够猜得到的。因此，个人受到的压抑、心灵的孤独、爱情的苦恼、对美的追求、对光明的向往、对神秘的困惑，这些浪漫派诗歌中经常出现的主题，虽然也经常出现在象征派诗人的笔下，却因表现手法的不同而呈现出别一种面貌。在表现手法上，他们普遍采用的是象征和暗示，以及能够激发联想的音乐感。象征在他们那里具有本体的意义，近于神话的启示。象征派诗人很少做抽象玄奥的沉思冥想，总是借助于丰富的形象来暗示幽微难明的内心世界。形象也往往模糊朦胧，只有诗人的思想是高度清晰的。与此同时，他们都非常重视词语的选择，甚至认为词语创造世界。很明显，上述的这一切，我们都可以在《恶之花》中找到最初的那一滴水。

瓦雷里指出："波德莱尔的最大的光荣……在于孕育了几位很伟大的诗人。无论是魏尔伦，还是马拉美，还是兰波，假使他们不是在决定性的年龄上读了《恶之花》的话，他们是不会成为后来那个样子的。"[1] 他们后来成了什么

---

1 Paul Valéry: *Variété* II, p. 154.

样子？他们成为法国象征主义诗歌的无可争议的三颗巨星。

"魏尔伦和兰波在情感和感觉方面继续了波德莱尔，马拉美则在诗的完美和纯粹方面延伸了他。"[1]瓦雷里此论，后人只可充实和发展，但是不能推翻。波德莱尔和法国象征主义的关系，后人也是只可挖掘并丰富，但是不能切断。

1　Paul Valéry: *Variété* II, p. 154.

第九章　按本来面目描绘罪恶

早在1852年,《恶之花》中还只有二十来首诗问世,就有人在报上著文指出:"夏尔·波德莱尔是一位年轻的诗人,神经质、肝火旺、易怒且令人怒,在日常生活中常常惹人生厌。(其作品)表面上不合情理,内里却是很现实主义的。"[1] 此语殊不祥,五年后,《恶之花》果然以"现实主义"罹罪。

这现实主义,仿佛波德莱尔在浪漫主义的夕照中拖在身后的一条长长的影子,仿佛波德莱尔在穿越象征的森林时踩在脚下的一块坚实的土地,他甩不掉、离不开。然而这现实主义又是波德莱尔的一个问题,时人争执不下,后人莫衷一是,连他本人也唯恐去之不速。

1857年8月20日,《恶之花》受审,检察官在起诉书

---

[1] 转引自Alphonse Séché: *La vie des fleurs du mal*, Edgar Malfére, 1928, p. 153。

中说，夏尔·波德莱尔的原则和理论是"描绘一切，暴露一切。他在最隐秘的皱襞里发掘人性，他的口吻刚劲而强硬，他尤其夸大了丑恶的一面，他为了使人印象深刻和感觉强烈而过甚其辞"[1]。检察官于是吁请法官们惩罚这种"刻画一切、描写一切、讲述一切的不健康的狂热"[2]。他并没有使用"现实主义"一词，但已有其意寓焉。果然，在判决书中，人们读到："……诗人的错误不能消除他在被指控的诗中向读者展示的画面所带来的不良效果，这些画面通过有伤风化的粗俗的现实主义不可避免地导致感官的刺激。"[3] 明眼人一望便知，"现实主义"一词用在这里实属非同小可，隐隐然透着杀机，正如法国批评家克洛德·毕舒阿和让·齐格勒指出的那样："现实主义，在这句话中是关键的一个词，它标志着下流。"[4]

为波德莱尔辩护的人没有回避法庭的指控，他们针锋相对地指出，世间不止有一种花，"也有在肮脏地方开放的花，不洁而有害的污水坑滋润着的花。毒物和毒草有花神，恶也有花神……"[5] 因此，"肯定恶的存在并不等于赞同罪恶"。恰正相反，他使自以为"最有德、最完善、最高尚"

---

[1] 《波德莱尔全集》第 1 卷，第 1206 页。
[2] 《波德莱尔全集》第 1 卷，第 1209 页。
[3] 转引自 *Les fleurs du mal*, Magnard, 1986, p. 651。
[4] 两人所著 *Baudelaire*, Julliard, 1987, p. 355。
[5] 《波德莱尔全集》第 1 卷，第 1187 页。

的人感到恐惧和愤怒，因为他打碎了他们的"虚伪或麻木的满足"[1]。他不是不道德的、亵渎宗教的诗人，他是"堕落时代的但丁"[2]，他"擅长赋予思想以生动闪光的现实性，使抽象物质化和戏剧化"[3]。为波德莱尔辩护的人也没有使用"现实主义"一词，然而已有回避之意寓焉。

波德莱尔本人倒是并不害怕这个词，甚至可以说，他对所谓"现实主义"有独特的理解，他指出："有一个人自称现实主义者，这个词有两种理解，其意不很明确，为了更好地确定他的错误的性质，我们称他作实证主义者，他说：'我想按照事物的本来面目或可能会有的面目来表现事物，并且同时假定我不存在。'没有人的宇宙。"[4]这里的"同时"二字是个极重要的、不可或缺的条件。由于所谓"现实主义者"力图表现的是一个"没有人的宇宙"，即没有创作主体的宇宙，波德莱尔更喜欢把他们称作实证主义者，并且毫不含糊地说："一切优秀的诗人总是现实主义的。"[5]波德莱尔的这种表面上的矛盾，使现实主义在波德莱尔研究中成为一个聚讼纷纭的问题。

关于波德莱尔诗中的现实主义问题，有论者以为，1855

---

1 《波德莱尔全集》第1卷，第1189页。
2 《波德莱尔全集》第1卷，第1195页。
3 《波德莱尔全集》第1卷，第1203-1204页。
4 《波德莱尔全集》第2卷，第627页。
5 《波德莱尔全集》第2卷，第58页。

年[1]是个界限，在此之前，波德莱尔因为和现实主义画家库尔贝、现实主义作家尚弗勒里等人的友谊，而接近和倾向于现实主义，在此之后，德·迈斯特和爱伦·坡的影响终于使他"完全地脱离了现实主义"[2]。另有论者指出："他时而被人看作是现实主义者，时而被人看作是浪漫主义者……毫不足怪，他的本质有一部分属于1830年那一代，另一部分则属于1848年那一代，即他本人的、尚弗勒里的、福楼拜的、龚古尔的那一代。"[3]还有论者只承认在波德莱尔的散文诗《巴黎的忧郁》中有现实主义，说："在其《散文诗》中，波德莱尔未曾惧于以某些现实主义的笔触来突出其画面……"不过，这种现实主义已然为"梦幻和慈悲"所"纠正"[4]。总之，在《恶之花》中，现实主义因素是有是无，多少年来一直是众说纷纭、莫衷一是。攻击《恶之花》不道德的人强调其有，为《恶之花》辩护的人力辩其无，就连波氏本人也对这个主义怀着某种鄙夷和不屑之情。其实，无论攻击者，还是辩护者，都是从同一个事实出发：《恶之花》描绘了人类社会生活中的丑恶鄙俗的现象，揭示了人自身中的阴暗的角落。晚近一些波德莱尔研究者的著作中很少提及"现实主

---

1 1855年库尔贝见拒于巴黎世界博览会，波德莱尔写《既然有现实主义》，对该词含义提出质疑。

2 Marcel A.Ruff: *L'esprit du mal et l'esthétique baudelairiene*, Slatkine Reprints, Genève, 1972, p. 262.

3 René Dumesnil: *le réalisme et le naturalisme*, Del Duca, 1968, p. 278.

4 Georges Blin: *Le sadisme de Baudelaire*, José Corti, 1948, pp. 170–172.

义"一词[1]，它被代之以"现实"、"真实"、"画面"等等，然而这种回避并不能使波德莱尔的现实主义这一问题化为乌有。

法国文学中的现实主义是一个历史的概念，它从来就不是单一的，也不是凝固的，甚至不是清晰的。作为一次有意识的、有组织的文学运动，法国的现实主义兴起于19世纪50年代，于1855年进入高潮，其标志是画家库尔贝的作品《奥尔南的殡葬》、《浴女》等见拒于法国的官方画展。他的画被贬斥为"现实主义"，因为他如实地描绘了下层劳苦民众的鄙俗丑陋的生活场景，同时也因为他打破了题材、形式、技法等方面的某些陈规旧习。对于官方的排斥，库尔贝并不示弱，他索性张起敌人扔过来的旗帜，将自己非官方的、个人的画展命名为"现实主义"。库尔贝的名言是："一位画家只能画眼睛能够看见的东西。"他的一班朋友则从旁鼓噪，除了辩护和赞扬之外，还应之以小说创作，遂成为一次颇具声势的文学运动。然而，这场现实主义运动并没有像浪漫主义运动那样产生出第一流的作家，一如象征主义运动本身没有产生出第一流的诗人一样。考其原因，才力不逮固然是其中之一，但更重要的怕是出于主张的褊狭和肤浅。运动的主将尚弗勒里、杜朗蒂等专以写乡镇资产者的猥

---

[1] 这中间的原因大概有二：一是某些论者仍然赋予该词以某种贬义；二是某些论者以为就诗歌谈现实主义殊不可解。

琐的日常生活为能事，不要描绘、不要画像、不要风景、不要修辞、不要理想，一切只要纤毫毕现的表面的真实。他们不无道理地反对"为艺术而艺术"和强调作家的社会职能，但是他们也要求文学作品直接为现实服务，不适当地强调其"有用性"。总之，他们脱离了被后世公认为现实主义大师司汤达和巴尔扎克的优良传统，没有前者的深刻，没有后者的激情；他们只有眼睛可以看见的"真实"，然而这种真实并不是充分的真实，更不是全部的真实。这样的现实主义不能产生足以传世的杰作，不仅仅是历史的事实，也是历史的必然。它不仅使资产阶级借此将一切描写生活中的丑恶现象甚至贫穷现象的作品，统统鄙之曰"现实主义"，而且也招来创造性地继承巴尔扎克伟大的批判现实主义传统的福楼拜的不满，他声称是"由于对现实主义的憎恨"，才写出了被后人公认为现实主义杰作的《包法利夫人》[1]。波德莱尔的《恶之花》与尚弗勒里们的现实主义无缘，他推崇的是巴尔扎克的现实主义，是福楼拜的现实主义，即那种"除了细节的真实外，还要真实地再现典型环境中的典型人物"[2]的现实主义。

波德莱尔是最早全面地、整体地把握《人间喜剧》的

---

[1] 1856年10月或11月福楼拜致翟乃蒂夫人书。《通信集》第四卷，Louis Conard版。

[2] 恩格斯语，见《马克思恩格斯选集》第四卷，人民出版社，1995年，第683页。

批评家之一,他曾经正确地指出过:"巴尔扎克实际上是一位小说家和一位学者,一位创造者和一位观察者;一位通晓观念和可见物的产生规律的博物学家。"[1]后来,他又更确切地指出过:"我多次感到惊讶,伟大光荣的巴尔扎克竟被看作是一位观察者;我一直觉得他最主要的优点是:他是一位洞观者,一位充满激情的洞观者。他的所有人物都秉有那种激励着他本人的生命活力。他的所有故事都深深地染上了梦幻的色彩。与真实世界的喜剧向我们展示的相比,他的喜剧中的所有演员,从处在高峰的贵族到居于底层的平民,在生活中都更顽强,在斗争中都更积极和更狡猾,在苦难中都更耐心,在享乐中都更贪婪,在牺牲精神方面都更彻底。"[2]波德莱尔在巴尔扎克身上看到了"充分的现实主义",他所列举的"生活"、"斗争"、"苦难"、"享乐"、"牺牲精神"诸方面绝非虚指,而是实实在在的"典型环境",那些"更顽强"、"更积极和更狡猾"、"更贪婪"、"更彻底"的贵族和平民们,也都是不折不扣的"典型人物"。他欣赏观察家巴尔扎克,然而,他知道,单纯的现实主义难以产生真正伟大的作品,因此,他更欣赏洞观者巴尔扎克。作为诗人,他歆羡巴尔扎克把"他的所有故事都深深地染上了梦幻的色彩"的能力,因为一位艺术家必须能够"给十足的平凡铺满

---

[1] 《波德莱尔全集》第2卷,第22页。
[2] 《波德莱尔全集》第2卷,第120页。

光明和绯红"[1]，否则，"只要没有诗的乳白色的灯光的爱抚，这些故事就总是丑恶的、粗俗的"[2]。他与巴尔扎克的心是相通的，他与福楼拜的心是相通的，他们都不满足于陈列丑恶，照相式地摹写自然。不同的是，巴尔扎克和福楼拜通过小说来创造，而波德莱尔则是通过诗来创造。然而，殊途同归，异曲同工，他们都达到了更高的真实。雷欧·白萨尼看到了这一点，他说："物充塞着现实主义小说，正如回忆中的物充塞着写了《忧郁》这首诗的诗人的精神，其开头一句是'我若千岁也没有这么多回忆'。举个最突出的例子，在巴尔扎克的作品中，灵魂受困于一个世界，似乎迷失在物中，而要描写这个世界的阴沉、迷人的存在，一个巴尔扎克式的叙述者可以采用类似波德莱尔在《天鹅》一诗中为唤起充满着诗人过去的大城市所具有的沉重静止时使用的那些语汇……"[3]这些语汇是"新的宫殿，脚手架，一片片房栊"、"破旧的四郊"等等，出在该诗第二部分第一节。白萨尼紧接着指出："现实主义奇怪地转向寓意。"[4]其实并不奇怪，波德莱尔的现实主义经常是为象征和寓意准备土壤的。我们可以说，波德莱尔也是一位观察者，更是一位洞观者，他是诗中的巴尔扎克。

---

1 《波德莱尔全集》第 2 卷，第 122 页。
2 《波德莱尔全集》第 2 卷，第 84 页。
3 所著 *Baudelaire et Freud*, Seuil, 1981, p. 115。
4 所著 *Baudelaire et Freud*, p. 116。

《恶之花》的现实主义成分首先在于题材的突破，法国诗歌自波德莱尔始，才将大门向现代资本主义大城市洞开[1]。阿尔贝·蒂博代指出："一直到19世纪，诗人及其读者都生活在城市里，但是某种建立在一种深刻规律上的默契却将城市生活排斥在诗之外。"[2] 而波德莱尔的创新正在于："将自然的价值化为城市的价值，使风景充满人性。它创造了一种全然巴黎的诗。"[3] 在波德莱尔看来，"巴黎的生活在富有诗意和令人惊奇的题材方面是很丰富的"，它提供了崭新的形象、性格和心理，它尤其提供了崭新的冲突和对比，使诗人在现实和幻想之间张开翅膀自由地飞翔。他的《风景》一诗是这样写的：

> 为了贞洁地作我的牧歌，我愿
> 躺在天堂身旁，如占星家一般，
> 并以钟楼为邻，边做梦边谛听
> 风儿送来的庄严的赞美钟声。
> 两手托着下巴，从我的顶楼上，
> 我眺望着歌唱和闲谈的工场；
> 烟囱和钟楼，这些城市的桅杆，
> 还有那让人梦想永恒的苍天。

1　参见本书第五章。
2　所著 *Intérieurs*, Plon, 1924, p. 7。
3　所著 *Intérieurs*, p. 27。

真惬意啊，透过沉沉雾霭观望
蓝天生出星斗，明窗露出灯光，
煤烟的江河高高地升上天外，
月亮洒下它令人着魔的苍白。
我还将观望春天、夏天和秋天；
当冬天带着单调的白雪出现，
我就到处都关好大门和窗户，
在黑夜中建造我仙境的华屋。
那时我将梦见泛青的地平线，
花园，在白石池中呜咽的喷泉，
亲吻，早晚都啁啾鸣唱的鸟雀，
以及牧歌当中最天真的一切。
暴乱徒然地在我的窗前怒吼，
不会让我从我的书桌上抬头；
因为我已然在快乐之中陶醉，
但凭我的意志就把春天唤醒，
并从我的心中拉出红日一轮，
将我的炽热的思想化作温馨。

这是一位穷诗人从他的阁楼上眺望巴黎的生动画面，展现在他面前的是一派现代都市的风光，那是一种由工场、烟囱、煤烟、钟楼、深雾等组成的，显示出"现代生活的美和英雄气概"的奇特风光；然而诗人的眼睛并没有停留在这些可见的形象上，他很快将视线射入这些形象的背后，实际上是射向自己的精神。他的幻想因有了这样鲜明而富有特征的形象而更加美丽动人，而正是在这种对比中跃动着一种前所未有的、现代的诗意。波德莱尔有一段评论画家梅里翁的话，正好拿来做这首诗的注脚，他说："梅里翁先生以其线条的艰涩、细腻和稳健使人想起了旧时的那些优秀的蚀刻师。我很少看到一座大城市的天然的庄严被表现得更有诗意。堆积起来的石头的雄伟，手指着天空的钟楼，向着苍穹喷吐着浓烟的工业的方尖碑，正在修葺的建筑物的神奇的脚手架，在结实的躯体上运用着具有如此怪异的美的时兴设计，充满了愤怒和怨恨的纷乱的天空，由于想到了蕴含其中的各种悲剧而变得更加深邃的远景，组成文明的痛苦而辉煌的背景的任何复杂成分都没有被忘记。"[1]这些鲜明、凸起的形象使他想起了巴尔扎克，他又一次拿蚀刻师作比，那是怎样的蚀刻师啊，"他们绝不满足于腐蚀，而是把雕版的刻痕变成一道道沟壑"[2]。填不满的沟壑，磨灭不了的形象，这是《风景》一诗的特色之一。

《恶之花》的现实主义成分还表现为诗人对巴黎人的观察、认识和描绘。波德莱尔的笔对达官贵人极为吝啬，不肯给他们一字一句，他把大量的笔墨给了"成千上万飘忽不

---

[1] 《波德莱尔全集》第 2 卷，第 666 页。
[2] 《波德莱尔全集》第 2 卷，第 122 页。

定的人",他们"在一座大城市的地下往来穿梭"[1],他们具有"另一种英雄气概"[2],具有"一种新的、特殊的美"[3]。法国批评家莱蒙·让在一本文学史中指出:"《巴黎风貌》也许是所有描绘城市风光的作品中最冷静(也最有人情味、最温柔)的部分,在此城市风光中,行人、盲者、小老太婆、红发女乞丐迷失在'古老首都曲曲弯弯的褶皱里'。《晨光熹微》中的那种描绘小巷、潮湿的马路、兵营的院子和医院,以及世间一切苦难的现实主义诗歌是波德莱尔最擅长的诗歌之一。"[4]此论甚确,波德莱尔的擅长表现为充满深厚同情心的敏锐而细腻的观察,准确生动的细节以及深刻、综合力极强的典型性。我们可以举出《小老太婆》的第一章作为例证:

古老首都曲曲弯弯的褶皱里,
一切,甚至丑恶都变成了奇观,
我听命于改不了的秉性,窥伺
奇特的人物,衰老却惹人爱怜。

这些丑八怪,也曾经是女人啊,
埃波宁,拉伊斯,她们弯腰,驼背,

---

1 《波德莱尔全集》第2卷,第495页。
2 同上。
3 《波德莱尔全集》第2卷,第496页。
4 *Histoire littéraire de la France*, T. V, Editions sociales, 1977, p. 155.

曲身，爱她们吧！她们还是人啊！
穿着冰凉的布衣裙，破洞累累，

她们冒着无情北风俯身走着，
在马车的轰隆中不住地惊跳，
她们紧紧地贴着身子的一侧，
夹着一个绣着花或字的小包；

她们行色匆匆，如同木偶一样，
她们拖着脚步，如受伤的野兽，
或不自主地跳，如可怜的铃铛，
有一个无情的魔鬼吊在里头！

她们虽老迈，眼睛却钻一般尖，
仿佛夜间积水的坑闪闪烁烁；
她们有着小姑娘的神圣的眼，
看见发亮的东西就惊奇喜悦。

——你们注意到许多老妇的棺木，
几乎和孩子的一样又小又轻？
博学的死神在这些棺中放入
一种奇特抓人的趣味的象征。

而当我瞥见一个衰弱的幽灵，
穿过巴黎这熙熙攘攘的画面，
我总觉得这一个脆弱的生命
正悄悄地走向一个新的摇篮；

只要看见这些不协调的肢体，
我就不禁要把几何学想一想，
木工要多少次改变棺的形制，
才能正好把这些躯体来安放。

这些眼睛是泪之井无穷无尽，
是布满冷却金属碎片的坩埚……
对于严峻的命运哺育过的人，
这神秘的眼具有必胜的诱惑！

这首诗共有四章，其余三章是对这些"八十岁的夏娃"的赞美和同情，赞美她们作为女人曾经有过的贡献和牺牲，同情她们在风烛残年中所受到的不公正的对待，然而这第一章却是名副其实的起点，这起点是观察。波德莱尔论风俗画家时曾说："很少有人具有观察的才能，拥有表达的力量的人则更少。"[1] 小老太婆的身影、她们的眼神、她们的动作、她

---

1 《波德莱尔全集》第 2 卷，第 693 页。

们的棺木，这一切都证明了他不仅"具有观察的才能"，还"拥有表达的力量"。

　　《恶之花》的现实主义成分还得力于诗人对普通人尤其是命运乖蹇的人的平等的、感同身受的同情，其笔调如同家常话般的朴素亲切更显示出感情的真诚与充实。《薄暮冥冥》、《晨光熹微》、《醉酒的拾破烂者》等都是其中的典范，在全部《恶之花》中也堪称佳构。这里仅举一首无题诗，以见一斑：

> 您曾忌妒过那位善良的女仆，
> 她在卑微的草地下睡得正熟，
> 我们应该给她献上一些鲜花，
> 死者，可怜的死者痛苦多巨大，
> 每当十月这位老树的修剪工
> 围着他们的碑吹起忧郁的风，
> 他们理应觉得活人薄情寡义，
> 还照旧睡在暖融融的被窝里，
> 而他们却被黑色的梦幻扰杀，
> 没有共榻的人，没有知心的话，
> 冻僵的老骨头任凭蛆虫折磨，
> 他们感到冬天的雪融化滴落，
> 岁月如流，却没有朋友和亲眷
> 更换挂在墓栏上的零落花圈。

当木柴在晚上噼噼啪啪地响,
我看见她泰然坐在安乐椅上,
如果在那十二月的蓝色寒夜,
我发现她蜷在我房间的角落,
她从永恒的床上庄严地走来,
用慈母的眼注视长大的小孩,
当我看见眼窝深陷有泪流下,
对这虔诚的灵魂我作何回答?

  诗中的你指诗人的母亲,那女仆名叫玛丽埃特,诗人在儿时回忆中常常流露出对她亲切而真挚的怀念。这一首浪漫主义色彩很浓的诗不乏让人一听就觉得心头发热的家庭生活细节。活人和死人的对立明白地现出某种悔恨和责难,极其真实地表达出已经长大成人的孩子和曾经看护过他的女仆之间不能忘怀的感情。然而这一切只能诉诸回忆和想象了,只是这想象一反诗人的习惯,不再有阴森可怖的气氛,不再有丑恶狰狞的形象,有的仅仅是女仆那慈母般安详宁静的形貌,而相比之下更衬托出诗人的内疚:不但是母亲曾经妒忌过她,就是诗人怕也是许久不曾给她献花了。这中间有多少故事在暗中闪过,有多少意味在不言中呈现啊!难怪保尔·瓦雷里要说,这首诗的第一句"在其十二个音节中,包含了整整一部巴尔扎克的小说"[1]。

当然,《恶之花》的现实主义成分也体现为勇敢地面对人世间的一切丑恶及可惊可怖的事物,并出之以冷静准确的笔触,然而并不止于展示,而是深入到对象的本质,将其升华,挖掘出恶之美。他说:"放荡是诱人的,应该把它描绘得诱人;它拖带着疾病和特殊的精神的痛苦;应该描绘它,像医院里的医生一样研究一切创伤吧……"[2] 值得注意的是,这里说的是"一切创伤",而且要"研究","像医院里的医生一样"研究。不言自明,医生研究疾病绝不是为了欣赏,更不是为了迷恋。于是,别人视为"污泥"不可入诗的东西,波德莱尔可以大胆地拿过来,通过艺术的手段化为"黄金",铸成绝妙的诗句。关于这种化腐朽为神奇的本领,亨利·勒麦特解释说:"这是象征语言的炼金术,它使自然的现实转化为诗的超现实。"[3] 我们这里首先注意到的是"自然的现实",这是"诗的超现实",赖以生发的起点,而波德莱尔总是准备着一个坚实牢固的起点,例如在《被杀的女人》这首诗中,他首先写道:

> 周围是香水瓶,有金丝的绸缎,
> 给人以快感的家什,

---

[1] 转引自 *Commentaire des fleurs du mal*, p. 361。
[2] 《波德莱尔全集》第2卷,第41页。
[3] 所著 *La poésie depuis Baudelaire*, Armand Colin, 1965, p. 27。

> 大理石像，油画，熏了香的衣衫
> 拖曳着豪华的皱襞，
>
> 在一间如温室般暖和的房里，
> 空气又危险又致命，
> 玻璃棺里面正在枯萎的花枝，
> 翻白的眼，无思无想，
> ……
> 一具无头的尸体，鲜血流成河，
> 流淌在干渴的枕上，
> 枕布狂饮着鲜红的流动的血，
> 仿佛那干旱的草场。

接下去写的是那女尸的饰物、形体，都是纤毫毕现，精确得令人咋舌，然而最后一节却来了个大转弯：

> ——远离嘲讽的世界，不洁的人群，
> 也远离好奇的法官，
> 睡吧，安详地睡吧，奇特的女人，
> 在你那神秘的墓间，
>
> 你丈夫跑遍世界，你不朽的形
> 守护着睡熟了的他，

而他也将会像你一样的忠诚

直到死也不会变化。

这陡然地一转，不禁使我们想起了《腐尸》中体解形存的"神圣本质"。这首诗有一副题：无名大师的素描。据考证，此画也许并不存在，或是某幅油画的草稿，例如德拉克洛瓦的《萨达纳帕尔》[1]。如果是后者，我们不妨引证波德莱尔关于这幅画写的一段文字。他首先将德拉克洛瓦画中的女人分为两类，其中一类"有时是历史上的女性（望着眼镜蛇的克娄巴特拉），更多的是任性的女人，风俗画中的女人，时而是玛甘泪，时而是奥菲莉亚、苔斯德蒙娜，甚至圣母马利亚、玛大肋纳，我很愿意称她们为私生活中的女人。她们的眼中好像有一种痛苦的秘密，藏得再深也藏不住。她们的苍白就像是内心斗争的一种泄露。无论她们因罪恶的魅力或圣洁的气息而卓然不群，还是她们的举止疲惫或狂暴，这些心灵或精神上有病的女人都在眼睛里有着狂热所具有的铅灰色或她们的痛苦所具有的反常古怪的色彩，她们的目光中有着强烈的超自然主义"[2]。这里的女尸已经没有了眼睛，然而，我们在波德莱尔的细节描绘中不是已经看见了她"痛苦的秘密"吗？我们不是在诗的结尾的大转弯中感到了"强烈

---

1 参见 Jean Prévost: *Baudelaire*, Mercure de France, 1953, p. 142。
2 《波德莱尔全集》第 2 卷，第 594 页。

的超自然主义"吗？

最后，抓住日常生活中习见的人物、事件和场景，于准确生动的描绘中施以语言的魔力，使之蒙上一重超自然的色彩，这也是《恶之花》的现实主义成分的表现之一。波德莱尔笔下待发的船只、逃逸的天鹅、过路的女人、城市的建筑、工业的设施、破败的郊区，还有那些盲人、穷人、老人、乞丐、妓女、醉汉，都具有可视可触可嗅可感的实在性，都活动或静止于具体的时空中。它们所蕴含的超越的、普遍的象征，是在读者的想象中逐渐生成的。波德莱尔能够使他的诗句成为触发读者想象力的媒剂，是因为他和他的诗的读者生活在同一个世界中，面对着同一个对象，他们的生活是同一的。请看他如何把一群波希米亚人送到读者的面前：

> 眸子火辣辣的会预言的部族，
> 昨天就已上路，把她们的小鬼
> 背在背上，或让他们贪婪的嘴
> 豪吮下垂的乳房，常备的宝物，
>
> 男子们背着闪亮的刀枪步行，
> 走在蜷缩着眷属们的大车旁，
> 抬起目光沉重的眼望着天上，
> 闷闷不乐地怀念逝去的幻影。

蟋蟀，在它藏身的沙窝的里边，
望着他们走过，歌儿唱得更欢；
库珀勒爱他们，让绿茵更宽阔，

让泉流山石，让鲜花开遍荒原，
迎接这些旅人，在他们的面前
洞开着通向黑暗的亲切王国。

《流浪的波希米亚人》

波希米亚人及其生活是浪漫派诗人和画家喜用的题材，但在波德莱尔笔下已有了新意。他羡慕他们的自由，然而他更突出了他们对大地和今世的依恋与执着：这些自由的人望着天空，但是他们的目光是沉重的，他们不理解也不想理解天上以及天外的渺茫，他们感到亲切的是大地，尽管他们在这大地上步步走向黑暗。据说这首诗是从画家雅克·卡洛的一幅画中获得灵感的。可以看出，诗人保留了画中的现实主义细节，同时也为读者开拓了想象的空间。有论者指出："波德莱尔的诗的可贵之处是，它们展示了诗人和读者共同面对的真实，同时又暗示出读者的想象有可能与诗人的想象相会，然而这种相会又不是完全契合无间……"[1] 此论用于《流

---

1 Emmanuel Adatte: *Les fleurs du mal et le spleen de paris, Essai sur le dépassement du réel*, José Corti. 1986, p. 17.

浪的波希米亚人》，是很恰当的。

综上所述，我们可以说，现实主义的创作方法已经成了《恶之花》的有机组成部分。但是，我们也必须同时指出，《恶之花》的现实主义成分并不是可以析离使之孤立存在的，为了进行观察，它只能被保存在批评家的冰箱里。我们可以感到它，甚至可以抓住它，然而一旦当我们把它放在正常的阅读环境中时，它就可能变得不纯了，或被异质的成分侵入，或消散在左邻右舍之中。这是《恶之花》的现实主义的特点，也是许多研究者讳言其现实主义的原因之一。然而我们必须对《恶之花》使用现实主义这一概念，否则，我们将不能解释攻击者如何使用了错误的概念进行了错误的判断，而辩护者是如何进行了正确的判断而拒绝了正确的概念。

我们知道，诗的对象并不是客观事物本身，也不以塑造"典型人物"为特长，而是某种客观存在在诗人的主观世界中引起的感觉、情绪甚至思辨。然而，现实主义的诗究竟是一种不容置疑的存在，《恶之花》中的某些诗不是可以以其建立在准确细节之上的鲜明形象、真挚感情和深刻思想而进入法国诗史上最优秀的现实主义诗篇行列吗？

第十章 "我将独自把奇异的剑术锻炼"

《恶之花》是一部开一代诗风的作品。

保尔·瓦雷里说:"这本不足三百页的小书《恶之花》,在文人的评价中,是与那些最著名、最广博的作品等量齐观的。"[1] 波德莱尔以一百五十七首诗(以后人编订的 1868 年版计算)奠定了他在法国乃至世界诗史上的崇高地位,除了内容上的新颖、深刻外,还必须在艺术上有一种崭新的面貌和一些独特的色彩,以及与此相应的表现上的技巧。路易·阿拉贡认为,《太阳》一诗从内容上表明波德莱尔抓住了现代诗歌的精义,而其中的四行则在形式上透露出波德莱尔的秘密,"告诉我们诗人怎样斗争才会像太阳那样发亮"[2]。这四行诗是:

---

[1] Paul Valéry: *Variété* II, p. 129.
[2] 《法兰西文学报》,1957 年 3 月 24 日,第 662 期。

> 我将独自把奇异的剑术锻炼,
>
> 在每一个角落里寻觅的偶然,
>
> 绊在字眼上,就像绊着了石头,
>
> 有时会碰上诗句,梦想了许久。

阿拉贡的确抓住了波德莱尔的一个特点,即他认为,写诗不仅是一种智力的劳动,而且是一种体力的拼搏。他曾经在《现代生活的画家》一文中对一位画家的工作情景进行过极为生动的描绘,他写道:"现在,别人都睡了,这个人却俯身在桌子上,用他刚才盯着各种事物的那种目光盯着一张纸,舞弄着铅笔、羽笔和画笔,把杯子里的水弄洒在地上,用衬衣擦拭羽笔。他匆忙、狂暴、活跃,好像害怕形象会溜走。尽管是一个人,他却吵嚷不休,自己推搡着自己。"[1]画家同形象搏斗,诗人同词语搏斗,其目的是对"记忆中拥塞着的一切材料进行分类、排队,变得协调",其结果是"各种事物重新诞生在纸上,自然又超越了自然,美又不止于美,奇特又具有一种像作者的灵魂一样热情洋溢的生命"。[2]画家和诗人,其搏斗对象不同,但创造美的目的是一样的,对于手段的需要也是一样的,波德莱尔将后者比为"剑术",实在是再恰当不过。尤其是,这剑术是"奇异的",而

---

1 《波德莱尔全集》第 2 卷,第 693-694 页。
2 同上。

且要"独自锻炼"。那么,这奇异的剑术,究竟奇在何处、异在哪里呢?

在创作方法上,《恶之花》继承、发展、深化了浪漫主义,为象征主义开辟了道路,奠定了基础,同时,由于波德莱尔对浪漫主义的深刻而透彻的理解,在其中灌注了古典主义的批评精神,又使得《恶之花》闪烁着现实主义的光彩。《恶之花》在创作方法上的三种成分:浪漫主义、象征主义和现实主义,并不是彼此游离的,也不是彼此平行的,而经常是相互渗透甚至融合的。它们仿佛红绿蓝三原色,其配合因比例的不同而生出千差万别无比绚丽的色彩世界。因此,《恶之花》能够发出一种十分奇异的光彩,显示出它的作者是古典诗歌的最后一位诗人,现代诗歌的最初一位诗人。由于他的这种丰富性和复杂性,他成了后来许多流派相互争夺的一位精神领袖。总之,《恶之花》是在一个"伟大的传统业已消失,新的传统尚未形成"的过渡时代里开放出来的一丛奇异的花:它承上启下,瞻前顾后,由继承而根深叶茂,显得丰腴;因创新而色浓香远,显得深沉。

《恶之花》的题材比较单纯,但因所蓄甚厚,开掘很深,终能别开生面,显出一种独特的风格,恰似一面魔镜,摄入浅近而映出深远,令人有执阿莉阿德尼线而入迷宫之感。王国维论词有境界之说:"词以境界为最上,有境界则自成高格,自有名句。""境非独谓景物也。喜怒哀乐,亦人心中之一境界。故能写真景物、真感情者,谓之有境界。否则谓之无境界。"[1]《恶之花》感情真挚、意象充实、言近旨远、感人至深，能通过有限来表现无限，"从过渡中抽出永恒"[2]，因此境界幽邃，风格浑成。请读《忧郁之四》一诗：

> 当低沉的天空如大盖般压住
> 被长久的厌倦折磨着的精神；
> 当环抱着的天际向我们射出
> 比夜还要愁惨的黑色的黎明；
>
> 当大地变成一间潮湿的牢房，
> 在那里啊，希望如蝙蝠般飞去，
> 冲着墙壁鼓动着胆怯的翅膀，
> 又把脑袋向朽坏的屋顶撞击；
>
> 当密麻麻的雨丝向四面伸展，
> 模仿着大牢里的铁栅的形状，
> 一大群无言的蜘蛛污秽不堪，
> 爬过来在我们的头脑里结网，
>
> 几口大钟一下子疯狂地跳起，

---

[1] 《人间词话》卷上，中华书局，1955年。
[2] 《波德莱尔全集》第2卷，第694页。

朝着空中迸发出可怕的尖叫，
就仿佛是一群游魂无家可依，
突然发出一阵阵执拗的哀号。

——送葬的长列，无鼓声也无音乐，
在我的灵魂里缓缓行进，希望
被打败，在哭泣，而暴虐的焦灼
在我低垂的头顶把黑旗插上。

这首诗刻画的是忧郁这种精神悲剧，诗人不是通过静态的描写，而是通过一系列真实生动的形象，在动态中由远及近地使这种精神悲剧鲜明地凸现出来，化抽象为具体，创造出一种极富暗示、极富联想的意境，具有动人心魄的感染力。首先，那又低又重的天空，使读者如置身在一巨室之中，眼前的灯光突然熄灭，立刻有一种黑暗压抑之感袭上心头。诗的第一个形象就定下了色彩的基调。随后是一个比黑夜还要黑暗的白天，极大地加强了黑暗压抑的感觉。紧接着出现了三个具体的、富有现实感的生动形象：牢房、蝙蝠和蜘蛛，顿时使诗的氛围生气灌注，似可触摸，而蜘蛛在人脑中结网的形象更进一步把全诗的气氛与人联系了起来，注意，此处诗人用的是"我们的头脑"，"我们"二字使所有的读者都不禁感到心中怦然而动，脑中自然闪出恐惧的意念。到这里，五个越来越具体、鲜明、生动的意象已经使诗的意境在读者的视觉中活动了起来,然而,诗人还嫌不够,又让几口大钟发出不和谐的尖叫,用比喻的手法引出游魂的哀号,让读者借助听觉更深地进入诗的意境。但是,对绝望和恐惧感受得最深的还不是"我们",而是"我",诗的最后一节,仿佛舞台上的暗转,"我们"变成了"我",用最阴郁、最恐怖的形象逼出了诗人的精神悲剧:希望被战胜,焦灼插上了胜利的旗帜,一面黑旗。送葬的行列,死一般的寂静,低垂的头颅,黑色的旌旗,这是蕴含多么深广的形象!此外,这首诗的意境的创造还得力于节奏、韵律等等技巧的安排,可惜我们难以就译文详加考察,这里仅指出一点:最后一节的最后三行中,译文保留了原诗的跨句(起自第五节第二行结尾处),以造成突兀的效果,接下一句也仿照原诗译得支离破碎,意在将原诗中哭泣时哽咽不能成句的效果保留一二。

  总之,这首诗采用了现实生活中的形象,通过富于暗示的比喻,造成了深远的意境,把抽象的心理状态化作一场有声有色的戏剧,充分地抒发了诗人郁结难遣的愁肠,并在读者心中唤起了同感。这首诗比较典型地表现了《恶之花》的风格。如果要概括的话,似乎可以用上中国古代诗评中的两个字:沉郁。"沉而不浮,郁而不薄"[1],正可当作对《恶之花》之风格的最恰切的评语。《恶之花》不是滔天的巨浪,

---

1 陈廷焯:《白雨斋词话》卷一,人民文学出版社,1959年。

迸射着飞溅的水沫；它是涌涌的大波，挟带着呼啸的长风。

保尔·瓦雷里指出，波德莱尔在诗中追求"一种更坚实的质地和一种更精巧更纯粹的形式"[1]。坚实的质地表现为真情实感和蕴含深厚，而精巧纯粹的形式则表现为手法的丰富和技巧的圆熟。

结构谨严，这是《恶之花》的突出特点。我们已经知道，一部《恶之花》，就是一座精心设计的殿堂，而那一首首诗，就如栋梁门窗，都是完整的部件，结体明晰稳健，规矩皆中绳墨。波德莱尔喜欢写作格律极严的十四行诗，其数量几乎占了集中的一半。虽然他只有为数不多的几首古典十四行诗，即意大利十四行诗，大部分是自由十四行诗，即法国十四行诗，但是评论家几乎都承认他是这种诗体中的高手，因为古典十四行诗和自由十四行诗只是韵式不同，对于结构的要求却是同样的谨严。正如波德莱尔自己所说："一首十四行诗就需要一个布局、结构，也可以说是框架，是精神作品所具有的神秘生命的最重要的保障。"[2] 十四行诗体约束最严，其结构本身就迫使诗人戴着镣铐舞蹈，做到严谨也许并不是很难的。我们且选一首形式比较自由的诗为例，比方说《薄暮冥冥》一诗。这首诗共三十八行，分为四节，每

---

1 Paul Valéry: *Variété* II, p. 134.
2 《波德莱尔全集》第 2 卷，第 332 页。

节行数不等，其中的意义群落亦不等，使节与节之间修短合度，错落有致，形成一种独特的节奏。

第一节四行：

> 迷人的黄昏啊，这罪孽的友朋；
> 它像一个同谋，来得脚步轻轻；
> 天空像间大卧房慢慢地关上，
> 烦躁不安的人变得野兽一样。

这是写黄昏的来临，然而并非实写，只是某种感觉和气氛，尤其是首句，起得既轻盈、又突兀，对比强烈，暗中为全篇定下了基调。接下去，花开两朵，各表一枝，承接得十分自然。第二节二十四行，自然地分为三个意义群落，先是六行：

> 那些人期待你，夜啊，可爱的夜，
> 因为他们的胳膊能诚实地说：
> "我们又劳动了一天！"黄昏能让
> 那些被剧痛吞噬的精神舒畅；
> 那些学者钻研竟日低头沉思，
> 那些工人累弯了腰重拥枕席。

黄昏的可爱跃然纸上，那些辛劳一天的人们终于可以休息了，读者至此也仿佛终于可以长出一口气了，然而，"但"

一词引出了以下十行：

> 但那些阴险的魔鬼也在四周
> 醒来，仿佛商人一样昏脑昏头，
> 飞跑去敲叩人家的屋檐、门窗。
> 透过被风吹打着的微弱灯光，
> 卖淫在大街小巷中活跃起来，
> 像一队蚂蚁那样把通道打开；
> 它到处都开出一条秘密之路，
> 犹如仇敌正把突然袭击谋图；
> 它在污泥浊水的城市里蠕动，
> 像一条盗窃人的食物的蛆虫。

这是可怕的黄昏，城里的沉渣开始泛起，正如诗人在另一个地方写道："可是夜来了。那是个古怪而可疑的时刻，天幕四合，城市放光。煤气灯在落日的紫红上现出斑点。正经的或不道德的，理智的或疯狂的，人人都自语道：'一天终于过去了！'智者和坏蛋都想着玩乐，每个人都奔向他喜欢的地方去喝一杯遗忘之酒。"[1] 于是诗人笔势一收，以八行诗集中具体地描绘了城市的喧嚣和污秽：

---

1 《波德莱尔全集》第 2 卷，第 693 页。

>　　这里那里，厨房在嘶嘶地叫喊，
>　　剧场在喧闹，乐队在呼呼打鼾；
>　　赌博做成了餐桌上的美味珍馐，
>　　围满娼妓和骗子，她们的同谋，
>　　那些小偷，不肯罢手，不讲仁慈，
>　　很快也要让他们的勾当开始，
>　　他们就要轻轻撬开钱柜门户，
>　　好吃喝几天，打扮他们的情妇。

面对这一片污浊，诗人将如何动作？读者不能不提出这样的问题。果然，诗人宕开一笔，向自己的灵魂发出呼唤："我的灵魂啊，沉思吧，"转入第三节的八行诗：

>　　在这庄严的时刻，我的灵魂啊，
>　　沉思吧，捂住耳朵，别听这喧哗。
>　　这正是病人痛苦难当的时候，
>　　沉沉黑夜掐住了他们的咽喉；
>　　他们了结命运，走向共同深渊，
>　　他们的叹息呻吟充塞了医院，
>　　不止一人不再找那美味的汤，
>　　在黄昏，在炉畔，在亲人的身旁。

这是想象中的一幕：医院中多少垂危的病人再不能晚上回到

炉火边、亲人旁去喝那香喷喷的热汤了。这真是催人泪下的一幕！这场面与第一节诗遥相呼应，首尾贯通。然而，诗并未结束，只见诗人抬起了头，陡然提高了声调，仿佛含着泪说出了第四节的两句诗：

他们大部分人还不曾体味过
家庭的甜蜜，也从未有过生活！

这个结句犹如画龙点睛，顿时提高了全诗的意蕴，确是警策之语。这首诗起句突兀，振得起全篇，结句凝重，压得住阵脚，通篇结构清晰、不乏波澜，确是一篇佳构。波德莱尔十分讲究起句、转承和结尾，由此可见一斑。波德莱尔对于篇章结构有一种全局和整体的看法，他认为在一幅好画中，有时为了某种更重要的东西，可以允许某些偶然性的错误[1]。在《恶之花》中，我们也可以看到这种情况，正如保尔·瓦雷里指出的那样："在《沉思》那首商籁体——集中最可爱的篇什之一——的十四行诗中，我总感至惊异，算算有五六句确实有弱点。但是这首诗的最初几句和最后几句却有着那样大的魔力，竟使中间一段不觉得拙劣，并且容易当它并不存在。"[2] 这"魔力"来自结构。

---

[1] 《波德莱尔全集》第2卷，第432页。
[2] Paul Valéry: *Variété* II, p. 151.

《恶之花》的诗句抑扬顿挫，极富音乐感，根据情绪的需要，时而清澈嘹亮，时而低回婉转，时而柔媚圆润，有力地渲染了气氛，细腻地传达了情绪。波德莱尔是法国诗人中最富有音乐感者之一，因为他对诗与音乐的关系有着深刻的理解。他引述过德国作曲家理查德·瓦格纳的一段话，可以作为最好的证明："对于诗人来说，节奏的安排和韵律的装饰（几乎是音乐性的）是确保诗句具有一种迷人的、随意支配感情的力量的手段。这种倾向对诗人来说是本质的，一直把他引导到他的艺术的极限，音乐立刻接触到的极限，因此，诗人的最完整的作品应该是那种作品，它在其最后的完成中将是一种完美的音乐。"[1]

波德莱尔善于根据意境和情绪的需要，写出有不同乐感的诗句。他为了表现解放了的精神在广阔的太空中高翔远举，写出了这样的诗句：

> Au-dessus des étangs, au-dessus des Vallées,
> Des montagnes, des bois, des nuages, des mers,
> Par delà le soleil, par dèla les éthers,
> Par delà les confins des sphères étoilés
> （飞过池塘，飞过峡谷，飞过高山，
> 飞过森林，飞过云霞，飞过大海，

---

[1]《波德莱尔全集》第2卷，第791页。

飞到太阳之外，飞到九霄之外，

越过了群星灿烂的天宇边缘，）

这《高翔远举》的第一节诗，多么轻捷，多么明快，就像一只草原上的云雀在蓝天中飞翔，它呼吸着纯净的空气，挣脱了一切的束缚，越飞越高，越飞越远……波德莱尔为了渲染在奔向理想世界的旅途上的欢乐心情，他写出了这样的诗句：

> Mon enfant, ma sœur,
>
> Songe à la douceur
>
> D'aller là-bas vivre ensemble!
>
> Aimer à loisir,
>
> Aimer et mourir
>
> Au pays qui te ressemble!
>
> Les soleils mouillés
>
> De ces ciels brouillés
>
> Pour mon esprit ont les charmes
>
> Si mystérieux
>
> De tes traitres yeux,
>
> Brillant à travers leurs larmes.
>
> Là, tout n'est qu'ordre et beauté,
>
> Luxe, calme et volupté.

（孩子，小妹妹，

想想多甜美，

到那边共同生活！

尽情地恋爱，

爱和死都在

与你相像的邦国！

阳光潮湿了，

天空昏暗了，

我爱你眉目含情，

种种的魅力，

那样神秘，

照亮了珠泪莹莹。

那里，是整齐和美

豪华，宁静和沉醉）

这首诗名为《邀游》，共有六节，其余的四节与此具有相同的结构。欢快的节奏、流畅的音调，是由于诗句的安排造成的：每两行五音节诗后面就出现一行七音节诗，如此反复三次，绝妙地模仿出两个年轻人在路上走走停停的情态和充满着憧憬的心情，那两叠句的作用更是奇妙，一个Là字，仿佛是停下脚步，喘了一口气，定睛一看，前面出现了一个迷人的新世界！我们仿佛听见那小伙子喊道："快呀，快到那边去！"节奏轻快而鲜明，韵律和畅而明亮，与全诗的情调浑然一体，天衣无缝，使这首诗成为最富于音乐性的法语诗中的翘楚。波德莱尔不但能把诗写得这样轻捷明快，如蝉翼在阳光下震颤，也能把诗写得低回婉转，如浑厚的钟声在夜空中回荡，如《忧郁》、《阳台》、《乌云密布的天空》诸诗。他还喜欢三顿的诗句，造成一种圆舞曲的节奏，如：

Suivant un rythme doux, et paresseux, et lent.

（《美丽的船》）

Dans quel philtre, dans quel vin, dans quelle tisane,

（《不可救药的》）

On s'y soûle, on s'y tue, ou on s'y prend aux cheveux!

（《倾谈》）

Ange plein de bonheur, de joie et de lumières,

（《通功》）

Teintés d'azur, glacés de rose, lamés d'or.

（《香水瓶》）

他还善于排列好几个名词或形容词，给人一种上升或下降的直线的感觉，如：

O pauvres corps tordus, maigres, ventrus, ou flasques,

（《我爱回忆那没有遮掩的岁月》）

Quand on m'aura jeté, vieux flacon désolé,

> Décrépit, poudreux, sale, abject, visqueux, fêlé,
>
> （《香水瓶》）
>
> L'irrésistible Nuit établit son empire,
> Noire, humide, funeste et pleine de frissons;
>
> （《浪漫派的夕阳》）

此外，波德莱尔的诗的韵脚安排，也能通过内含的旋律加强形象的刻画，如《头发》一诗的abbab的韵式，颇能由头发的卷曲引出对于滚动的大海的联想。保尔·瓦雷里指出："波德莱尔的诗的持久和迄今不衰的势力来自于它的音响之充实和异常的清晰。"[1] 由此可以见出，《恶之花》的音乐性的重要及其对后世的影响。

波德莱尔十分推重想象力的作用，其结果之一，是使《恶之花》中充满了丰富的形象、新奇的比喻和深刻的寓意。波德莱尔极少使用"象征"一词，在他那里，象征和比喻并没有根本的区别，许多用"好像"、"如同"、"仿佛"等词引出的比喻也往往具有象征的意义。他的比喻新奇而大胆，极富表现力。他可以把吻比作"阳光"，显示其热烈，比作"西瓜"，显示其新鲜；他可以把雨丝比作监狱的铁窗栅，生动而深刻地烘托出一种阴郁而窒息的氛围；他也可以

1　Paul Valéry: *Variété* II, p. 152.

把享受暗中的快乐比作挤压一枚老橙子，而显得意味无穷。他的比喻不止于新奇大胆，往往还暗示着某种意义，例如他说诗人想死，"睡在遗忘中如鲨鱼浪里藏身"，这是个极新鲜的比喻，然而鲨鱼是活的，焉知它有朝一日不会醒来，翻起浪花？这暗示出诗人求死的愿望并非那么彻底。又如，他把烟囱、钟楼比作城市的"桅杆"，既形象又暗含着作者本人的向往：他是多么希望乘船远航，离开这污浊的城市！然而，波德莱尔最具特色的比喻还是赋予某些抽象的概念以跃动的生命，化静为动，化抽象为具体。例如，"回忆"有一只号角，"希望"有一副刺马针，"遗忘"有一只口袋，"时间"有一张网，"快乐"有一条鞭子，"仇恨"有一个桶，等等；再具体些，则是："复仇"是个红胳膊的女人，往无底的大桶里倾倒着血和泪；"快乐"是一种气，像过道里的女气精正往天际逃逸；"放荡"则穿着破衣，起劲地挖坑，它的牺牲品将要掉进去；"爱情"是个孩子，坐在一个巨大的头颅上，在吹肥皂泡；而"悔恨"则从水底冒出来，脸上现出了微笑；等等。波德莱尔的比喻层出不穷，因为这是应和论的必然结果；同时，他又是从现实生活中拾取形象，使他的比喻具有无穷的生命力，容易为读者所理解，并且可以生出新的联想。

波德莱尔广泛地运用了对比的手法，使之成为《恶之花》的一大特色。我们在第四章中已经说明，强烈的对比是与《恶之花》本身所具有的对立和冲突相联系的，这里，我们将说明，对比在艺术上如何起了突出形象、烘托意境的作用。请看《黑夜》一诗：

> 有一座忧凄难测的地窖，
> 命运已把我丢弃在那里，
> 粉红快活的阳光进不去，
> 我独自陪伴阴郁的夜神，
>
> 我像个画家，上帝嘲弄人，
> 唉！判处我把黑夜来描绘；
> 用令人悲伤的东西调味，
> 我把我的心煮来当食品，
>
> 一个优雅而光辉的幽灵，
> 不时地闪亮，伸长，又展开，
> 直到显出了整个的身影。
>
> 从那梦似的、东方的姿态，
> 我认出了我的美人来访：
> 这就是她啊！黝黑而明亮。

这首诗可以分为两部分，第一部分包括两节四行诗，是一丝光亮也没有的黑暗，环境的黑暗和精神的黑暗融为一体，再加上第八行诗呈现出的阴森形象，更使得氛围透出一股死亡的气味。第二部分包括两节三行诗，是渐渐清晰的光明，先是"不时地闪亮"，若隐若现，当诗人认出它来的时候，那简直像一盏灯突然大放光明，顿时照亮了墓室，同时也使诗人的心中充满了光明。这样，诗的两部分就形成了鲜明而强烈的对比，以黑暗衬托出光明的强烈和可贵，尤其是最后一行诗，使诗人幻想中的昔日的情人具有一种奇异的光亮：她那黝黑的皮肤不但是一种生理特征，而且与黑夜发生了联系，成为诗人阴郁情怀的一种因素，而诗人对她的怀念，又使她的出现不啻黑暗中的一盏明灯放出光华，黑暗与光明共处一体，强烈地暗示出诗人痛苦而矛盾的心情。从这一点看，对比不仅是一种突出效果的手段，而且也是曲传情怀、加深意境的途径。除此之外，波德莱尔喜用的一种"矛盾修饰"法也可以归入对比之列。这种手法是使名词与修饰它的形容词处于矛盾的状态，造成突兀奇异的感觉，加强诗句的感染力。例如："污秽的伟大"，"卑鄙的崇高"，"年轻的骷髅"，"美妙的折磨"，"阴郁的快慰"，"撒旦的风韵"，"令人销魂的鬼脸"，"令人赞叹的女巫"，"噬人的理想"，"可笑的人类"，等等。矛盾的修饰并改变不了被修饰物的性质，但是却渗透了诗人的复杂心理，使读者在惊讶之余感到有无穷的意味含在其中。

《恶之花》的艺术成就是多方面的，表现手法也是十分丰富的，但是，上述几点已足以使他与古典的诗人区别开来，因为他有着种种创新的象征，同时也使他与现代的诗人区别开来，因为他继承着古典诗歌的优良传统，而兰波在盛赞之余，对他的诗的形式表示不齿，称为"平庸"，是很可以说明问题的。实际上，正是这种融会新旧、贯通古今的独特地位，造就了《恶之花》的生命力。

当然，《恶之花》并非字字珠玑、篇篇精彩，亨利·佩尔认为，《恶之花》中大约有三分之一可以列入法国诗中最令人赞赏的篇章之中[1]。波德莱尔的诗最大的缺点是散文化和灵感的中断，即全篇之中诗句的不平衡，或是开头精彩而结尾平庸，或是首尾有力而中间松懈。此外，形容词的繁复、个别形象的苍白、词汇的贫乏等等也常为人诟病。

---

1 Henri Peyre: *Remarques sur le peu d'influence de Baudelaire*, R. H. L. F, 1967, n°. 3.

结　语

波德莱尔曾经是个神话，而《恶之花》则是这个神话的主要来源。在法国，这个神话早已被打破了，波德莱尔成为无可争议的大诗人，《恶之花》成为法国文学史上具有划时代意义的优秀作品，并得到了世界文坛的承认。波德莱尔一夜之间得到的恶名，终于在历史的长河中被洗刷干净了。然而，在法国以外的有些地方，波德莱尔的神话仍然不同程度地存在着。不过这终归要被打破的，因为在法国之外的地方（其实法国之内也有许多地方），这种神话多半是"曾参杀人"式的传说。

波德莱尔曾经被看作是，在一些人的心目中仍然是一个颓废的诗人，他的《恶之花》被看作是对丑恶的美化、迷恋、欣赏和崇拜。然而当我们读过《恶之花》之后，我们明白了，这并不是事实。我们不能说他是一个颓废的诗人，我们只能说他是一个颓废时代的诗人，一个对这个时代充满了愤怒、鄙夷、反抗和讽刺的诗人，他以雄浑有力而非纤弱柔媚的笔触揭露了他那个时代的丑恶和黑暗，而字里行间却洋溢着对光明和美好的向往和追求，并且描绘了一个虽然虚无缥缈却毕竟是针锋相对的理想世界。泰奥菲尔·戈蒂耶曾经这样写道："毫无疑问，波德莱尔在这部描写当代腐化堕落现象的作品中，展示了许多丑恶的画面，使被揭露的败行在泥潭中打滚，使它全部可耻的丑态暴露无遗。但是诗人说到它时带着极度的厌恶、轻蔑的愤慨，不断地向往着那种风俗志作家所常常缺乏的理想；诗人把灼热的铁不可磨灭地烙在这些涂满油膏和铅白粉的不健康的身体上。对真正洁净的空气，喜马拉雅山的积雪那样纯洁无瑕的白色，晶莹的天蓝色，永不熄灭的光明的渴望，没有再比在这些作品中表现得更强烈的了，而这些作品却被烙上不道德的印记，仿佛抨击邪恶本身就是邪恶，仿佛谁描写制造毒药的药厂，谁自己就中了毒。"[1]《恶之花》的全部作品证实了这种富有真知灼见的论断，只是有一点需要修正："描写当代腐化堕落现象"这样的词句概括不了全部《恶之花》，那只是对立着的两方中的一方，而"展示了许多丑恶的画面"的诗篇仅当全部诗篇的十分之一，如果"丑恶"指的是蛆虫、死尸、淫荡等刺激感官的形象的话，当时为人诟病的"丑恶的画面"，也包

---

[1] Théophile Cautier: *Portraits et souvenirs littéraires*, p. 132.

括下层人民的悲惨处境的描绘。的确，即便在被法庭以伤风败俗的罪名勒令删除的六首诗中，淫秽和肮脏的诗句也是个别的，难怪象征派诗人儒勒·拉福格因在号称崇拜感觉的波德莱尔的诗中没有看到"乳房"、"胸脯"、"肚子"和"大腿"而感到万分惊讶。然而，这只是问题的一个方面。丑恶的画面本身并不具有美学上的意义，只有当它与某些问题发生了联系的时候，才能成为评价判断一部作品的根据，例如它在作品中起什么样的作用，作者对它采取什么样的态度，等等。所以，一幅春宫画始终只能是一幅春宫画，它可以成为某种东西，例如文物，但不能成为艺术品；相反，《米洛的维纳斯》始终是一件艺术品，而不能被当成春宫一类的东西。在《恶之花》中，我们看到，那些"丑恶的画面"总是作为波德莱尔的理想的对立面出现的，它们是诗人厌恶、鄙视、否定和抛弃的对象。有时候他因无力反抗而流露出无可奈何的悲观情绪，这正是在资本主义社会中一个作家不能真正摆脱他所痛恨的阶级的精神痛苦，而有时则是他的某种病态心理的反映。波德莱尔是一个对资产阶级、他们的社会、他们的道德标准深恶痛绝的作家，又是一个极其敏感、精神上受过戕害的知识分子，他一生中处处碰壁而又不知回头，事业上屡遭挫折而又不肯随波逐流，在愤激之余，故意写出一些骇世惊俗的东西，"恐吓安分守己的资产者"。其实，在一个病态的社会里，这倒毋宁说是一种正常的心理，其中有正当的反抗，也有由于偏激而造成的错误，也有因抵制不了诱惑而染上的恶习。对于全部《恶之花》，我们同意巴尔贝·多尔维利的话："波德莱尔先生采撷了《恶之花》，但是他没有说这些花是美的、是香的，应该戴在头上、拿在手里，他没有说这样做是明智的。相反，当他说出它们的名字的时候，他践踏了它们。"[1]是的，波德莱尔践踏了它们，而没有连根铲除它们，他不知道它们的根子在哪里。他在人性中寻找，他在基督教的原罪说中寻找，而不知道在社会制度中寻找，这是他的局限。

一部文学作品的价值不在于它提供了多少值得仿效的人物和行动，而在于它能否为人生开拓出新的天地，或者它是否在一定程度上反映出人类生活的某些本质方面，以及它所蕴含着的洞察、启迪和教育的力量。恩格斯指出："如果一部具有社会主义倾向的小说，通过对现实关系的真实描写，来打破关于这些关系的流行的传统幻想，动摇资产阶级世界的乐观主义，不可避免地引起对于现存事物的永恒性的怀疑，那么，即使作者没有直接提出任何解决办法，甚至有时并没有明确地表明自己的立场，但我认为这部小说也完全完成了自己的使命。"[2]《恶之花》并不是一部具有社会主义倾向（但仍有可以察觉到的影响的痕迹），但是它引起了资产阶级的

---

[1] 转引自《波德莱尔全集》第1卷，第1191页。
[2] 《马克思恩格斯选集》第四卷，人民出版社，1995年，第674页。

仇恨，却正是因为它"通过对现实关系的真实描写"，打破了"关于这些关系的流行的传统幻想"，动摇了"资产阶级世界的乐观主义"，引起了"对于现存世界的永久长存的怀疑"。萨特说："波德莱尔是在一个现存的世界中显示他的独特性的……这是一种反抗，而不是一种革命的行动。"[1] 这无疑是正确的，波德莱尔是个反抗者，不是个革命者。但是，萨特又说，波德莱尔的诗对资产阶级社会并"没有危害"，与雨果、乔治·桑、彼埃尔·勒鲁的倾向性文学相比，路易–菲利普时代的资产阶级更能容忍波德莱尔的"无用的"艺术[2]。这却是没有根据的。事实证明，波德莱尔的诗在七月王朝时到处碰壁，受到冷遇，在第二帝国时受到法律追究，被视为洪水猛兽，它更不能为资产阶级所容。《恶之花》的意义恰恰在于：它以一把锋利的解剖刀，打开了一个在资本主义制度的重压下，在丑恶事物的包围中，渴盼和追求着美、健康、光明和理想但终未能摆脱痛苦和沉沦的人的内心世界，那里面既有着与资本主义社会相对立的东西，又有着这个社会所烙下的肮脏丑恶的印痕，既有着积极的愿望，又有着悲观的结论，从而暴露出这个社会的黑暗、腐朽和不合理，反映出正直善良的人们在这个社会的价值观念的范围内寻求出路是不可能的。

1　Jean-Paul Sartre: *Baudelaire*, Callimard, 1947, p. 58.

2　Jean-Paul Sartre: *Baudelaire*, p. 154.

像许多大作家一样，波德莱尔的头上曾经被戴上许多流派的帽子，例如颓废派、唯美派、象征派、古典派、浪漫派、巴纳斯派、写实派等等；他也曾被许多后起的流派认作祖先。瓦雷里说："波德莱尔的最大的光荣……无疑是他产生了几位十分伟大的诗人……魏尔伦和兰波在情感和感觉方面继续了波德莱尔，马拉美则在诗的完美和纯粹方面延伸了他。"安德烈·布勒东把他看作"精神上的第一个超现实主义者"[1]。托·斯·艾略特则把他奉为"现代所有国家中诗人的楷模"。这似乎是个很奇特的现象，其实不然。在任何伟大的优秀作品中，创作方法和表现手法都不是以纯粹的形式出现的，而常常是为了内容的需要而相互结合、相互渗透的。就格律的谨严、结构的明晰来说，波德莱尔是个古典主义的追随者；就题材的选择、想象力的强调来说，他是个浪漫主义的继承者；就意境的创造、表现手法的综合来说，他又是现代主义的开创者。同时，《恶之花》又具有不容忽视的现实主义成分。既然波德莱尔哪一派都是，那么严格地说，他就哪一派都不是；既然哪一顶帽子都不完全合适，那么索性让他光着头更来得舒服。波德莱尔是一位不能用某一个派别加以范围的作家。他是法国诗歌中的雅努斯，他是最后一位古典派，同时又是第一个现代派。这种独特的地位造成了波德莱尔的矛盾和丰富，以至于几乎所有的流派都能在

---

[1] Pierre Brunel: *Histoire de la littérature française*, Bordas, 1972.

他的作品中发现他们认为有用的武器。这种情况是与他所处的时代分不开的。

当《恶之花》受到法律追究的时候,圣伯夫曾这样胆怯而委婉地为作者辩护过:

> 在诗的领域中,任何地方都被占领了。拉马丁占了天空。维克多·雨果占了大地,还不止于大地。拉普拉德占了森林。缪塞占了激情和令人眩晕的狂欢。其他人占了家庭,乡村生活,等等。
>
> 泰奥菲尔·戈蒂耶占了西班牙及其强烈的色彩。还剩下了什么呢?
>
> 剩下的就是波德莱尔所占的。
>
> 仿佛势当如此。[1]

圣伯夫这里说的是《恶之花》的内容,而在诗的形式方面,波德莱尔也面临着同样的局面。一个有眼力的农民不应该在一块已经多次收获肥力锐减的土地继续播种,他必须开垦新的土地和寻找新的技术。1848年的法国,政治、经济、文化等方面都经历着巨大的动荡。政治上,资产阶级已经丧失了英雄气概,正用最平庸、最实用的方式巩固和发展着它的地位,而无产阶级正作为一支新的政治力量在迅速崛起,

---

[1] 转引自《波德莱尔全集》第1卷,第790页。

它们之间的斗争已经成为社会的主要矛盾；经济上，农村凋敝衰败，城市畸形发展，新的经济危机导致了一场政治革命；文化上，浪漫主义业已式微，唯美主义方兴未艾，法国诗坛有人去楼空之感。波德莱尔的创作活动正是在这种形势下进行的。他有新的土地要开拓，新的土地是城市生活和人的内心世界；他有新的感觉要表现，新的感觉是世纪病的恶化所产生的忧郁和理想的矛盾；他有新的手法要探索，新的手法是试图通过"语言的炼金术"和"富于启发的巫术"来勘破事物之间的应和关系。然而，波德莱尔不是从零开始，浪漫主义的土地滋养过他，英国的莎士比亚、柯勒律治、拜伦、雪莱是他喜欢的诗人，龙萨、夏多布里昂、雨果、巴尔扎克、司汤达都是他所崇拜的大师，美国的爱伦·坡更是他精神上的朋友和同病相怜的神交。还有，画家德拉克洛瓦、戈雅，音乐家瓦格纳等，都对他产生了深刻的影响。圣伯夫所说的"势当如此"，应该指的是这种特定的时代和文化氛围："伟大的传统业已消失，新的传统尚未形成。"时代提出了要求，生活产生了灵感，天才则继承了传统，抓住了现实。由于这三者的结合，孕育、产生了《恶之花》这样一部深刻动人的优秀作品，而其作者的精神世界也逐渐为越来越多的人所理解，正如马塞尔·吕孚指出的那样："马塞尔·普鲁斯特正确地注意到，'这位被认为是不合人情的、带有无聊的贵族气的诗人，实际上是一位最温柔、最亲切、最有人情味、最具平民性的诗人'。"波德莱尔地下有知，一定会承认普鲁斯特是他的知音,尽管他的微笑可能仍然是阴郁的、嘲讽的。

至此,我们可以得出这样的结论:

《恶之花》不是毒草,而是香花。

波德莱尔不是神,不是鬼,而是人。

其他

波德莱尔：连接新旧传统的桥梁

1928年，保尔·瓦雷里在《波德莱尔的地位》一文中说："波德莱尔处于荣耀的巅峰。这小小的一册《恶之花》，虽不足三百页，但它在文人们的评价中却堪与那些最杰出、最博大的作品相提并论。它已经被译成大多数欧洲语言……随着波德莱尔，法国诗歌终于跨出了国界而在全世界被人阅读；它树立起了自己作为现代诗歌的形象；它被仿效，它滋养了众多的头脑。诸如史温伯恩、加布里埃尔·邓南遮、斯蒂凡·乔治等人出色地显示了波德莱尔在国外的影响。因此我可以说，在我们的诗人当中，如果有人比波德莱尔更伟大和更有天赋，却绝不会有人比他更重要。这种身后的受宠、这种精神的丰富多产、这种无以复加的光荣，不仅应当有赖于他作为诗人本身的价值，还有赖于一种特殊的情形。特殊的情形之一就是批评的智慧与诗的才华结合到一起。……然而波德莱尔最大的光荣，也许在于他孕育了几位很伟大的诗人。……魏尔伦和兰波在感情和感觉方面发展了波德莱尔，马拉美则在诗的完美和纯粹方面延续了他。"[1]瓦雷里的话，对于后人如何认识波德莱尔，可以说是开辟了一个新的方向。

几年之后，马塞尔·莱蒙在《从波德莱尔到超现实主义》一书的开头便说："人们今天一致认为，《恶之花》是当代诗歌运动的活的源泉之一。诗的第一条矿脉，是'艺术家'的矿脉，从波德莱尔到马拉美，尔后到瓦雷里；另一条矿脉，是'通灵人'的矿脉，从波德莱尔到兰波，接着是一批寻求风险的新人。"[2]马塞尔·莱蒙的观点显然建立在瓦雷里的观察之上，不过是更精细、更准确了。

1987年，克洛德·皮舒瓦和让·齐格勒在《波德莱尔》中以这样一句话——"噩运一直不离活着的波德莱尔，死去的波德莱尔却有着巨大的运气。"[3]——开始了波德莱尔波诡云谲的生平和创作。所谓"运气"，是说波德莱尔的创作已经成为经典，进入了人类文明的精神遗产，供后世人阅读和研究，并对人的精神世界产生了巨大的影响。

英国诗人托·斯·艾略特说，波德莱尔是"现代所有国

---

1 保尔·瓦雷里：《文艺杂谈》第2卷（Paul Valéry: *Variété* II, Callimard, 1930, p. 129, pp. 154-155），段映虹译，百花文艺出版社，2002年，第167-183页。

2 马塞尔·莱蒙：《从波德莱尔到超现实主义·引言》（Marcel Raymond: *De Baudelaire au surréalisme*, José Corti, 1982），第11页。

3 克洛德·皮舒瓦和让·齐格勒：《波德莱尔》（Claude Pichois, Jean Ziegler: *Baudelaire*, Julliard, 1987），第9页。

家中诗人的最高楷模"[1]。

以波德莱尔的代表作《恶之花》论，今天距其诞生日已过一百五十年，其间世事沧桑，几不可辨，然而波德莱尔的影响却不绝如缕，绚烂之极趋于平淡，不知不觉中显出痕迹的深远。瓦雷里所谓"现代诗歌的形象"和"身后的受宠"，可谓一语破的，道出了波德莱尔作为诗人的根本。

《恶之花》：厄运、厌倦、忧郁、深渊

《恶之花》是在1857年6月25日出现在巴黎的书店里的，在此之前，已经有过多年的积蓄和磨砺，惨白的小花零星地开放在"地狱的边缘"，有预告说，未来的《恶之花》是由《莱斯波斯女人》经《边缘》变化来的，"旨在再现现代青年精神骚乱的历史"[2]。据说，《恶之花》这题目出自波德莱尔的记者朋友希波里特·巴布的建议。波德莱尔说过："我喜欢神秘的或爆炸性的题目。"[3] 先前的《莱斯波斯女人》表明了同性恋的主题，作为题目具有爆炸性，颇能刺激读者的神经；《边缘》则透露了一个朦胧的世界，具有神秘性，很

---

[1] 转引自皮埃尔·布吕奈尔：《法国文学史》（Pierre Brunel: *Histoire de littérature française*, Bordas, 1972）。

[2] 转引自克洛德·皮舒瓦为伽里玛版《恶之花》（1972）所写的引言，第12页。

[3] 《波德莱尔书信集》七星文库版第1卷（Charles Baudelaire: *Correspondance*, T. I, Bibliothèque de la Pléiade, Gallimard, 1973），第378页。

能引动读者的遐想；而《恶之花》则两者兼有，因"恶"而具爆炸性，因"花"而具神秘性，然而，这本神秘而具有爆炸性的书不但引起了普通读者的好奇，也引来了第二帝国政府的阴险恶毒的目光。《费加罗报》首先发难，说什么《恶之花》中"丑恶与下流比肩，腥臭共腐败接踵"，敦请司法当局注意。果然，《恶之花》很快受到法律追究，罪名有二："亵渎宗教"和"伤风败俗"。诉讼的结果是：亵渎宗教的罪名未能成立，伤风败俗的罪名使波德莱尔被勒令删除六首诗（《首饰》、《忘川》、《给一个过于快活的女郎》、《莱斯波斯》、《被诅咒的女人》和《吸血鬼的化身》），并被罚款三百法郎。四年之后，波德莱尔亲自编订出版了《恶之花》的第二版，删除了六首诗，增加了三十五首诗，并且重新做了安排，其顺序如下：《忧郁和理想》、《巴黎风貌》、《酒》、《恶之花》、《反抗》、《死亡》。《恶之花》再版本（1861）获得了极大的成功。他被看作一个诗派的首领，有人恭维他，有人嫉妒他。他在文学界的地位牢固地树立起来了。

从18世纪末到19世纪中，欧洲资产阶级文学中出现了一群面目各异却声气相通的著名主人公，他们是歌德的维特、夏多布里昂的勒内、贡斯当的阿道尔夫、塞南占的奥伯尔曼、拜伦的曼弗雷德等等。他们或是要冲决封建主义的罗网、追求精神和肉体的解放，或是忍受不了个性和社会的矛盾而遁入寂静的山林，或是因心灵的空虚和性格的软弱而消耗了才智和毁灭了爱情，或是要追求一种无名的幸福而在无名的忧郁中呻吟，或是对知识和生命失去希望而傲世离群、寻求遗忘和死亡。他们的思想倾向或是进步的、向前的，或是反动的、倒退的，或是二者兼有而呈现复杂状态的，但是他们有一个一脉相承和一种息息相通的心理状态：忧郁、孤独、无聊、高傲、悲观、叛逆。他们都是顽强的个人主义者，都深深地患上了"世纪病"。"世纪病"一语是1830年以后被普遍采用的，用以概括一种特殊的、具有时代特色的精神状态，那就是一代青年在"去者已不存在、来者尚未到达"这样一个空白或转折的时代所感到的一种"无可名状的苦恼"[1]，这种苦恼源于个人的追求和世界的秩序之间的尖锐失谐和痛苦对立。这些著名主人公提供了不同的疗治办法，或自杀，或浪游，或离群索居，或遁入山林，或躲进象牙塔，或栖息温柔乡。

在这一群著名人物的名单上，我们发现又增加了一个人，他没有姓名，但他住在巴黎，他是维特、勒内、阿道尔夫、奥伯尔曼、曼弗雷德等人精神上的兄弟。他也身罹世纪病，然而，由于他生活在一个新的时代里，或者由于他具有超乎常人的特别的敏感，他又比他们多了点什么。这个人就是《恶之花》中的诗人，抒情主人公。如果说"资本来到世间，从头到脚，每个毛孔都滴着血和肮脏的东西"[2]的话，那

---

[1] 缪塞：《一个世纪儿的忏悔》，梁均译，人民文学出版社，1980年。
[2] 《马克思恩格斯选集》第二卷，人民出版社，2012年，第297页。

么，当它站稳了脚跟，巩固了自己的胜利，开始获得长足的发展的时候，那"血和肮脏的东西"便以恶的形式发展到了登峰造极的地步。《恶之花》中的诗人比他的前辈兄弟们多出的东西，就是那种清醒而冷静的"恶的意识"，那种正视恶、认识恶、描绘恶的勇气，那种"挖掘恶中之美"、透过恶追求善的意志。

他的兄弟们借以活动的形式是书信体的小说、抒情性的日记、自传体的小说或哲理诗剧，而在他，却是一本诗集。不过，那不是一般的、若干首诗的集合，而是一本书，一本有逻辑、有结构、浑然一体的书。

结构，作为《恶之花》的支撑，不仅为评论家所揭示，也为作者波德莱尔本人的言论所证实。《恶之花》出版后不久，评论家巴尔贝·多尔维利应作者之请，写了一篇评论。评论中说，诗集"有一个秘密的结构，有一个诗人有意地、精心地安排的计划"，如果不按照诗人安排的顺序阅读，诗的意义便会大大削弱[1]。此论一出，一百多年来，或许有人狭隘地将《恶之花》归结为作者的自传，却很少有人否认这"秘密的结构"的存在。其实，这结构也并不是什么"秘密的"，从作者对诗集的编排就可以见出。《恶之花》中的诗并不是按照写作年代先后来排列的，而是根据内容分属于六个

---

[1] 《波德莱尔全集》七星文库版第 1 卷（Charles Baudelaire: *Œuvres complètes*, T. I, Bibliothèque de la Pléiade, Gallimard, 1975），第 1191 页。

诗组，各有标题：《忧郁和理想》、《巴黎风貌》、《酒》、《恶之花》、《反抗》和《死亡》。这样的编排有明显的逻辑，展示出一种朝着终局递进的过程，足见作者在安排配置上很下了一番功夫。波德莱尔在给他的出版人的信中，曾经要求出版人和他"一起安排《恶之花》的内容的顺序"[1]。他在给辩护律师的辩护要点中两次强调对《恶之花》要从整体上进行判断[2]。他在后来给维尼的一封信中明确地写道："我对于这本书所企望得到的唯一赞扬就是人们承认它不是单纯的一本诗集，而是一本有头有尾的书。"[3]结构的有无，不仅仅关系到在法庭上辩护能否成功（实际上，强调结构并未能使《恶之花》逃脱第二帝国法律的追究），而是直接地决定着《恶之花》能否塑造出一个活生生的抒情主人公形象。

一百多年来的批评史已经证明，波德莱尔得到了他所企望的赞扬，《恶之花》是一本有头有尾的书。精心设计的结构，使《恶之花》中的诗人不仅仅是一声叹息、一曲哀歌、一阵呻吟、一腔愤懑、一缕飘忽的情绪，而是一个形象、一个首尾贯通的形象、一个血肉丰满的人的形象。他有思想、有感情、有性格、有言语、有行动；他有环境、有母亲、有情人、有路遇的过客；他有完整的一生、有血、有泪、有欢乐、有痛苦、有追求、有挫折……他是一个在具体的时空、

---

[1] 1856年9月9日波德莱尔致布莱-马拉西书。
[2] 《波德莱尔全集》第1卷，第193-195页。
[3] 1861年12月16日波德莱尔致维尼书。

具体的社会中活动的具体的人。自然,这不是一个普通的人,而是一位诗人,一位对人类的痛苦最为敏感的诗人。

《恶之花》最终的版本(1861)打乱了诗的写作年代,按照诗人的精神历程呈现出如下的结构:

第一部分,名为《忧郁和理想》,从第一首到第八十五首,诗人以极大的耐心和冷静的残忍描述了他在理想与忧郁之间的挣扎:美和健康是他的渴望,然而他却深陷于每日的折磨与痛苦,他把这种折磨与痛苦称作"厌倦"、"厄运"、"忧伤",统而言之,是"忧郁"。"忧郁"一语,波德莱尔用的是英文词spleen,含有"意气消沉"的意思,与法文词la mélancolie同义。虽然含义相同,但是用了一个英文词必然在读者眼中产生惊奇感,从而留下一个更深刻、更具体的印象。忧郁(le spleen)概括了一种精神和肉体的痛苦,波德莱尔在《恶之花》出版后不久,给他的母亲写了一封信,说:"我所感到的,是一种巨大的气馁,一种不可忍受的孤独感,对于一种朦胧的不幸的永久的恐惧,对自己的力量的完全的不信任,彻底地缺乏欲望,一种随便寻求什么消遣的不可能……我不断地自问:这有什么用?那有什么用?这是真正的忧郁的精神。"[1]波德莱尔用的正是这个词:le véritable esprit de spleen。罗贝尔·维维埃对此有极精细的分析:"它比忧愁更苦涩、比绝望更阴沉、比厌倦更尖锐,而它又可以

---

[1] 1857年12月30日波德莱尔致母亲书。

说是厌倦的实在的对应。它产生自一种渴望绝对的思想，这种思想找不到任何与之相称的东西，它在这种破碎的希望中保留了某种激烈的、紧张的东西。另一方面，它起初对于万事皆空和生命短暂具有一种不可缓解的感觉，这给了它一种无可名状的永受谴责和无可救药的瘫痪的样子。忧郁由于既不屈从亦无希望而成为某种静止的暴力。"[1]实际上，波德莱尔的忧郁，是一个人被一个敌对的社会的巨大力量压倒之后，所产生的一种万念俱灰却心有不甘的复杂感觉。要反抗这个社会，他力不能及；要顺从这个社会，他于心不愿。他反抗了，然而他失败了；他不能真正融入这个社会，他也不能真正地离开这个社会。他的思想和行动始终是脱节的，这是他的厌倦和忧郁的根源所在。

第二部分，题为《巴黎风貌》，从第八十六首到第一百零三首，如果说波德莱尔已经展示出一条精神活动的曲线的话，现在他把目光投向了外部的物质世界，投向了他生活的环境——巴黎，这个"拥挤的城市，充满梦幻的城市"。他打开了一幅充满敌意的资本主义大都会的丑恶画卷，同时也展示了种种怪异奇特的场面。诗人像太阳"一样地降临到城内，让微贱之物的命运变得高贵"（《太阳》）。他试图静观都市的景色，倾听人语的嘈杂，远离世人的斗争，"在黑暗中

---

[1] 罗贝尔·维维埃:《波德莱尔的独特性》(Robert Vivier: *L'originalité de Baudelaire*, Renaissance du Livre)，第108-109页。

建造我仙境的华屋"(《风景》)。然而，诗人一离开房门，就看见一个女乞丐，她的美丽和苦难形成鲜明的对比，她任人欺凌的命运引起诗人深切的同情(《给一位红发女乞丐》)。诗人在街上徜徉，一条小河让他想起流落在异乡的安德玛刻[1]，一只逃出樊笼的天鹅更使他想起一切离乡背井的人，诗人的同情遍及一切漂泊的灵魂(《天鹅》)。诗人分担他们的苦难，不仅想象天鹅向天空扭曲着脖子是"向上帝吐出它的诅咒"，而且还看到被生活压弯了腰的老人眼中射出仇恨的光。在这"古老首都曲曲弯弯的褶皱里"，那些瘦小的老妇人踽踽独行，在寒风和公共马车的隆隆声中瑟瑟发抖(《小老太婆》)，而那些盲人则"阴郁的眼球不知死盯在何处"(《盲人》)。夜幕降临，城市出现一片奇异的景象，对于不同的人来说，同一个夜又是多么的不同：恶魔鼓动起娼妓、荡妇、骗子、小偷，让他们"在污泥浊水的城市里蠕动"(《薄暮冥冥》)。诗人沉入梦境，眼前是一片"大理石、水、金属"的光明世界，然而，当他睁开双眼，却又看见"天空正在倾泻黑暗，世界陷入悲哀麻木"(《巴黎的梦》)。当巴黎从噩梦中醒来的时候，卖笑的女人、穷家妇、劳动妇女、冶游的人……形形色色的人都以不同的方式开始了新的一天，鸡鸣、雾海、炊烟、号角，景物依旧是从前的样子，

---

[1] Andromache，特洛伊大将赫克托耳之妻，城破后成为庇吕斯的女奴，后嫁赫勒诺斯。

然而一天毕竟是开始了，那是一个劳动的巴黎。然而，劳动的巴黎，在波德莱尔的笔下，却是一座人间的地狱、罪恶的渊薮。巴黎的漫游以次日的黎明作结。

第三部分，题为《酒》，从第一百零四首到第一百零八首，写的是麻醉和幻觉。那用苦难、汗水和灼人的阳光酿成的酒，诗人希望从中产生出诗，"如一朵稀世之花向上帝显示"（《酒魂》）。拾破烂的人喝了酒，敢于藐视第二帝国的侦探，滔滔不绝地倾吐胸中的郁闷，表达自己高尚美好的社会理想，使上帝都感到悔恨（《醉酒的拾破烂者》）。酒可以给孤独者以希望、青春、生活和可以与神祇比肩的骄傲（《醉酒的孤独者》），而情人们则在醉意中飞向梦的天堂（《醉酒的情侣》）。然而，醉意中的幻境毕竟是一座"人造的天堂"，诗人只做了短暂的停留，便感到了它的虚幻。醉梦提供了虚假的解放和自由，诗人从此距离"失乐园"愈来愈远。

第四部分，题为《恶之花》，从第一百零九首到第一百一十七首，诗人深入到人类的罪恶中去，到那盛开着恶之花的地方去探险，那地方不是别处，正是人类的灵魂深处。他揭示了魔鬼如何在人的身旁蠢动，化作美女，引诱人们远离上帝的目光，而对罪恶发生兴趣（《毁灭》）。他以有力而冷静的笔触描绘了一具身首异处的女尸，创造出一种充满着变态心理的触目惊心的氛围（《被杀的女人》），以厌恶的心情描绘了一幅令人厌恶的图画。变态的性爱（同性恋）

在诗人笔下，变成了一曲交织着快乐和痛苦的哀歌（《被诅咒的女人》）。放荡的结果是死亡，它们是"两个可爱的姑娘"，给人以"可怕的快乐以及骇人的温情"（《两个好姐妹》）。身处罪恶深渊的诗人感到血流如注，却摸遍全身也找不到创口，只感到爱情是"针毡一领，铺来让这些残忍的姑娘狂饮"（《血泉》）。诗人在罪恶之国漫游，得到的是变态的爱、绝望、死亡、对自己沉沦的厌恶。美、艺术、爱情、沉醉、逃逸，一切消弭痛苦的企图均告失败，每次放荡之后，总是更觉得自己孤独、被抛弃。于是，诗人反抗了，反抗那个给人以空洞的希望的上帝。

第五部分，题为《反抗》，从第一百一十八首到第一百二十首，诗人曾经希望人世的苦难都是为了赎罪，都是为了重回上帝的怀抱而付出的代价，然而上帝无动于衷。上帝是不存在，还是死了？诗人终于像那只天鹅一样，"向上帝吐出了它的诅咒"。他指责上帝是一个暴君，酒足饭饱之余，竟在人们的骂声中酣然入睡。人们为享乐付出代价，流了大量的血，上天仍不满足。上帝许下的诺言一宗也未实现，而且并不觉得悔恨（《圣彼得的否认》）。诗人让饱尝苦难、备受虐待的穷人该隐的子孙"升上天宇，把上帝扔到地上来"（《亚伯和该隐》）。他祈求最博学、最美的天使撒旦可怜他长久的苦难，他愿自己的灵魂与战斗不止的反叛的天使在一起，向往着有朝一日重回天庭（《献给撒旦的祷文》）。人终于尝遍种种的诱惑和厌恶失败的企图，而放纵于精神的诅咒和灵魂的否定。

第六部分，题为《死亡》，从第一百二十一首到第一百二十六首，诗人历尽千辛万苦，最后在死亡中寻求安慰和解脱。恋人们在死亡中得到了纯洁的爱，两个灵魂像两支火炬发出一个光芒（《情人之死》）。穷人把死亡看作苦难的终结，他们终于可以吃、可以睡、可以坐下了（《穷人之死》）。艺术家面对理想的美无力达到，希望死亡"让他们头脑中的花充分绽开"（《艺术家之死》）；但是，诗人又深恐一生的追求终成泡影，"帷幕已经拉起，可我还在等着"，舞台上一片虚无，然而人还怀着希望（《好奇者之梦》）。死亡仍然不能解除诗人的忧郁，因为他终究还没有彻底地绝望。诗人以《远行》这首长达一百四十四行的诗回顾和总结了他的人生探险。无论是追求艺术上的完美、渴望爱情的纯洁、厌恶生活的单调还是医治苦难的创伤，人们为摆脱忧郁而四处奔波，到头来都以失败告终，人的灵魂依然故我，恶总是附着不去，在人类社会的旅途上，到处都是"永恒罪孽之烦闷的场景"，人们只有一线希望：到那遥远的深渊里去"发现新奇"。"新奇"是什么？诗人没有说。诗人受尽痛苦的煎熬，挣扎了一生，最后仍旧身处泥淖，只留下这么一线微弱的希望，寄托在"未知世界之底"。

波德莱尔的世界是一个阴暗的世界，一个充满着灵魂搏斗的世界；他的恶之花园是一个形容惨淡的花园，一个豺狼虎豹出没其间的花园。然而，在凄风苦雨之中，也时有灿烂的阳光漏下；在狼奔豕突之际，也偶见云雀高唱入云。那是因为诗人身在地狱，心向天堂，忧郁之中，有理想在呼唤。诗人从未停止追求，纵使"稀稀朗朗"，那果实毕竟是红色的，毕竟是成熟的，含着希望。正是在失望与希望的争夺中，我们看到了一个有血有肉的人在挣扎。

象征主义：人心的底层

波德莱尔使法国浪漫主义恢复了青春。他深入到浪漫主义曾经探索过的未知世界的底层，在那里唤醒了一个精灵，这精灵日后被称作象征主义。

有论者说："象征主义就在浪漫主义的核心之中。"[1]它曾在拉马丁、雨果、维尼等人的诗篇中透出过消息，曾在杰拉尔·奈瓦尔的梦幻中放出过光彩，更曾在德国浪漫派诗人如诺瓦利斯的追求中化作可望而不可即的"蓝色花"。然而，处在浪漫主义核心中的象征主义毕竟还只是"潜在的和可能的"，"为了获得真正的象征的诗，还必须有更多的东西：一种新的感觉方式，真正地返回内心，这曾经使德国浪漫派达到灵魂的更为隐秘的层面。因此，需要有新的发现，为此，

---

[1] 语出皮埃尔·莫罗（Pierre Moreau），转引自纪·米肖：《象征主义的诗信息》(Guy Michaud: *Message poétique du symbolisme*, Nizet, 1947)，第26页。

简单的心的直觉就不够了,必须再加上对我们的本性的极限所进行的深入的分析"[1]。所以,诗人要"真正地返回内心",就不能满足于原始的感情抒发或倾泻,而要将情绪的震颤升华为精神的活动,进行纯粹的甚至抽象的思索,也就是"分析"。这种分析,在波德莱尔做起来,就是肯定了人的内心所固有的矛盾和冲突,即"在每一个人身上,时时刻刻都并存着两种要求,一个向着上帝,一个向着撒旦。祈求上帝或精神是向上的意愿;祈求撒旦或兽性是堕落的快乐"[2]。他发现并且深刻地感觉到,高尚与卑劣之间有着密切的联系,无意识和向上的憧憬有着同样紧迫的要求。这种深刻的感觉,马塞尔·莱蒙将其界定为"对精神生活的整体性的意识",并且认为这是波德莱尔的诗的"最重要的发现之一"[3]。这就是说,波德莱尔是有意识地寻求解决人的内心矛盾冲突的途径,也就是说他要"到未知世界之底去发现新奇",与已知的现实世界的丑恶相对立的"新奇"。这"新奇"天上有、地下有、梦中亦有,要紧的是离开这个世界,哪怕片刻也好。他的所谓"人造天堂"其实是有意识地促成的一种梦境,起因于鸦片,起因于大麻,起因于酒,都不重要,重要的是创造一个能够加以引导的梦境。"象征主义首先是梦

---

[1] 纪·米肖:《象征主义的诗信息》,第27页。
[2] 《波德莱尔全集》第1卷,第682—683页。
[3] 马塞尔·莱蒙:《从波德莱尔到超现实主义》,第18页。

进入文学。"[1]波德莱尔也曾指出:"梦既分离瓦解,也创造新奇。"[2]所谓"新奇",实际上就是人间间的失谐、无序、混乱和黑暗的反面。对于感觉上麻木的世人来说,这新奇是可怕的;对于精神上懒惰的世人来说,这寻觅新奇的精神冒险也是可怕的。然而诗人是无畏的,他的勇气来自构筑人间天堂的强烈愿望和非凡意志。虽然梦境不能长久,但诗人必须尽力使之延续,他靠的是劳动和技巧,精神的劳动使他痛苦的灵魂摆脱时空的束缚,超凡入圣,品尝没有矛盾没有冲突的大欢乐;艺术的技巧使他将这大欢乐凝固在某种形式之中,实现符号和意义的直接结合以及内心生活、外部世界和语言的三位一体,于是,对波德莱尔来说,"一切都有了寓意"(《天鹅》)。经由象征的语言的点化,"自然的真实转化为诗的超真实",这是波德莱尔作为广义的象征主义的缔造者的重要标志之一。波德莱尔实际上是把诗等同于存在,在他看来,真实的东西是梦境以及他们的想象所创造的世界,这种梦境与现实的对立正是人心中两种要求相互冲突的象征。

梦境的完成需要想象力的解放,而想象力的解放则依赖语言的运用,因为波德莱尔实际上认为,语言不仅仅是一种工具,也同时是一种目的,语言创造了一个世界,或者说,

---

[1] 语出亚·布瓦扎(A. Poizat),转引自纪·米肖:《象征主义的诗信息》,第26页。
[2] 《波德莱尔书信集》第2卷,第15页。

语言创造了"第二现实"[1]。这里的语言自然不是人们日常生活中仅仅用于交流的语言，而是诗的语言，是用于沟通可见之物和不可见之物、梦境与现实、人造天堂和人间地狱之间的语言。这样的语言是诗人通过艰苦的劳动才创造出来的语言，因此波德莱尔说："在字和词中有某种神圣的东西，巧妙地运用一种语言，就是实行某种富于启发性的巫术。"[2] 同时，他还有"招魂，神奇的作用"[3]、"暗示的魔法"、"应和"等相近的说法。这一切自然与当时流行的神秘学（占星术、炼金术等）有着深刻的联系，但就其实质来说，则是表达了波德莱尔的诗歌观念。正如瑞士批评家马克·艾杰尔丁格指出的那样："波德莱尔和奈瓦尔一起，但在兰波之前，在法国最早将诗理解为'语言的炼金术'、一种神奇的作用和一种转化行为，此种转化行为类似于炼金术中的嬗变。"[4]

诗所以为诗，取决于语言。波德莱尔从应和论出发，痛切地感到语言和它要表达的意义之间的距离。所谓"文不逮意"，并不总是对语言的掌握不到家，有些情境、有些意蕴、有些感觉，确乎不可言传，得寻别的途径。然而就诗来说，这别的途径仍然不能逾越语言的范围，所谓"语言炼

---

1 《波德莱尔全集》第2卷，第693页。
2 《波德莱尔全集》第2卷，第690页。
3 《波德莱尔全集》第2卷，第957页。
4 马克·艾杰尔丁格：《波德莱尔与语言的炼金术》（Marc Eigeldinger, *Baudelaire et l'alchimie verbale, Etudes baudelairiennes* II, Baconnieve, 1971），第81页。

金术"，正表达了象征主义诗人们在语言中寻求"点金石"的强烈愿望。波德莱尔既然要探索和表现事物之间非肉眼、非感觉所能勘破的应和与一致的关系，就不能不感觉到对这种点金石的迫切需要。结果，他摈弃了客观地、准确地描写外部世界的方法，去追求一种"富于启发性的巫术"，以便运用一种超感觉的能力去认识一种超自然的本质，他所使用的术语有着浓厚的神秘主义色彩，然而他所要表达的内容却并不神秘。他所谓的"超自然主义"，指的是声、色、味彼此应和、彼此沟通，生理学和心理学已经证明，这并非一种超感觉、超自然的现象，而是一种通感现象（la synesthésie），在他之前已反映在许多作家的作品中了。波德莱尔的创新之处，在于他把这种现象在诗创作中的地位提高到空前未有的高度，成为他写诗的理论基础。因此，他虽然也使用传统的象征手段，但象征在他那里，除了修辞的意义之外，还具有本体的意义，因为世界就是一座"象征的森林"。他的十四行诗《应和》，被称为"象征派的宪章"，内容非常丰富，影响极为深远：

> 自然是座庙宇，那里活的柱子
> 有时说出了模模糊糊的话音；
> 人从那里过，穿越象征的森林，
> 森林用熟识的目光将他注视。

如同悠长的回声遥遥地汇合
在一个混沌深邃的统一体中
广大浩漫好像黑夜连着光明——
芳香、颜色和声音在互相应和。

有的芳香新鲜若儿童的肌肤,
柔和如双簧管,青翠如绿草场,
——别的则朽腐、浓郁,涵盖了万物。

像无极无限的东西四散飞扬,
如同龙涎香、麝香、安息香、乳香
那样歌唱精神与感觉的激昂。

所以,象征并不是诗人的创造,而是外部世界的固有之物,要由诗人去发现、感知、认识和表现,正如象征派诗人梅特林克所说:"象征是大自然的一种力量,人类精神不能抗拒它的法则。"他甚至进一步指出:"诗人在象征中应该是被动的,最纯粹的象征也许是在他不知道的情况下产生的,甚至是与他的意图相悖的……"[1]因此,我们不难理解,为什么波德莱尔要把想象力当作"各种功能的王后",当作引导

---

1 转引自儒勒·雨莱:《关于文学演变的调查》(Jules Huret, *Enquête sur l'évolution littéraire*, Thot, 1984),第124页。

诗人在黑暗中前进的"火炬"。想象力在浪漫派诗人那里，是意境和感情的装饰品，而在波德莱尔看来，想象力则是一种有血有肉、有具体结果的创造力。所谓"富有启发性的巫术"，其实就是运用精心选择的语言，在丰富而奇特的想象力的指引下，充分调动暗示联想等手段，创造出一种象征性的意境，来弥合有限和无限、可见之物和不可见之物之间的距离，或者说，寓无限于有限，创造一种"缩小的无限"[1]，试图在可见的物体上看到一个不可见的世界，赋予事物的联系一种更广泛更普遍的意义。

波德莱尔在《天鹅（二）》中写道："一切都有了寓意。"他在诗中追求的正是这种"寓意"（l'allégorie），但是，他所说的寓意并非传统的含有道德教训的那种讽喻，而是通过象征所表现出来的人的灵性（la spiritualité）。所谓灵性，其实就是思想。诗要表现思想，这是对专重感情的浪漫派唱了反调，这也是波德莱尔对象征主义诗歌的一大贡献。波德莱尔的诗富于哲理，就是由此而来。而所谓哲理，并不是诗人从某位哲学家那里贩来硬加在诗中的，相反，他必须从生活本身中挖掘和提炼。波德莱尔在日记中写道："在某些近乎超自然的精神状态中，生命的深层在人们所见的极平常的场景中完全显露出来。此时这场景便成为象征。"[2] 这就意

---

[1] 《波德莱尔全集》第1卷，第696页。
[2] 《波德莱尔全集》第1卷，第659页。

味着，某种思想、某种哲理，可以从日常生活的平凡中汲取形象，通过象征的渠道披露人生的底蕴。从《恶之花》中我们可以看出，波德莱尔很少直接抒写自己的感情，他总是围绕着一个思想组织形象，即使在某些偏重描写的诗中，也往往由于提出了某种观念而改变了整首诗的含义，例如最为人诟病的《腐尸》，从纤毫毕露、催人作呕的描绘一变而为红粉骷髅论，再变而化腐朽为神奇，指出精神的创造物永存。对此，让-彼埃尔·里夏尔有过极好的概括："在《腐尸》这首诗中，对于精神能力的肯定最终否定了腐朽，这种精神能力始终在自身中保留着腐朽肉体的'形式和神圣本质'：肉体尽可以发霉、散落和毁灭，但其观念继续存在，这是一种牢不可破的、永恒的结构。"[1]

瓦雷里在《波德莱尔的地位》一文中指出，波德莱尔是最早对音乐产生强烈兴趣的法国作家之一。他还引用自己写过的文字，对象征主义做出了著名的界定："被称作象征主义的那种东西可以简单地概括为好几族诗人想从音乐那里收回他们的财富这种共同的意愿。"[2] 这里的"收回"一词，大有深意。诗与音乐本来就有不解之缘，富有旋律美和节奏美的诗家代不乏人，浪漫派诗人中就有拉马丁、雨果、戈蒂耶等。象征主义诗人要从音乐那里收回的财富的清单还要长得

---

[1] 让-彼埃尔·里夏尔：《诗与深度》(Jean-Pierre Richard: *Poésie et profondeur*, Seuil, 1955)，第136页。
[2] 保尔·瓦雷里：《文艺杂谈》第2卷，第153页。

多。波德莱尔曾经为《恶之花》草拟过好几份序言，其中有一份提纲表明，他试图说明诗如何通过某种古典经论未曾阐明过的诗律来使自己和音乐联系在一起，而这种诗律的"根更深地扎入人的灵魂"。他在其中写道："诗的语句可以模仿（这里它与音乐艺术和数学科学相通）水平线、上升的直线和下降的直线；它可以一气笔直地升上天空，或者垂直地迅速下到地狱；它可以随着螺旋动，画出抛物线或者表现重叠的角的锯齿形的线。"[1]这种"诗律"也许就是象征主义要从音乐那里索回的主要财富。波德莱尔的诗固然不乏"音色的饱满和出奇的清晰"、"极为纯净的旋律线和延续得十分完美的音响"，然而使之走出浪漫主义的低谷的却是"一种灵与肉的化合，一种庄严、热烈与苦涩、永恒与亲切的混合，一种意志与和谐的罕见的联合"[2]。可以推想，当瓦雷里写下"化合"(une combinaison)、"混合"(une mélange)以及"联合"(une alliance)这几个词的时候，他一定想到了音乐，想到了音乐不靠文字仅凭音响就能够发出暗示、激起联想、创造幻境的特殊功能。而这恰恰是波德莱尔的诗的音乐性之精义所在。波德莱尔力图摈弃描写，脱离合乎逻辑的观念演绎，抓住某种特殊的感觉并且据此和谐地组织意象，最终获得一种内在的音乐性。他的许多富于音乐性的诗，

---

1 《波德莱尔全集》第1卷，第183页。
2 保尔·瓦雷里：《文艺杂谈》第2卷，第150页。

如《邀游》、《秋歌》、《阳台》、《情人之死》、《赞歌》、《沉思》等，都不止于音调悦耳，韵律和畅。特别是题为《黄昏的和谐》的那一首，更被誉为"满足了象征派的苛求"："通过诗重获被音乐夺去的财富。"[1]

总之，自波德莱尔之后，特别是1886年象征主义成为一次文学运动之后，站在象征主义这面大旗下面的诗人虽面貌各异，却也表现出某些共同的倾向。例如，在基本理论方面，他们都认为世界的本质隐藏在万事万物的后面，诗人处于宇宙的中心，具有超人的"视力"，能够穿透表面现象，洞察人生的底蕴，诗人的使命在于把他看到的东西破译给人们；诗人不应该跟在存在着的事物后面亦步亦趋，恰正相反，是精神创造世界，世界的意义是诗人赋予的，因此，物质世界和精神世界之间存在着一种深刻的统一性，一切都是互相应和的，可以转换的。在诗歌的表现对象上，他们大多是抒写感觉上的震颤而从不或极少描写，也不刻画人物形象，甚至也不涉及心理活动的过程。他们要表现的永远是一种感觉，抽象的、纯粹的感觉，一种脱离了（并不是没有）本源的情绪。诗人力图捕捉的是他在一件事一个物面前所产生的感觉上的反应，而将事和物隐去。有人说，象征主义的作品其大半是写在作者头脑中的，写在纸上的只是其一小半，只是其结果。象征主义诗人对事对物的观察、体验、分

---

[1] 《波德莱尔全集》第1卷，第920页。

析、思考都是在他拿起笔之前就完成了的，所写下的往往只是一记心弦的颤动、一缕感觉的波纹、一次思想的闪光，其源其脉，都要读者根据诗人的暗示自己去猜想，而诗人也认为他们是能够猜到的。因此，个人受到的压抑、心灵的孤独、爱情的苦恼、对美的追求、对光明的向往、对神秘的困惑，这些浪漫派诗歌中经常出现的主题，虽然也经常出现在象征派诗人的笔下，却因表现手法的不同而呈现出别一种面貌。在表现手法上，他们普遍采用的是象征和暗示，以及能激发联想的音乐感。象征在他们那里具有本体的意义，近乎神话的启示。象征派诗人很少做抽象玄奥的沉思冥想，总是借助于丰富的形象来暗示幽微难明的内心世界。形象也往往模糊朦胧，只有诗人的思想是高度清晰的。与此同时，他们都非常重视词语的选择，甚至认为词语创造世界。很明显，上述的一切，我们都可以在《恶之花》中找到最初的那一滴水。

当代生活：美的现代性

伊夫·瓦岱教授在1998年于北京大学做的讲座中指出："波德莱尔是第一个使现代性成为一个具有普遍意义的概念的人。他借助一种帕斯卡尔式的逆反程式，将浪漫主义者们眼中的失望现时——在历史条件没有发生根本变化的条件下——转变成了一种英雄现时。没有人比波德莱尔对他那个时代的人所面对的脱胎换骨的生存状况，对这个身穿黑色礼服经常给别人'送葬'的人，对这'数千条穿梭在一个大都市地下隧道里的漂流不定的生命'，对他从1846年起称之为'现代生活的英雄主义'感触更深。对《1846年的沙龙》的作者来说，正是现代人所面对的悲惨现时变成了现代人的伟大的标志。这种逆反关系使得波德莱尔的现代性区别于浪漫主义的现代性，并获得了它的独立地位。"[1]

什么是浪漫主义者眼中的"悲惨现时"？什么是波德莱尔的"英雄现时"？根据法国当代批评家维克多·布隆贝尔的说法[2]，法国的浪漫主义有四个基本的主题：孤独，或被看作痛苦，或被看作赎罪的途径；知识，或被当成快乐和骄傲的根源，或被当成一种祸患；时间，或被看作未来的动力，或被看作解体和毁灭的原因；自然，或被当成和谐与交流的许诺，或被当成敌对的力量。波德莱尔保留了这些基本主题，但几乎都是在反题中加以发掘和展开的，例如孤独感、流亡感、深渊感、绝望感，流逝的时光，被压抑的个性及其反抗，对平等、自由、博爱的渴望，社会和群众对诗人的误解，等等。1862年1月12日，波德莱尔发表了一首十四行诗，题为《浪漫派的夕阳》：

---

[1] 伊夫·瓦岱：《文学与现代性》，北京大学出版社，2001年，第41页。
[2] 维克多·布隆贝尔：《福楼拜论福楼拜》（Victor Brombert: *Gustave Flaubert par*, lui-même, Seuil, 1971，第123-124页。

初升的太阳多么新鲜多么美,
仿佛爆炸一样射出它的问候!
怀着爱情礼赞它的人真幸福,
因为它的西沉比梦幻还生辉!

我记得!……我见过鲜花、犁沟、清泉,
都在它眼下痴迷,像心儿在跳……
快朝天边跑呀,天色已晚,快跑,
至少能抓住一缕斜斜的光线!

但我徒然追赶已离去的上帝;
不可阻挡的黑夜建立了统治,
黑暗,潮湿,阴郁,到处都在颤抖,

一股坟墓味儿在黑暗中飘荡,
我两脚战战兢兢,在沼泽边上,
不料碰到蛤蟆和冰凉的蜗牛。

　　这首诗清楚地表明了波德莱尔对浪漫主义运动的怀念、对文坛现状的鄙夷和他那种无可奈何却又极力想推陈出新的心情。果然,他在失望之余,对浪漫主义提出了崭新的理解。司汤达曾经给浪漫主义下过一个著名的定义:"浪漫主义是为人民提供文学作品的艺术。这种文学作品符合当前人民的习惯和信仰，所以它可能给人民以最大的愉快。"[1] 波德莱尔继续并深化了司汤达的这种观念，认为："在我看来，浪漫主义是美的最新近、最现时的表现。"所谓"最新近、最现时"，就是当前人们的生活、社会的脉搏、时代的精神。因此，他认为，需要给浪漫主义灌注新的生命，关键并不在于主题的选择、地方的色彩、怀古的幽情、准确的真实，而在于"感受的方式"，即新鲜的感受、独特的痛苦、对现代生活的敏感，即勇于挖掘和表现现代生活的英雄气概。他指出："谁说浪漫主义，谁就是说现代艺术，即各种艺术所包含的一切手段表现出来的亲切、灵性、色彩和对无限的向往。"因此，不能在外部找到浪漫主义，只能在内部找到它。[2]

现代艺术要表现"现代的美和英雄气概"。波德莱尔认为："如同任何可能的现象一样，任何美都包含某种永恒的东西和某种过渡的东西，即绝对的东西和特殊的东西。绝对的、永恒的美不存在，或者说它是各种美的普遍的、外表上经过抽象的精华。每一种美的特殊的成分来自激情，而由于我们有我们特殊的激情，所以我们有我们的美。"他指出，现代生活具有一种特殊的美，这种美是一种"英雄气概"："上流社会的生活，成千上万飘忽不定的人——罪犯和妓

---

[1] 司汤达：《拉辛与莎士比亚》，王道乾译，上海译文出版社，1979年，第15页。

[2] 《波德莱尔全集》第2卷，第420页。

女——在一座大城市的地下往来穿梭,蔚为壮观,《判决公报》和《箴言报》向我们证明,我们只要睁开眼睛,就能看到我们的英雄气概。"[1]在他看来,上流社会和底层社会在美的问题上是可以等量齐观的,它们都表现出一种"撒旦的美"、一种古怪的美、一种奇异的美,一句话,"恶中之美"。波德莱尔的这种观点是一贯的,七年之后的1853年,他又写道:"构成美的一种成分是永恒的、不变的,其多少极难加以确定,另一种成分是相对的、暂时的,可以说它是时代、风尚、道德、情欲,或是其中一种,或是兼容并蓄。它像是神糕有趣的、引人的、开胃的表皮,没有它,第一种成分将是不能消化和不能品评的,将不能为人性所接受和吸收。"[2]波德莱尔真正的兴趣在于特殊美,即随着时代风尚而变化的美,既包括着形式,也包括着内容,他说:"黑衣和燕尾服不仅具有政治美,这是平等的表现,而且还具有诗美,这是公众的灵魂的表现;这是一长列殓尸人,政治殓尸人、爱情殓尸人、资产阶级殓尸人。我们都在举行某种葬礼。"所以,他问道:"这种多少次被当作牺牲的衣服难道不具有一种土生土长的美和魅力吗?难道不是我们这个痛苦的、在黑而瘦的肩上扛着永恒的丧事的时代所必需的一种服装吗?"[3]这样,他就断然抛弃了那种认为只有古代古人的生活才是美

---

[1] 《波德莱尔全集》第2卷,第420页。
[2] 《波德莱尔全集》第2卷,第685页。
[3] 《波德莱尔全集》第2卷,第427页。

的观念，而为现代生活充当艺术作品的内容进行了有力的鼓吹。"有多少种追求幸福的习惯方式，就有多少种美"，"每个民族都拥有自己的美和道德的表现"[1]，这就是波德莱尔的结论。因此，现实的生活，巴黎的生活，对波德莱尔来说，洋溢着英雄气概，充满着美，而巴黎的生活主要的不是表面的、五光十色的豪华场面，而是底层的、充斥着罪犯和妓女的阴暗的迷宫，那里面盛开着恶之花。他认为，巴尔扎克笔下的人物：伏脱冷、拉斯蒂涅、皮罗托，是比《伊利亚特》中的英雄还要高大得多的人物；那个因发明被窃而破产的丰塔那莱斯，则"不敢向公众讲述""那些隐藏在我们大家都穿着的阴郁、紧紧箍在身上的燕尾服下面的痛苦"；而"奥诺雷·德·巴尔扎克啊，您是您从胸中掏出来的人物中最具英雄气概、最奇特、最浪漫、最有诗意的人物"！[2] 波德莱尔有力地证明了，描写社会中丑恶的事物的作品不仅可以是激动人心的，而且在艺术上可以是美的，也就是说，"恶中之美"是值得挖掘的。所谓"发掘"，指的是"经过艺术的表现……带有韵律和节奏的痛苦使精神充满了一种平静的快乐"[3]。有些人指责波德莱尔"以丑为美"，这是没有根据的。他的美不表现为欢乐和愉快，而表现为忧郁、不幸和反抗，这正说明他的诗植根于现实生活之中，具有强烈的时代感。

---

[1] 《波德莱尔全集》第2卷，第419页。
[2] 《波德莱尔全集》第2卷，第429页。
[3] 《波德莱尔全集》第2卷，第123页。

这种忧郁、不幸和反抗，正是他从现实的丑恶中发掘出来的美。我们可以说，波德莱尔强调的"特殊美"和"发掘恶中之美"这一思想与巴尔扎克的批判现实主义在精神上是一致的。

在法国，波德莱尔是第一个给"现代性"定义的人，他的定义完全是从美学的角度做出的，并不考虑它的时间性，也就是说，现代性并非只属于现代社会，历史上每个时代都有其现代性，它与人的主观性有关。他在1863年发表的《现代生活的画家》一文中这样描述画家贡斯当丹·居伊："他就这样走啊，跑啊，寻找啊。他寻找什么？肯定，如我所描写的这个人，这个富有活跃的想象力的孤独者，不停地穿越巨大的人性荒漠的孤独者，有一个比纯粹的漫游者的目的更高些的目的，有一个与一时的短暂的愉快不同的更普遍的目的。他寻找我们可以称为现代性的那种东西，因为再没有更好的词来表达我们现在谈的这种观念了。对他来说，问题在于从流行的东西中提取出它可能包含着的在历史中富有诗意的东西，从过渡中抽出永恒。如果我们看一看现代画的展览，我们印象最深的是艺术家普遍具有把一切主题披上一件古代的外衣这样一种倾向。几乎人人都使用文艺复兴时期的式样和家具，正如大卫使用罗马时代的式样和家具一样。不过，这里有一个分别，大卫特别选用了希腊和罗马的题材，他不能不将它们披上古代的外衣；而现在的画家们选的题材一般说可适用于各种时代，但他们却执意要令其穿上中世纪、文艺复兴时期或东方的衣服。这显然是一种巨大的懒惰的标志，因为宣称一个时代的服饰中一切都是绝对的丑要比用心提炼它可能包含着的神秘的美（无论多么少、多么微不足道）方便得多。现代性就是过渡、短暂、偶然，就是艺术的一半，另一半是永恒和不变。每个古代画家都有一种现代性，古代留下来的大部分美丽的肖像都穿着当时的衣服。他们是完全协调的，因为服装、发型、举止、目光和微笑（每个时代都有自己的仪态、眼神和微笑）构成了全部生命力的整体。这种过渡的、短暂的、其变化如此频繁的成分，你们没有权利蔑视和忽略。如果取消它，你们势必要跌进一种抽象的、不可确定的美的虚无之中，这种美就像原罪之前的唯一的女人的那种美一样。如果你们用另一种服装取代当时必定要流行的服装，你们就会违背常理，这只能在流行的服饰所允许的假面舞会才可以得到原谅。"[1]由此可见，所谓现代性，在波德莱尔看来，就是"从流行的东西中提取出它可能包含着的在历史中富有诗意的东西，从过渡中抽出永恒"；"现代性就是过渡、短暂、偶然，就是艺术的一半，另一半是永恒和不变"。美的两个部分并非平分秋色，现代性控制着古代性。

贡斯当丹·居伊是一位画家，一位风俗画家，经常使用的武器是速写。他提供的有关战争编年史、隆重典礼和盛

---

1 《波德莱尔全集》第 2 卷，第 694—695 页。

大节日、军人、车马、浪荡子、女人和姑娘等的画作，成为"文明生活的珍贵档案"，为收藏家搜求寻觅。波德莱尔指出："他到处寻找现实生活的短暂的、瞬间的美，寻找读者允许我们称之为现代性的特点。他常常是古怪的、狂暴的、过分的，但他总是充满诗意的，他知道如何把生命之酒的苦涩或醉人的滋味凝聚在他的画中。"[1]贡斯当丹·居伊"对全社会感兴趣，他想知道理解评价发生在我们这个地球表面上的一切"。他融入人群，带着康复的病人或儿童的"直勾勾的、野兽般的目光"看着哪怕是最平淡无奇的事物。非但如此，当别人都睡下的时候，他"却俯身在桌子上，用他刚才盯着各种事物的那种目光盯着一张纸，舞弄着铅笔、羽笔和画笔，把杯子里的水弄洒在地上，用衬衣擦拭羽笔。他匆忙、狂暴、活跃，好像害怕形象会溜走。尽管是一个人，他却吵嚷不休，自己推搡着自己。各种事物重新诞生在纸上，自然又超越了自然，美又不止于美，奇特又具有一种像作者的灵魂一样热情洋溢的生命。幻景是从自然中提炼出来的，记忆中拥塞着的一切材料被分类、排队，变得协调，经受了强制的理想化，这种理想化出自一种幼稚的感觉，即一种敏锐的、因质朴而变得神奇的感觉"！[2]波德莱尔笔下的贡斯当丹·居伊不仅喜欢融入人群，而且善于观察，并且勇

---

1 《波德莱尔全集》第2卷，第724页。
2 《波德莱尔全集》第2卷，第693—694页。

于实践。所谓"现代性"并不是简单的现实生活中的东西，而是把"记忆中拥塞着的一切材料进行分类、排队，变得协调，经受了强制的理想化"，这样才能超越自然、超越美，成为一种"奇特的美"、"古怪的美"，也就是"恶中之美"。

现代社会中关于进步的观念是一种在当时争论十分激烈的观念，但是，波德莱尔"躲避它犹如躲避地狱"，因为他觉得那是"一种很时髦的错误"。正统的法国人认为，进步就是"蒸汽、电、煤气照明"等一切"罗马人不知道的奇迹"，可是，波德莱尔认为，这些人"被那些动物至上和工业至上的哲学家们美国化了，以至于失去了区分物质世界和精神世界、自然界和超自然界的概念"。这表明，波德莱尔所承认的进步是发生在精神世界的事，是超自然界的事，与物质世界、自然界无关，他说："如果一个民族今天在一种比上个世纪更微妙的意义上理解精神问题，这就是进步，这是很清楚的；如果一位艺术家今年产生出一件作品，证明他比去年有更高的技巧和想象力，他肯定是进步了……"进步的观念在想象的范围内就更是一种荒谬、骇人听闻的东西，波德莱尔就此提出了一种大胆而富有创见的观点："在诗和艺术的领域内，启示者是很少有先行者的。任何繁荣都是自发的、个人的。西涅莱利果真是米开朗琪罗的创造者吗？比鲁吉诺蕴涵着拉斐尔吗？艺术家只属于他自己，他答应给后世的只是他自己的作品。他只为自己作保。他无后而终。他是他自己的君主、他自己的教士和他自己的上帝。"[1]他的这种观点自然不是否定文学艺术的发展过程有一种传承的关系,而是强调并鼓励一种创新的个性,鼓励那些"前无古人"、"后无来者"的艺术家,如他所说:"没有个性,就没有美。"[2]

想象力是"各种能力的王后"

波德莱尔基于对世界的统一性和相似性的认识,特别重视想象力的作用,把它看作应和现象的引路人和催化剂:"是想象力告诉颜色、轮廓、声音、香味所具有的精神上的含义"[3]。他之所以对雨果颇有微词而对德拉克洛瓦赞扬有加,是因为他认为雨果"作为一个创造者来说,其灵巧远胜于创造,他在很大程度上是个循规蹈矩的匠人,而非创造者";德拉克洛瓦则不然,他"有时是笨拙的,但他本质上是个创造者"[4];这其中的差别,就是想象力的有无和多寡。

在古希腊的文艺理论中,想象力是一个不受重视的概念,亚里士多德的《诗学》中竟没有一个字谈到它,而在《修辞学》中只有一句简单的话:"想象就是萎褪了的感

---

1 《波德莱尔全集》第2卷,第581页。
2 《波德莱尔全集》第2卷,第579页。
3 《波德莱尔全集》第2卷,第621页。
4 《波德莱尔全集》第2卷,第431页。

觉。"[1]可是这句话居然成了17世纪经验派哲学家的重要论据。公元1世纪中期的希腊人阿波罗尼阿斯独树一帜,高度评价想象力:"(想象)造作了那些艺术品,它的巧妙和智慧远远超过摹拟。摹仿只会仿制它所见到的事物,而想象连它没有见过的事物也能创造,因为它能从现实里推演出理想。"[2]后世古典主义基本上在"忽视"与"重视"之间依违摇摆,一方面承认想象是文艺创作的主要特征,另一方面又贬斥想象是理智的仇敌,是正确认识事物的障碍,将其归于错觉和疯狂一类。例如帕斯卡尔就说:"想象——这是人性里欺骗的部分,是错误和虚诳的女主人;正因为它偶尔老实,所以它尤其刁滑。"[3] 17到18世纪,想象的地位已经渐渐提高,英国散文家艾迪生说:"一个伟大的作家必须天生有健全和壮盛的想象力,才能从外界的事物取得生动的观念,把这些观念长期保留,及时把它们组合成最能打动读者想象的辞藻和描写。诗人应该费尽苦心培养自己的想象力,正好比哲学家应当费尽苦心去培养自己的理解力。"[4]尤其是18世纪的意大利人维柯,认为诗歌完全出于"想象",而哲学完全出于理智,两者不但分庭抗礼,而且彼此视为仇敌。他说:"诗只能用狂放淋漓的兴会来解释,它只遵守感觉的判决,

---

[1] 《外国理论家作家论形象思维》,中国社会科学出版社,1979年,第8页。
[2] 《外国理论家作家论形象思维》,第9页。
[3] 《外国理论家作家论形象思维》,第16页。
[4] 《外国理论家作家论形象思维》,第24页。

主动地模拟和描绘事物、习俗和情感，强烈地用形象把它们表现出来而活泼地感受它们。""推理力愈薄弱，想象力就愈雄厚……诗的性质决定了任何人不能既是大诗人，又是大哲学家，因为哲学把心灵从感觉里抽拔出来，而诗才应该使整个心灵沉浸在感觉里。哲学要超越普遍概念，而诗才应该深入个别事物。"[1] 到了 19 世纪，随着浪漫主义运动的进展，"想象力"的地位越来越高，没有人或很少人再否认或贬低它的作用了。他们企图使想象渗透或吞并理智，颂赞它是最主要、最必需的心理功能。因此，"错误和虚诞的女主人"屡经提拔，一变而为人类"各种功能的王后"。波德莱尔就是一个浪漫主义文艺理论的集大成者，而且有所突破、有所创造，蕴涵了浪漫主义之后的理论萌芽，尤其是有关想象力的理论。

波德莱尔在《1859年的沙龙》中说，想象力"这个各种能力的王后真是一种神秘的能力"！它是人的各种能力的主宰，它让它们各司其职。它与各种能力有关，却永远是自己，受到它的鼓动的人往往不自知，但是不承认它的人却一望便知，因为"他们的作品像《福音书》中的无花果树一样枯萎凋零"[2]。他把想象力奉为人的"最珍贵的禀赋，最重要的能力"，"一切能力中的王后"，"理应统治这个世界"。他

---

[1] 《外国理论家作家论形象思维》，第 24–25 页。
[2] 《波德莱尔全集》第 2 卷，第 620 页。

指出，想象力是"分析"，也是"综合"，更是"感受力"，但是，有些人在分析上得心应手，具有足够的能力进行归纳，他们的感受很灵敏，也许过于灵敏，而他们却缺乏想象力，这正是想象力的"神秘"所在。想象力"在世界之初创造了比喻和隐喻，它分解了这种创造，然后用积累和整理的材料，按照人只有在自己灵魂深处才能找到的规律，创造一个新世界，产生出对于新鲜事物的感觉"[1]。不仅艺术家不能没有想象力，就是一个军事统帅、一个外交家、一个学者，也不能没有想象力，甚至音乐的欣赏者也不能没有想象力，因为一首乐曲"总是有一种需要由听者的想象力加以补充的空白"[2]。想象力深藏在人的灵魂的底层，具有"神圣的来源"。这种观点与应和论是一脉相承的，所谓"规律"，正是应和论所揭示的规律："如同悠长的回声遥遥地汇合／在一个混沌深邃的统一体中／广大浩漫好像黑夜连着光明——／芳香、颜色和声音在互相应和。"所以，他在两年前论爱伦·坡的一篇文章中以更明确的语言写道："在他看来，想象力是各种才能的王后；但是，他在这个词中看到了比一般读者所看到的更为高深的东西。想象不是幻想，想象力也不是感受力，尽管难以设想一个富有想象力的人不是一个富有感受力的人。想象力是一种近乎神的能力，它不用思辨的方

---

[1] 《波德莱尔全集》第2卷，第621页。
[2] 《波德莱尔全集》第2卷，第782页。

法而首先觉察出事物之间的内在的、隐秘的关系,应和的关系,相似的关系。他赋予这种才能的荣誉和功能使其具有这样一种价值(至少在人们正确地理解作者的思想时是如此),乃至于一位学者若没有想象力就显得像是一位假学者,或至少像是一位不完全的学者。"[1] 波德莱尔显然已经打破分析和综合之间的壁垒,使之你中有我、我中有你,成为一种自足的艺术。他比英国诗人雪莱更进了一步,后者还把想象与推理分别看待:"想象是创造力,亦即综合的原理,它的对象是宇宙万物与存在本身所共有的形象;推理是推断力,亦即分析的原理,它的作用是把事物的关系只当作关系来看,它不是从思想的整体来考察思想,而是把思想看作导向某些一般结论的代数演算。推理列举已知的量,想象则个别地并且从全体来领悟这些量的价值。推理注重事物的相异,想象则注重事物的相同。推理之于想象,犹如工具之于工作者,肉体之于精神,影之于物。"[2]

波德莱尔说:"想象力是真实的王后,可能的事也属于真实的领域。想象力确实和无限有关。没有它,一切能力无论多么坚实、多么敏锐,也等于乌有。如果某些次要的能力受到强有力的想象力的激励,其缺陷也就成了次要的不幸。任何能力都少不了想象力,而想象力却可以代替某些能

---

[1] 《波德莱尔全集》第2卷,第328-329页。
[2] 雪莱:《为诗辩护》,缪灵珠译,载《古典文艺理论译丛》第一册,人民文学出版社,1961年。

力。往往这些能力要经过好几种不适应事物本质的方法的连续试验才能发现的东西，想象力却可以自豪地直接地猜度出来。"[1]这说明，想象力是一种近乎直觉的能力，不必经过推理而可以直达事物的本质，因为想象力既是分析，又是综合。同时，想象力不是天马行空、不着边际的幻想，它统率着真实，可能的事也属于真实，所以，想象的事是高于真实的一种真实。想象力带给读者的是一种"缪斯的巫术所创造的第二现实"[2]。更值得注意的是，波德莱尔虽然高度评价想象力的作用，但是他并未因此而割断想象力与现实生活的联系，所以，他特别强调，"想象力越是有了帮手，才越有力量，好的想象力拥有大量的观察成果，才能在与理想的斗争中更为强大"[3]。想象力"包含着批评精神"，因此它从根本上说是一种理性的活动。波德莱尔看到了创作活动既是自觉又是不自觉的，所以他不推崇"心的敏感"而强调"想象力的敏感"，他指出："心里有激情、有忠诚、有罪恶，但唯有想象里才有诗……心的敏感不是绝对地有利于诗歌创作，一种极端的心的敏感甚至是有害的。想象力的敏感是另外一种性质，它知道如何选择、判断、比较、避此、求彼，既迅速，又是自发的。"[4]"自然不过是一部词典"，艺术家从中挑选词

---

[1] 《波德莱尔全集》第2卷，第621页。
[2] 《波德莱尔全集》第2卷，第121页。
[3] 《波德莱尔全集》第2卷，第621页。
[4] 《波德莱尔全集》第2卷，第115-116页。

汇，然后达到一种"组成"，没有想象力的艺术家只能"抄袭词典"，所以他们的作品只能是"平庸"的。一幅好的风景画不是照抄自然的结果，而是由想象力成就的。这样，波德莱尔不仅深刻地批判了"艺术只是摹写自然"的理论，树立了想象在文艺创作中的崇高地位，扩大了"真实"的领域，而且把想象建立在对客观世界的分析与观察之上，冲淡了它的神秘色彩，加强了它与现实生活的联系。

想象力最根本的功能是创造，波德莱尔说："一幅好的画，一幅忠于并等于产生它的梦幻的画，应该像一个世界一样产生出来。如同创造，我们所看到的创造，它是好几次创造的结果，前面的创造总是被下一个创造补充着。画也是一样，它被和谐地画出来，实际上是一系列相叠的画，每铺上一层都给予梦幻更多的真实，使之渐次趋于完善。"[1] 一幅画的创作过程实际上等于一首诗的创作过程，每一次修改都是一种创造，最后的成品乃是数次创造相叠的结果。于是，波德莱尔这样总结他的基本的美学观念："整个可见的宇宙不过是个形象和符号的仓库，想象力给予它们位置和相应的价值；想象力应该消化和改变的是某种精神食粮。人类灵魂的全部能力必须从属于同时征用这些能力的想象力。如同熟知词典并不一定意味着知道作文的艺术一样，作文的艺术本身也不意味着普遍的想象力。因此，一个好的画家可以不是

---

1 《波德莱尔全集》第 2 卷，第 626 页。

一个伟大的画家，但是，一个伟大的画家必定是一个好的画家，因为普遍的想象力包容着对一切手段的理解和获得这些手段的愿望。"[1]所谓"好的画家"，就是一个拥有"普遍的想象力"的画家，而"普遍的想象力"不仅意味着能从自然这座仓库里选择与梦幻相应的"形象和符号"的能力，而且制作艺术品——所谓"组成"——要做到"准确"、"很快"，并且保持"工具的物质上的干净"。

波德莱尔是一个"伟大的传统业已消失，新的传统尚未形成"的转折时代的一位诗人，但是，他留给后人的却是一身兼有诗人和批评家双重身份的美学家的肖像。他本身已经成为一种传统，即"将诗人的自发能力与批评家的洞察力、怀疑主义、注意力和说理能力集于一身"[2]。背靠诗人的批评家，或者背靠批评家的诗人，这种现象在20世纪已经司空见惯。像许多大作家一样，波德莱尔的头上曾经被戴上许多流派的帽子，例如颓废派、唯美派、象征派、古典派、浪漫派、巴纳斯派、写实派等等；他也被许多后起的流派认作祖先。这似乎是个很奇特的现象，其实不然。在任何伟大的作品中，文学观念、创作方法和表现手法都不是以纯粹的形式出现的，而常常是为了内容的需要而相互结合、相互渗透的。就格律的严谨、结构的明晰来说，波德莱尔是个古典主

---

1 《波德莱尔全集》第2卷，第627页。
2 保尔·瓦雷里：《文艺杂谈》第2卷，第174页。

义的追随者；就题材的选择、想象力的强调来说，他是个浪漫主义的继承者；就意境的创造、表现手法的综合来说，他又是现代主义的开创者。波德莱尔是一个不能用一个派别加以范围的作家，他是法国诗歌中的雅努斯[1]，他是最后一位古典派，又是第一个现代派。这种独特的地位造成了波德莱尔的矛盾和丰富，以至于几乎所有的流派都能从他那里找到他们认为有用的武器，所以，波德莱尔是连接新旧传统的一座桥梁。

---

1 Janus，罗马神话中的两面神。

《恶之花》赏析（九首）

夏尔·波德莱尔是法国19世纪最重要的诗人和文艺批评家之一。他的创作上承浪漫主义的余绪，下开象征主义的先河，其影响遍及西方现代诗歌中的各种流派。

波德莱尔1821年4月9日出生在巴黎。他的父亲放弃教职后当过家庭教师，革命后在参议院供职，爱好艺术，具有启蒙思想。他虽然在波德莱尔六岁时即去世，但他的情趣和思想仍然对儿子产生了深刻的影响。波德莱尔的继父是个生硬古板保守的军人，很快就在他心中播下反抗的火种。波德莱尔离开中学后就过上了"自由的生活"，并不顾家庭的反对，要去当作家。他读书很多且涉猎极广，并对美术有浓厚的兴趣。1841年，他为家庭所迫，出游印度，但到了留尼汪岛即折回。他毕生都向往着"到别处去"，其实他称得上旅行的，就只此一次，不过，这并不妨碍他在创作中屡屡开发这一主题。

波德莱尔的文学生涯是从画评开始的，而且一炮打响，继《1845年的沙龙》之后，《1846年的沙龙》即确立了他的权威艺术评论家的地位。他在画评中大力称颂浪漫派新秀德拉克洛瓦，极力推崇色彩和想象力。这期间，他已开始诗歌创作，不过发表极少。他在积蓄，在等待，在磨炼。1857年6月25日，几经预告的《恶之花》终于结集出版，并立即遭到第二帝国的卫道士们的攻击和诽谤，诉诸法庭被判三百法郎罚款（最终罚了五十法郎），被勒令删除六首诗。波德莱尔的罪名是"伤风败俗"和"亵渎宗教"。四年以后，波德莱尔亲自编订的《恶之花》第二版问世，获得很大的成功。这时的波德莱尔精力充沛，往日的愁云为之一扫，先后出版了《1859年的沙龙》、《人造天堂》以及其他一些散文诗。他成了魏尔伦、马拉美等一代青年诗人的精神领袖。然而，文学上的成功丝毫没有改变波德莱尔经济上的处境。虽然他还在勤奋写作，却终于在贫困和疾病的夹攻中，于1867年8月31日去世。

初放于1857年的《恶之花》至今未凋，且有愈开愈盛之势。一个半世纪以来，它不仅在学者的案头上常开不败，而且在普通读者的手中也仍然展示着神秘的诱惑。这些奇异的花，病态也好，不祥也好，有毒也好，终归是形成了一座恶的花园，一座现代城市中的恶的花园。

除了《恶之花》之外，波德莱尔的重要作品是散文诗集《巴黎的忧郁》(1869)，这"依然是《恶之花》，但是具有多得多的自由、细节和讥讽"。散文诗并非自波德莱尔始，但是，波德莱尔是第一个自觉地把它当作一种形式，并使之臻于完美的人。

一

高翔远举

飞过池塘，飞过峡谷，飞过高山，
飞过森林，飞过云霞，飞过大海，
飞到太阳之外，飞到九霄之外，
越过了群星灿烂的天宇边缘，

我的精神啊，你活动轻灵矫健，
仿佛弄潮儿在浪里荡魄销魂。
你在深邃浩瀚中快乐地耕耘，
怀着无法言说的雄健的快感。

远远地飞离那些致病的腐恶，
飞到高空中去把你净化涤荡，
就好像啜饮纯洁神圣的酒浆，
啜饮那弥漫澄宇的光明的火。

在厌倦和巨大的忧伤的后面，

>它们充塞着雾霭沉沉的生存，
>幸福的是那个羽翼坚强的人，
>他能够飞向明亮安详的田园；
>
>他的思想就像那百灵鸟一般，
>在清晨自由自在地冲向苍穹，
>——翱翔在生活之上，轻易地听懂
>花儿以及无声的万物的语言。

亚历山大体是庄严凝重的，但波德莱尔在第一节四行诗中，将其十二音节破碎成一系列短句，造成飞动之势，迫促的节奏使读者体味到一种腾飞的快感。这腾飞不是原地的盘旋，而是高翔远举，向着无限远的地方。这是空间的推移，也是心理的深入。前者，是逃离"致病的腐恶"，即"雾霭沉沉的生存"中充塞着的"厌倦和巨大的忧伤"；后者，则是让思想进入超凡入圣的境界，以"光明的火"为饮料，涤荡精神上的污浊和疾患。这是从有限向无限的伸展，是实现艺术的使命："翱翔在生活之上，轻易地听懂花儿以及无声的万物的语言。"如董其昌所说："潜行众妙之中，独立万物之表。"

能够高翔远举的人，才能够品尝到"无法言说的雄健的快感"，也就是说，"羽翼坚强的人"才是幸福的人。幸福在于解脱，幸福的生活存在于"明亮安详的田园"。波德莱尔一向以城市诗人著称，然而在他的内心深处，无时不跃动着一种强烈的愿望：像"百灵鸟一般，在清晨自由自在地冲向苍穹"。他总是向往着"别的地方"，然而他始终枯守在巴黎。他实际上只是在一种对于"高翔远举"的向往中体味到暂时的解脱，而在这暂时的解脱中，他看到了另一个"自我"，与始终处于厌倦、悔恨、愤懑之中的自我迥然不同的另一个自我。说到底，波德莱尔的高翔远举始终是一种对于逃避和追寻的向往，然而，他将这种向往表达得多么真切、深刻、富于感染力啊！

二

灯　塔

鲁本斯，懒散的乐土，遗忘之川，
新鲜的肉枕头，其上虽不能爱，
却汇聚生命的洪流，骚动不断，
就仿佛天上的空气，海中的海；

莱奥纳多·达·芬奇，深邃幽暗的镜，
映照着迷人的天使笑意浅浅，
充满神秘，有冰峰松林的阴影，
伴随他们出现在闭锁的家园；

伦勃朗，愁惨的医院细语呶呶，
一个大十字架是仅有的饰物，
垃圾堆中发出了哭诉的祈祷，
突然有一抹冬日的阳光射入；

米开朗琪罗，但见那无名之地，
力士基督徒杂然一处，霞光中
一些强有力的幽灵傲然挺立，
张开五指撕碎了裹尸布一重；

农牧神的无耻，拳击手的义愤，
你呀，你善于把粗汉的美汇集，
骄傲伟大的心，软弱萎黄的人，
布杰，你这苦役犯忧郁的皇帝；

华托，狂欢节许多卓越的心灵，
蝴蝶一般到处游荡，闪闪发光，
灯火照亮了新鲜轻盈的布景，
使这旋风般的舞会如癫如狂；

戈雅，充满着未知之物的噩梦，
巫魔夜会中人们把胎儿烹煮，
揽镜自照的老妇，赤裸的儿童，

好让魔鬼们理好它们的袜子;

血湖里恶煞出没,德拉克洛瓦,
周围有四季常青的树林遮蔽,
奇怪的号声在忧愁的天空下
飘过,仿佛韦伯被压抑的叹息;

这些诅咒,这些谴责,这些抱怨,
这陶醉,呼喊,哭泣,感恩赞美诗,
往复回荡在千百座迷宫中间,
如神圣的鸦片给了凡夫俗子;

这是千百个哨兵重复的呐喊,
是千百个喊话筒传递的命令,
是灯塔在千百座城堡上点燃,
是密林中迷路的猎人的呼应;

上帝,这确是我们所能给予的
关于我们的尊严的最好证明,
这是代代相传的热切的哭泣,
它将消失在悠悠永恒的边境!

八位画家(其中一位是雕塑家),直呼其名;八种画意，呈现的是八种境界。熟悉画史的读者，或可认出某句指某画。但不必坐实，波德莱尔是精炼其读画的印象，出以鲜活生动的情境，暗喻人生的种种遭际。这八节诗读起来惊心动魄，令人起雄浑阔大、浩渺无边之感；然其浓重的色彩、沉稳的节奏及拂之不去的悲凉气氛，又使人忧从中来，有不胜唏嘘的慨叹。果然，诗的最后三节，仿佛升华而结晶，将八种境界凝为诗的主旨：人类的尊严在于执着而悲壮的追求，它不乞求上帝，它乞求的是艺术。

人生如夜航船，依赖灯塔的指引。然而，鲁本斯的"生命的洪流"、达·芬奇的"神秘"、伦勃朗的"愁惨"、米开朗琪罗的"傲然"、布杰的"忧郁"、华托的"新鲜轻盈"、戈雅的"噩梦"、德拉克洛瓦的"忧愁"，这些人类尊严的证人，他们是夜航船的灯塔，还是寻找灯塔的夜航船？波德莱尔说，他们既是灯塔，又是夜航船；他们不再是高踞于普通人之上的导师了，他们是迷宫中的行人、是密林中迷路的猎人。然而他们的声音在迷宫中回荡，他们的喊声在密林中呼应。他们相互寻找、相互召唤，他们的诅咒、谴责、抱怨、陶醉、呼喊和哭泣，仿佛是相互鼓励的表示，而他们的感恩赞美诗，不再唱给上帝了，而是唱给了艺术。艺术是灯塔，艺术是命令，艺术是人类尊严的证明。

波德莱尔改变了艺术家的地位和使命，使他们不再生活在象牙塔中，使他们不再依赖神灵的启示或"迷狂"。他让艺术家生活在普通人之间，从生活的苦难和焦虑中汲取灵感。艺术和艺术家从此告别了古典时代，进入了现代阶段。

波德莱尔曾经说过："对于一幅画的评述不妨是一首十四行诗或一首哀歌。"《灯塔》则以四行诗句评述了一个画家的全部作品，并从中引发出深广的忧思和高深的哲理。不言而喻，走出象牙塔深入人间苦难的不只是画家，还有诗人、音乐家，以及一切以人类精神活动为创造源泉的那些人。灯塔，从此不止于照人，它还须自照，还须互照。

三

理　想

绝对不是那种画片上的美媛，
那种无聊时代的变质的产品，
脚踏高帮皮鞋，指上玩着响板，
能够满足像我这样的一颗心。

我留给加瓦尔尼[1]，萎黄病的诗翁，
他的那些病院美女、嘈嘈群氓，
因为在这些苍白的玫瑰花中，
没有一朵像我那红色的理想。

1　Paul Gavarni（1804-1866），法国画家。

>   这颗心深似渊谷，麦克白夫人[1]，
>   它需要的是你呀，罪恶的灵魂，
>   迎风怒放的埃斯库罗斯[2]的梦，
>
>   或伟大的《夜》[3]，米开朗琪罗之女，
>   你坦然地摆出了奇特的姿势，
>   那魅力正与泰坦[4]的口味相应。

这首十四行诗是波德莱尔的美学宣言，前两节四行诗是否定，后两节三行诗是肯定，针锋相对，态度何其鲜明，而且都以文学艺术作品为依托，内涵幽远而深刻。

波德莱尔否定的是时尚，只"产品"二字，就足以表示他的轻蔑，何况还是"变质的"，而这样的产品只能出自一个"无聊"的时代。纤巧、浅薄、轻浮、萎靡，如那小画片上的美女，如何能使他那颗寄望高远的心得到满足？加瓦尔尼虽也是他喜欢的画家，然其题材之琐细、风格之孱弱也曾使他深致不满。总之，"苍白的玫瑰"不能与他那"红色的理想"相比，因为红色是热情、是奋进、是生命力。看他曾经怎样描写过红色："当大火炉降入水中时，红色的号声从四

---

1 莎士比亚的悲剧《麦克白》中的女主人公。
2 Aeschylus（前525-前456），古希腊悲剧诗人。
3 米开朗琪罗著名的作品。
4 Titans，希腊神话中的巨人族。

面八方响起,一种血红的和谐出现在天际,而绿色被染得通红,绚烂无比。"

波德莱尔肯定的是理想,是能够充满他那颗深似渊谷的心的雄伟,强劲有力的东西。麦克白夫人,虽然有罪,却有一颗强悍而永不满足的灵魂;埃斯库罗斯,笔下尽是意志坚强的雄伟高大的人物;米开朗琪罗,神圣而痛苦,洋溢着崇高,那沉痛而悲愤的《夜》如何能不与巨人族的"口味相应"?波德莱尔后来说:"在自然和在艺术中,假定价值相等,我偏爱宏伟的东西,巨大的动物、雄伟的风景、巨大的船、高大的男人、高大的女人、宏伟的教堂等等,把我的趣味变成原则,我认为在缪斯的眼中,规模也并不是一个无足轻重的东西。"以"大"为美,这就是波德莱尔的理想。

在缪斯的眼中,规模当然不是无足轻重的,而以"大"为美从来就是一种健康的审美观,而且由来已久。不必说埃及的金字塔,我国先民就是以"大"为美的,《诗经》中屡屡歌颂"硕人",并有名篇《卫风·硕人》,就连女人也是以高大为美的。至于"美"这个汉字,有人解作"羊大为美",看来是很有道理的。

四

黄昏的和谐

那时辰到了,花儿在枝头颤震,

每一朵都似香炉散发着芬芳;
声音和香气都在晚风中飘荡;
忧郁的圆舞曲,懒洋洋的眩晕!

每一朵都似香炉散发着芬芳;
小提琴幽幽咽咽如受伤的心;
忧郁的圆舞曲,懒洋洋的眩晕!
天空又悲又美,像大祭台一样。

小提琴幽幽咽咽如受伤的心,
温柔的心,憎恶广而黑的死亡!
天空又悲又美,像大祭台一样;
太阳在自己的凝血之中下沉。

温柔的心,憎恶广而黑的死亡,
收纳着光辉往昔的一切遗痕!
太阳在自己的凝血之中下沉……
想起你就仿佛看见圣体发光!

这首诗起得突兀而神秘,似乎花儿、小提琴、天空、太阳、诗人都在焦急地等待着一个时辰。是的,它们等待着黄昏,只有在黄昏降临的时候,花儿才散发出芬芳,小提琴才幽幽咽咽地倾诉,天空才呈现出悲哀的美,太阳才在自己的凝血中下沉，诗人才能在对死亡的憎恶中回味往昔的光辉。黄昏是沉思冥想的时刻，是万物应和的时刻，是人与自然交流的时刻。只有在黄昏时分，诗人那颗受伤的心才能变得温柔，才能想起意中人而得到精神的升华。

黄昏是产生和谐的时刻，随着黄昏渐浓，和谐也趋向极致，因为和谐乃是万物应和的结果，而应和是由近及远、由浅入深的过程，到达极致时才产生净化。细读这首诗，诗人心境的变化不难体味，它是随着花儿、小提琴、天空、太阳等外物的逐渐融合而进入一种澄怀净虑、物我两忘的宗教境界的。诗中出现的香炉、祭台、圣体等词，则在语言层面上加重了宗教的氛围。然而，在这神秘的、略带宗教色彩的和谐中，透出一种解脱的喜悦，虽然这解脱是暂时的，这喜悦是笼罩在忧郁之中的。

这首诗取自由马来体，只两韵，韵式为abba、baab。这种回环往复的咏唱极易造成一种缠绵悱恻的情调，其音乐性自不待言，难怪会被德彪西看中。象征派要从音乐手中夺回曾经失去的财富，这首诗可算作他们的一大战果。

五

邀　游

孩子，小妹妹，
想想多甜美，

到那边共同生活!
尽情地恋爱,
爱与死都在
和你相像的邦国!
阳光潮湿了,
天空昏暗了,
我爱你眉目含情,
种种的魅力,
那样神秘,
照亮了珠泪莹莹。

那里,是整齐和美,
豪华,宁静和沉醉。

家具亮闪闪,
被岁月磨圆,
装饰我们的卧房;
最珍奇的花,
把芬芳散发,
融进琥珀的幽香,
绚丽的屋顶,
深邃的明镜,
东方的辉煌灿烂,

都对着心灵
悄悄地使用
温柔的故乡语言。

那里，是整齐和美，
豪华，宁静和沉醉。

看那运河上，
船儿入梦乡，
流浪是它的爱好；
为了满足你
最小的希冀，
它来自天涯海角。
——西下的太阳，
把金衣紫裳
盖住整座的城市，
原野和运河；
世界睡着了，
在温暖的光明里。

那里，是整齐和美，
豪华，宁静和沉醉。

这首诗最奇的是节奏：两行五音节句，叶韵，接着是一行七音节句，又是两行叶韵的五音节句，然后是一行与上一行七音节句叶韵的七音节句，或aabccb的韵式，如此反复，直到叶韵的两行七音节句，构成一段。全诗共三段，每段的最后两行七音节句完全相同，为叠句。这种快而不急、轻而不浮的节奏流露出一种催眠曲似的温柔与甜蜜。一个小伙子发出这样真诚而热切的呼唤，哪一个妙龄女子会不跟着他走，走向那个神奇而幸福的地方？这首诗的音乐性没有逃过作曲家的感觉，在波德莱尔生前就很快被谱成歌曲。

这种魔笛一样的诱惑力还在于诗人展现的迷人的前景，而这前景正与意中的女子相应和，即是说，在诗人眼中，风景变成了女人，女人变成了风景，两者相离又相即，在一种心灵的陶醉中融为一体。在女人与风景的应和中，阳光可以像女人的眼睛一样变得潮湿，天空可以像女人的面容一样突然变得昏暗，那女人的莹莹珠泪也可以顿时生出一种神秘。于是，家具、花草、屋顶、明镜、运河、船舶、夕阳、原野，一切都融进了女人的柔情蜜意之中。这样的地方难道还不是可以爱、可以死的地方吗？整齐、美、豪华、宁静和沉醉，这正是诗人的憧憬和追求。他要逃离眼前的世界，他要和他的情人一起逃离。节奏、韵律、色彩、想象，一切都在吸引着他们。

据说这首诗是从一幅描绘荷兰风景的画中汲取灵感的。细读之下，我们似乎可以看到，诗人正在这幅画前对他的女友说："那里多像你呀，我们赶快出发吧！"在法国文学中，荷兰一向是被当作幸福之岛的,那里有平静、有幸福、有神秘的东方色彩。然而,波德莱尔曾经到过比利时,却不肯再迈出一步,去亲身领略那里的风光。也许,诗人愿意在内心深处永远保留这种甜蜜温馨的想象,而不想受到现实的任何玷污。

六

天 鹅

给维克多·雨果

一

安德玛刻,我想到您!小小清涟,
这可怜、忧愁的明镜,曾经映出
您那寡妇的痛苦之无限庄严,
您的泪加宽了骗人的西莫伊[1],

正当我穿越新卡鲁塞尔广场,
它突然丰富了我多产的回忆。
老巴黎不复存在(城市的模样,
唉,比凡人的心变得还要迅疾);

---

1 指一条小河。安德玛刻在敌国把一条小河当作故乡的西莫伊河,以示对亡夫的怀念。

我只在想象中看见那片木棚，
那一堆粗具形状的柱头，支架，
野草，池水畔的巨石绿意盈盈，
旧货杂陈，在橱窗内放出光华。

那里曾经横卧着一个动物园；
一个早晨，天空明亮而又冰冷，
我看见劳动醒来了，垃圾成片，
静静的空中扬起了一股黑风，

我看见了一只天鹅逃出樊笼，
有蹼的足摩擦着干燥的街石，
不平的地上拖着雪白的羽绒，
把嘴伸向一条没有水的小溪，

它在尘埃中焦躁地梳理翅膀，
心中怀念着故乡那美丽的湖；
"水啊，你何时流？雷啊，你何时响？"
可怜啊，奇特不幸的荒诞之物，

几次像奥维德笔下的人一般，
伸长抽搐的颈，抬起渴望的头，
望着那片嘲弄的、冷酷的蓝天，

仿佛向上帝吐出了它的诅咒。

二

巴黎在变！我的忧郁未减毫厘！
新的宫殿，脚手架，一片片房栊，
破旧的四郊，一切都有了寓意，
我珍贵的回忆却比石头还重。

卢浮宫前面的景象压迫着我，
我想起那只大天鹅，动作呆痴，
仿佛又可笑又崇高的流亡者，
被无限的希望噬咬！然后是你，

安德玛刻，从一伟丈夫的怀中，
归于英俊的庇吕斯，成了贱畜，
在一座空坟前面弯着腰出神；
赫克托耳的遗孀，赫勒诺斯的新妇！

我想起那黑女人，憔悴而干枯，
在泥泞中彳亍，两眼失神，想望
美丽非洲的看不见的椰子树，
透过迷雾的巨大而高耸的墙；

我想起那些一去不归的人们，
一去不归！还有些人泡在泪里，
像啜饮母狼之乳把痛苦啜饮！
我想起那些孤儿花一般萎去！

在我精神漂泊的森林中，又有
一桩古老的回忆如号声频频，
我想起被遗忘在岛上的水手，
想起囚徒，俘虏！……和其他许多人！

《天鹅》一诗，明确标出献给流亡中的雨果，其主题已在不言中。当时是雨果自愿流亡的第七个年头，但他仍然有勇气对拿破仑三世的"大赦"表示轻蔑和不齿。波德莱尔这时献诗给他，其态度也已在不言中。

波德莱尔在给雨果的附信中说："在我，重要的是赶快说出，一件偶然的事情，一个形象，可以包含着什么样的暗示，看见一个动物在受苦，这如何将精神推向我们爱着的那些人，他们不在我们身边，他们在受苦，又如何把精神推向被剥夺了某种不可复得的东西的那些人。"这段话乃是夫子自道，为我们理解《天鹅》一诗提供了一条基本的线索。

波德莱尔说是"赶快"，果然，这首诗就开门见山，一开头便直入本题，赫然提出一个家喻户晓的流亡者的形象：安德玛刻。她之流亡本非自愿，乃是由于城破家亡，被掳为奴，但是她矢志忠于亡夫，其命运并不缺乏悲壮的色彩，亦有一种凛然的正气透出。而那条虚假的小河收纳了她的泪水，映照之下，更使其思夫思乡之苦有无限深广之感。安德玛刻的离乡背井，西莫伊河的不得其所，触动了诗人的情思：记忆中的巴黎已不复存在，眼前的巴黎已是另一番模样。那些业已消失的景物在历史和现实的冲撞中立即化作怀念的对象，逡巡不去。就在这使人顿生不胜今昔之感的对比中，诗人看见了一只逃出樊笼的天鹅：又是一个流亡者的形象！天鹅本来以水为家，只有在水上，它才能展现出雍容华贵的风姿，而现在，它面对的是"干燥的街石"和"不平的地"，它把嘴伸向小溪，溪中却"没有水"，它要梳理羽毛，包围着它的却是"尘埃"。它那"有蹼的足"，需要水的抚摸；它那"雪白的羽绒"，需要水的洗涤，然而，在这一片干涸中，它只能在"心中怀念着故乡那美丽的湖"，只能怨恨地"望着那片嘲弄的、冷酷的蓝天"。在这只天鹅身上，诗人用了更浓重的笔墨和更细腻的笔触，因为它是诗情的真正契机，是灵感的真正触媒。对安德玛刻，诗人还只是"想到"；对天鹅，则已是亲眼"看见"了。就其意蕴而言，天鹅要比安德玛刻更为丰富深广。安德玛刻已沦为女奴，任人宰割，每日只能以泪洗面；而天鹅则是自己逃出樊笼，它能愤怒地呼喊："水啊，你何时流？雷啊，你何时响？"并且能"抬起渴望的头"，"向上帝吐出了它的诅咒"。它成了一个反抗的人的象征。从安德玛刻到天鹅，有简有繁，中间接以变化中的巴黎。这巴黎并非虚设的过门，而是以工笔出之，施以浓墨重彩，它既是天鹅的流放地，又是诗人寄托抚今追昔而不可得的复杂感情的场所。他在这里既"看见"了失去家园的天鹅，又"看见"了已经醒来的"劳动"；他既痛惜巴黎古老风貌的消失，又不能不感到劳动带给现代都会的某种英雄气概。宋人魏泰论诗曰："诗者叙事以寄情，事贵详，情贵隐，及乎感会于心，则情见于词，此所以入人深也。"以此言论《天鹅》，其第一部分已可以说是"入人深"了。

然而，诗人的博大胸怀不止于给安德玛刻以怜悯，给天鹅以同情。在诗的第二部分中，诗人的回忆扩展得更深更广，仿佛魔杖，所及之处，"一切都有了寓意"。现实的巴黎变成了神话的巴黎，眼睛中的映象变成了头脑中的回忆，而这回忆是"比石头还重"的。诗人的腿在巴黎的街头移动，诗人的眼睛却渐渐转向自己的内心，于是，一切又在"多产的回忆"中展开。这一次，天鹅的形象首先浮现，它被直呼为"流亡者"，"又可笑又崇高"，并且充满了"无限的希望"。然后是安德玛刻，她被置于悲惨的境遇中，在人格失落之余只能对着一座空坟追思往日的尊严。当诗人继续挖掘开拓他的回忆时，他的脑际出现了"憔悴而干枯"的黑女人，她那双失神的眼睛在浓雾后面寻找故乡的椰子树，这又是一个流亡者。还有那些一去不归、永远失去家园的人，那些把痛苦当作故乡的乳汁——罗马人的祖先乃是喝母狼乳汁长大的两兄弟——啜饮的人，那些像花儿一样枯萎的孤儿。

他们都是流亡者啊！然而，诗人回忆的脚步仍未停止，他的精神仍在森林中漂泊，终于，一声号角声传来，仿佛维吉尔出来引导，他于是又想到那些"被遗忘在岛上的水手"、"囚徒，俘虏"，以及"其他许多人"。诗人一口气历数这许许多多流亡者，他们来自亲身见闻，来自神话传说，来自文学作品……无论他们来自何处，去往何方，他们都是流亡者，都是由于天鹅的暗示和引发而浮现在诗人的脑际。诗人的大脑仿佛一座堆满忧郁和痛苦的仓库，巴黎的巨变不曾使之减少毫厘，相反，一件偶然看到的事却像一座打开的闸门，刹那间让那些活跃在诗人心灵深处的流亡者流水一般涌出。这真是暗示和联想的奇迹，一只逃逸的天鹅竟在诗人的回忆中造就了一个世界，而且超越甚至取代了现实。细读全诗，我们会逐渐清晰地感觉到，诗人同时进行了两次旅行：一次是在巴黎街头徜徉，一次是在心灵深处漫游。两次旅行都是只有起点，没有终点，时间上如此，空间上亦然。

《天鹅》是一首痛苦而庄严的诗。

七

我没有忘记，离城不远的地方

我没有忘记，离城不远的地方，
有我们白色的房子，小而安详；

>   两尊石膏像，波摩娜[1]和维纳斯，
>   一片疏林遮住了她们的躯体，
>   傍晚时分，阳光灿烂，流金溢彩，
>   一束束在玻璃窗上摔成碎块，
>   仿佛在好奇的天上睁开双眼，
>   看着我们慢慢地、默默地晚餐，
>   大片大片地把它美丽的烛光
>   洒在粗糙的桌布和布窗帘上。

夕阳，疏林，隐约可见的女神的雕像，一座小而安详的白色房子，玻璃窗在晚霞中幻出五光十色，而在粗糙的桌布和布窗帘上则化为无数美丽的烛光。桌旁，年轻的母亲和六岁的儿子正在晚餐。他们不说话，新寡的女人温柔地望着心爱的儿子，而这早熟的孩子却暗自庆幸他可以独占母亲的温柔了。这动人的一幕化作牢固的回忆，深深地镌刻在这孩子的脑际。他已经三十多岁了，而且"讨厌张扬家中事"，然而他却将这一幕写在这首诗中。诗故意无题，唯其无题，更透着亲密，仿佛诗人不愿让局外人猜中而来分享他的甜蜜和苦涩。甜蜜，是因为这回忆使他重新尝到生活的欢乐；苦涩，是因他早已不能独占母亲的感情了。这首诗开头就说出"我没有忘记"，仿佛一记重锤，带着欢乐、痛苦、嫉妒、

---

[1] Pomone，罗马神话中司果园和果实的女神。

报复等极为复杂的情感，敲在那个后来很快改嫁的女人的心上。波德莱尔爱得深切，恨起来也能不露声色地让人心上流血。

这是一首温馨的小诗，也是一幅斑斓的油画，难在让强烈的色彩烘托出柔和的情绪，更难在让柔和的情绪蕴含着复杂的成分。波德莱尔如何创造这一奇迹？他靠的是独特的场景，例如旧居、纯洁的氛围，例如疏林遮住了女神的裸体、唯一的场景，例如母子晚餐以及神奇的变化，例如灿烂的阳光化作美丽的烛光，而这一切又都展现在一种充满影射暗示的朴素如倾谈的语言之中。

八

晨光熹微

起床号从兵营的院子里传出，
而晨风正把街头的灯火吹拂。

这个时候，邪恶的梦宛若群蜂，
把睡在枕上的棕发少年刺疼；
夜灯如发红的眼，游动又忽闪，
给白昼缀上一个红色的斑点；
灵魂载着倔强而沉重的躯体，

把灯光与日光的搏斗来模拟；
像微风拂拭着泪水模糊的脸，
空气中充满飞逝之物的震颤，
男人倦于写作，女人倦于爱恋。

远近的房屋中开始冒出炊烟。
眼皮青紫，寻欢作乐的荡妇们，
还在张着大嘴睡得又死又蠢；
穷女人，垂着干瘪冰凉的双乳，
吹着残火剩灰，朝手指上哈气。
这个时候，在寒冷与穷困当中，
产妇们的痛苦变得更加沉重；
像一声呜咽被翻涌的血喧住，
远处鸡鸣划破了朦胧的空气；
雾海茫茫，淹没了高楼与大厦：
收容所的深处，有人垂死挣扎，
打着呃，吐出了最后的一口气。
冶游的浪子回了家，力尽筋疲。

黎明披上红绿衣衫，瑟瑟发抖，
在寂寞的塞纳河上慢慢地走，
暗淡的巴黎，揉着惺忪的睡眼，
抓起了工具，像个辛勤的老汉。

据波德莱尔的友人回忆，这首诗最迟写于1843年，正是他与母亲及当军官的继父住在一起的时候。首句中的"起床号"可能是他实实在在亲耳听见过的。可以说，《晨光熹微》这首诗写的是波德莱尔在此时此地的耳闻与目睹。"现实主义诗歌"这种概念是否成立，在不少人那里是存疑的。这首诗似乎是支持了那些持肯定意见的批评家，而且不乏说服力。

黎明是美丽而多彩的，然而巴黎的黎明不同，它是"暗淡"的。在一片灰蒙蒙的背景上活动或静止的人与物都是暗淡的，表现在形体上是疲倦，表现在精神上则是麻木。少年的头发不再金黄，荡妇的眼皮已然"青紫"，穷女人的乳房"干瘪冰凉"，产妇的痛苦"更加沉重"，病人在"垂死挣扎"，浪子则"力尽筋疲"，夜灯只如"发红的眼"，高楼与大厦被雾海"淹没"，本该嘹亮的鸡鸣却"像一声呜咽被翻涌的血噎住"。这些真实的细节无一不是暗淡的，这些暗淡无一不使人发生联想，而这些联想无一不朝向一个方向，其尽头是一个阴暗、悲惨、疲惫的世界。中国人常说"一日之计在于晨"，法国中世纪的"破晓歌"咏唱的是盼望重逢的依依别情。可见，黎明乃是一个开始的时刻，是一个孕育着希望的时刻，是一个向前跃动的时刻。而巴黎的黎明却相反，是一个结束的时刻，是一个心灰体惰的时刻，是一个趋向静止的时刻。

巴黎的黎明也是有色彩的，只是不曾在诗人的眼中留下映象，他只看见它在"红绿衣衫"下"瑟瑟发抖"。然而，黎明究竟是新的一天，巴黎究竟是"辛勤"的，它不能不抓起工具，慢慢地打破塞纳河的"寂寞"。我们终于看见了一线希望，这希望来自由"工具"象征的劳动。这首诗以四行诗为一节结尾，短而有力，于暗淡中透出一点亮色。可以说，波德莱尔创造了一个现代大都会的典型。

九

库忒拉岛之行

我的心啊像小鸟，快乐地飞翔，
围绕着缆绳自由自在地盘旋，
天空万里无云，帆船破浪向前，
仿佛天使陶醉于灿烂的阳光。

那是什么岛啊！凄凉而又阴暗？
人说是库忒拉，歌谣里的胜地，
老光棍儿们有口皆碑的乐土。
看啊，说到底不过是一片荒原。

——甜蜜隐私之岛，心灵欢悦之岛！
那古代维纳斯的绝美的幽灵
在你的海上飞翔如香气回萦，

使精神啊充满了爱情和烦恼。

美丽的岛,盛开鲜花,遍生香桃,
全世界历来都对你膜拜顶礼,
爱慕之情啊化作心儿的叹息,
如同玫瑰园的上空香烟缭绕,

或如野鸽咕咕鸣叫永不停歇!
——库忒拉不过是最贫瘠的土地,
一片被尖叫惊恐的荒沙乱石。
我却窥见一个东西怪异奇特!

那不是座林木掩映中的寺庙,
内有喜爱鲜花的年轻女祭司
走动,隐秘的热情烧灼着躯体,
一阵微风啊撩起了她的长袍。

就在我们贴着海岸航行之时,
雪白的风帆啊惊起鸟儿一片,
一个三根柱的绞架映入眼帘;
衬着蓝天,像一株黝黑的柏树。

一群猛禽栖在它们的食物上,

疯狂地撕咬一具腐烂的悬尸，
纷纷把邪恶的喙像镐样刨去，
刨进腐尸所有冒着血的地方；

双目已成空洞，肚子已被穿破，
沉甸甸的肠子流到了大腿上，
猛禽将丑恶的乐趣细细品尝，
坚喙一阵啄咬把他彻底阉割。

脚下还有一群垂涎的四足兽，
仰着嘴巴，在四周打转和徘徊，
那当中有一头大兽难熬难耐，
俨然有帮凶侍奉着的刽子手。

你住在库忒拉，美丽天空之子，
你默默地忍受着这种种凌辱，
为了那不洁的崇拜而受惩处，
为了那些罪孽承担无坟之苦。

可笑的悬尸，你同我一样受苦，
看见你摆动的肢体，我感觉到
往日的痛苦化作毒液的波涛，
一直涌上我的喉咙催我呕吐；

面对你，怀着珍贵回忆的苦人，
我感觉到了所有丑鸦的长喙，
我感觉到了所有黑豹的大嘴，
曾是那样喜欢咀嚼我的肉身。

——苍天一碧如洗，大海波平如镜；
从此一切对我变得漆黑血腥。
唉！我的心埋葬在这寓意之中，
好像裹上了厚厚的尸衣一重。

在你的岛上，啊，维纳斯！我只见
那象征的绞架，吊着我的形象，
——啊！上帝啊！给我勇气，给我力量，
让我观望我自己而并不憎厌！

说起库忒拉岛，人们多半会想到安托尼·华托的那幅画。明丽的色彩洋溢着欢乐的气氛，盛装的男女掩饰不住甜蜜的隐私，热情的举止中透出些许的放荡。他们要去的是爱情之岛啊！波德莱尔这首《库忒拉岛之行》也是以欢欣的音调、轻快的节奏开头，但仅仅是开头。甚至在这开头的四节诗中，已有不祥的形象露出端倪：诗人的心不在天空中翱翔，却围绕着缆绳盘旋，殊不知缆绳与绳索只一字之差，而天使陶醉于灿烂的阳光，焉知不会像伊卡洛斯一样被烧熔柔嫩的翅膀？果然，诗人的笔至第二节便急转直下，先是以讽刺的口吻说库忒拉岛是歌谣里的胜地和乐土，然后一语喝断：库忒拉岛"不过是一片荒原"。然而古代或传说中的库忒拉岛却并非如此。"甜蜜隐私之岛，心灵欢悦之岛"的慨叹和描绘，更反衬出今日之荒芜。诗的开头五节已隐然露出翻案之意，诗人将一扫传统的观念，呈现出一座崭新的、现代的爱情之岛。

于是，神话与现实、爱情与烦恼、野鸽之咕咕与某种骇人的尖叫，这一系列对比终于逼出了一个"怪异奇特"的东西。妙在不即指其名，而是先宕开一笔，从"不是"说起，这极富挑逗性和暗示性的四行诗，既让读者生出无穷的遐想，又让他进入一个神秘的世界，更仿佛欲扬先抑，使那"东西"出现得更突兀、更强烈，形象更为鲜明。到此，那个"三根柱的绞架"已经映入我们的眼帘，缆绳于是突然化作绞索，套住了诗人的心，也套住了我们的心。我们感到，航船继续向岸边靠近，我们终于看清楚了。诗人以极冷静、极客观、极细腻的笔触描绘出一场发生在爱情之岛上的惨剧，纤毫毕现，令人发指，我们不能不与诗人达成一种共识：这一切都是寓意，都是象征。悬尸、猛禽、四足兽，还有那头"大兽"，似乎在向我们展示爱情的不洁及其恶果。爱情的崇拜是不洁的崇拜，爱情的惩罚是"无坟之苦"：一颗永远漂泊无定的灵魂。诗人在与那悬尸的认同中，感到了强烈的悔恨和恐惧，"毒液的波涛"、"丑鸦的长喙"、"黑豹的大嘴"，这些令人惊怖的形象终于用厚厚的尸衣埋葬了他的心，然而，他并不想逃避这维纳斯之岛，他想学那十字架上的耶稣，"默默地忍受着这种种凌辱"。他向上帝祈求勇气和力量，试图用基督教的思想来抚慰和净化他的灵魂。这里，我们可以明显地感觉到，诗人是在精神和肉体的冲突中痛苦地挣扎着。这种冲突是爱情自身的冲突，它的向上的运动朝向平静的沉思，它的向下的运动朝向黑暗的死亡。爱情在波德莱尔的笔下永远是一场搏斗，世人津津乐道的爱情的欢乐，永远是在恶中品尝的。因此，他在维纳斯的岛上看到的，只能是"象征的绞架"吊着他的形象；倘若他能观望自己而并不憎厌，那也只能靠上帝给予的勇气和力量。

有研究证明，《库忒拉岛之行》受到奈瓦尔的一篇游记和爱伦·坡的一篇小说的启发，但是，正如波德莱尔的其他"旅行"一样，这库忒拉岛之行仍然是在他的头脑中、在他的回忆中进行的。因此，他让那幕惨剧发生在爱情之岛上，让它容纳和担负着那么多的"寓意"，完全是出于他的诗人的独创。当然，勇敢而冷静地自剖与自鉴，这也是波德莱尔区别于其他许多诗人的地方。可以说，自波德莱尔之后，爱情诗在许多方面不那么温柔了。

又一束"恶之花"

波德莱尔的文学创作除诗集《恶之花》之外,最重要的要算是散文诗集《巴黎的忧郁》了。据说,在法国以外的地方,较之《恶之花》,《巴黎的忧郁》更易于理解和欣赏,因此更受人欢迎。在我国出版的中译本,不知能否印证这个"据说"。

《巴黎的忧郁》初版于1869年,收散文诗五十首。这些散文诗写于1857年后的七八年间,在结集出版前曾陆续发表在报刊上,毁誉不一。散文诗并非自波德莱尔始,但波德莱尔确是第一个把它当作一种独立的形式,并使之臻于完美而登上大雅之堂的人。

在人们的印象里,巴黎一向是灯红酒绿、纸醉金迷、洋溢着"欢乐"的"花都",若说忧郁,冠之于雾都伦敦的头上似乎尚可,可波德莱尔偏偏写了一本《巴黎的忧郁》,这不是跟《恶之花》这形象一样的令人惊异吗?况且竟不是诗，而是什么"散文诗"，在一般深受笛卡儿主义熏陶的法国人心目中，诗与散文，譬如水火，本是对立的东西，举凡思想、感情、行为、言语、意境、形象、画面，非诗即为散文，反之亦然。故散文诗一词，也像"恶之花"一语，令人感到迷惑，不可接受。仅此两端，《巴黎的忧郁》就独树一帜、不同凡响。

波德莱尔曾经说，《巴黎的忧郁》"依然是《恶之花》，但是具有多得多的自由、细节和讥讽"。说它"依然是《恶之花》"是说诗人依然要"从恶中发掘美"。他在卷首的献词中明确指出，这些散文诗是要"描写现代的生活，更确切地说，是一种更抽象的现代生活"。不是随便哪一种，而是当时巴黎这座大城市中的生活。因此，诗人就像一个漫游者，在巴黎城中信步来去，他的见闻、感受、梦幻和沉思，就成了这些散文诗的题材。他看到的是：穷人望着灯火辉煌的咖啡馆而不得入，服丧的穷苦寡妇连痛苦也得节俭，卖艺老人晚景凄凉正如老文人穷愁潦倒……他感到"对美的研究是一场殊死的决斗"，大城市的喧闹扰乱了孤独者的心灵，从生到死没有多少时间是幸福的……他在梦幻中抵御各种各样的诱惑，到那"一切都是美的、丰富的、安静的、正直的"地方去生去爱去死，在自己的屋子里认识了"极度快乐的永恒"……他思考着艺术家的命运，他蔑视公众（实际上是资产者）的口味，他嘲笑所谓法兰西人的机智……总之，一种愤世嫉俗的情绪、悲观主义的思想笼罩着这个欢乐与痛苦、豪华与贫困尖锐对立的巴黎。《巴黎的忧郁》实际上是诗人的忧郁。

说《巴黎的忧郁》"具有多得多的自由、细节和讥讽",是说波德莱尔试图创造"一种诗意散文的奇迹"。这种"诗意散文"就是散文诗,"没有节奏和韵律而有音乐性,相当灵活,相当生硬,足以适应灵魂的充满激情的运动、梦幻的起伏和意识的惊厥"。读过《巴黎的忧郁》的五十首散文诗,我认为波德莱尔的创造是成功的。《异乡人》的空灵,《卖艺老人》的质实,《每人有他的怪兽》的象征,《头发中的半个地球》的联想,《在凌晨一点钟》的真诚,《美丽的多罗泰》的隽永,《老妇人的绝望》的凝练,《哪一位是真的?》的揶揄,《比斯杜里小姐》的荒诞,《献媚的射手》的冷静,《把穷人打昏吧!》的辛辣,《穷人的眼睛》的细腻……这一切都使《巴黎的忧郁》不单单是《恶之花》的另一种形式,而且在意境上、寓意上、细节上都有所深化和发展。波德莱尔的诗偶尔有散文化的毛病,这大概是他感到诗的形式束缚了他的思想,他在创作的后期致力于散文吧。

巴金在为这本书的题词中说:"相信它会为我们中国文坛增添一些有意义的新东西。"我想这是肯定的。但是令人不解的是,本书的《译本序》对《巴黎的忧郁》除了提到它"又名《小散文诗》"之外,一律以"散文集"或"散文"称之。须知散文诗与散文并不是一回事。散文诗是一种独立的文体,这也不是常识以外的东西,其道理自然不必在这里多讲了。我希望这种混淆是一种疏忽,而不是对波德莱尔开创之功的否认。

说散文诗

《读书》1983年第十一期《散文诗还是诗散文》认为,"散文诗与散文之间无论从实质上还是从文体上是很难区分的",根据来自辞书,结论是诗的"概念""比较模糊"。而我查阅辞书得到的结果是,概念十分清楚:"散文诗,兼有散文和诗的特点的一种文学体裁,是诗的一种。篇幅短小,有诗的意境,但像散文一样,不分行,不押韵。如鲁迅的《野草》。"而在"散文"项下,编者指出:"散文本身按其内容和形式的不同,又可分为杂文、小品、随笔、报告文学等。"其中独不见"散文诗"的字样。查阅《中文大辞典》,曰:"散文诗:外国诗体之一(prose poem)。散文体之诗也。其诗之律调、感情,不在于文字表面,须于内部求之,如法国波德莱尔、俄国屠格涅夫均为散文诗作家。"在我看来,中法辞书的编者们是把散文诗和散文当成两种有独立意义的文学体裁的。散文诗与散文之别,不在文体,而在实质，这实质就是：散文诗有散文的形体，诗的灵魂。

在各种文学体裁中，散文诗的资历要算是最浅的了，它作为一种独特的艺术形式出现并广泛流行不过是19世纪后半叶的事情。法国中世纪文学中有一种半诗半散的文学样式叫作"弹词"（la chantefable），代表作是产生于13世纪初的《奥卡森与尼柯莱特》，人们在其散文部分发现一些段落，抑扬顿挫，铿锵悦耳，朗朗上口。这种散文被称作节律散文（la prose cadencée）。半诗半散的"弹词"进一步发展，便出现了一种介于日常语言和诗歌语言之间的散文，很快流行开来，并于1540年获得了"诗意散文"（la prose poétique）这一名称。17世纪的古典主义者是严格区分诗与散文的，作家们被告诫要"十分注意在散文中避免用韵"，只有莫里哀例外，他不仅在剧中应用这种文体，并且还用过"诗的散文"一词。进入18世纪，法国诗歌呈现出一片衰败的景象，诗的散文乘虚而入，发表于1699年的《忒勒玛科斯历险记》就是一个典型。这部交织着史诗和抒情的作品又被称作"大散文诗"，这说明"诗的散文"有了进一步的发展，进入了一种散文与诗纠结不清的状态。朱自清先生在《什么是散文》中说到散文与诗的分别，指出"有两边儿跨着的，如所谓散文诗，诗的散文"。可以说，此时的"诗的散文"跨在散文的地方大一些。促使它向诗的方面再跨一步的是卢梭。他的强烈的个人抒情色彩，加强了节律散文的诗的成分，并使之富有音乐性。19世纪40年代，正当浪漫主义运动开始衰落的时候，浪漫派诗人阿洛修斯·贝特朗等人开始试写小散文诗。日内瓦大学荣誉教授亨利·莫利叶认为，当时散文诗已经作为一种文学样式被广泛地谈论着，并且在持续不断地发展着。这里的"散文诗"指的是贝特朗等人的小散文诗，也就是我们通常所说的"散文诗"，而所谓"大散文诗"则徒有其名，实际上是诗的散文的一种发展。这里我们注意到一个十分有趣的现象：散文诗是由诗向着散文的运动，保持的是诗的灵魂，披上的是散文的外衣；而诗的散文则是散文向着诗的运动，保留的是散文的本质，获得的是诗的形式。

在中国，散文诗的出现是在20世纪初，从孙玉石同志的《〈野草〉研究》一书中知道：早在1918年5月，刘半农就使用了"散文诗"一词，并开始尝试散文诗的创作，郭沫若在1920年发表了《我的散文诗》，郑振铎于1922年发表《论散文诗》，指出"许多散文诗家的作品已经把'不韵则非诗'的信条打得粉碎了"。茅盾也说："诗句不妨就是散文的句子，所以能连写成散文形的诗，仍旧是诗。"而鲁迅在1919年夏就开始了散文诗的创作。1924至1926年间，他写成了《野草》，并自称为"散文小诗"。《野草》是中国现代文学中的第一部散文诗集。上述事实至少说明，在中国新文学诞生的初期，那些先行者们是多么强调"散文诗是诗"和"散文诗是独立的文学体裁"这两个命题的。

我认为，散文诗不是散文，而是诗，是一种独特的文学形式。说《巴黎的忧郁》不是散文诗,理由之一:波德莱尔的"les petits poèmes en prose"一语,按"字面意义,应该译为散文化了的诗,即散文诗",但不能"生搬硬套过来,因为《巴黎的忧郁》显然不同于其他法国诗人的散文诗;也不同于我们中文通常指的那种散文诗"。我认为上面的法文词只有字面意义,没有什么玄奥难解的引申意义,应该径直译作"散文诗",而不是什么"散文化了的诗",更不是"诗散文"之类,"en"这个小词在这里可理解为"方式"或"形式",不应理解为"化"。散文诗是一种文学形式,只能说它宜于表现哪些内容,不宜于表现哪些内容,而不能根据内容来确定何者是散文诗,何者不是。散文诗这种诗体主要是从法国的波德莱尔和俄国的屠格涅夫那里引进的。所谓"我们中文通常指的那种散文诗"绝不是我们还不知道的某种东西,而是鲁迅的《野草》那样的散文诗。可以说,波德莱尔是初期在艺术上对中国现代散文诗发生了最大影响的一位外国作家。文学体裁是公共的,中外皆是一样,不同土地上的散文诗只有构思、意境、哲理、造语等的不同,其为散文诗之一也。

说《巴黎的忧郁》不是散文诗的理由之二:集中"大多数还是具有叙事、议论等特点的散文"。的确,"诗要用形象思维,不能如散文那样直说"。宋诗爱发议论,成为一大弊病,但是,这并不是说诗不可以议论,苏轼的《题西林壁》未尝不是一首好诗。因此,不能一见议论,就立刻以为非诗。叙事之于诗，亦可作如是观。如果承认《巴黎的忧郁》较之《恶之花》，在意境、感受、哲理、色彩、内在的韵律等方面都有新的创造的话，即承认它"有多得多的自由、细节和讥讽"的话，那么，单凭着某些篇章中有叙事和议论，是绝对不足以把《巴黎的忧郁》逐出诗国的。实际上，充满诗意的叙述，富有哲理的议论，从不曾为散文诗所拒绝过。《野草》中的《风筝》有叙事，《聪明人和傻子和奴才》有议论，谁能说它们不是散文诗呢？诗尚可议论和叙事，散文诗为什么却反而不能呢？

至于"诗散文"这一说法是否"更为贴切"呢？我以为不然。诗意散文、含诗散文、诗散文，它们所表示的终究还是散文，而散文诗一词，虽然只不过是词的顺序颠倒了一下，它所表示的却是诗。我们常说"循名责实"，一字之差，意义全非，是不可以随意更换的。介绍一部作品，重要的当然是读，"领会其中的意味"，但对其形式也不能不加考辨。而就《巴黎的忧郁》来说，不承认它是散文诗，就等于没有完全领会它的意味。我认为，确定一部作品属于何种体裁，并非"不重要"，否则，一百多年来人们为确立散文诗的诗的地位而进行努力和斗争岂不成了庸人自扰了吗？

比喻式批评的凤凰涅槃

《波德莱尔美学论文选》译后随想一

波德莱尔作为批评家,有许多文字十分精彩,使我感到亲切的亦且不少,但使我感到亲切并生出许多联想的却只有寥寥几句话,其中有一句是:"我总是喜欢在外部的可见的自然中寻找例子和比喻来说明精神上的享受和印象。"记得初读时,真仿佛"他乡遇故知",我一下子想到了中国传统的诗文评,尤其使我欣喜的是,波德莱尔此语并不是从中国人那儿"拿来"的。

"韩潮苏海"、"郊寒岛瘦"之类的词语,可以被判为"笼统"、"模糊",但我却常常因其"笼统"和"模糊"而叹服批评家感觉的准确。韩愈的古文,每以气势胜,铺天盖地而来,逼得你无处可退,非读罢不能释卷,其风格以一个"潮"字了结,可以说是点睛之笔。苏轼为文,"如行云流水",浩漫无涯,"行于所当行,止于所不可不止",正是一派大海的景象。孟郊"喜为穷苦之句",诗境凄清,读之若有寒气袭来。贾岛造语奥僻,"两句三年得,一吟双泪流",漫说是诗瘦,连人都要瘦了。欧阳修有句:"下视区区郊与岛,萤飞露湿吟秋草。"正是对郊岛诗境的精微细腻的体味,其比喻之恰切生动又足以使读者浮想联翩,恍若身临其境。感觉与观察不同,感觉的准确不能还原为抽象的概念,直寻与推理不同,直寻的结果不能依仗体系的佑护。如若表达,比喻是一条必然的坦途。

阿米尔说:"任何风景都是一种心境。"此话反过来说,似乎也同样有道理。用具体的形象或感觉来品评诗文,甚至概括一位作家的风格或他所创造的世界,这是中国传统的文学批评的显著特点。无论是寒、瘦、清、冷,是气、骨、神、脉,是文心、句眼、肌理、性灵,是采采流水、蓬蓬远春、出水芙蓉、镂金错彩,还是"柳郎中词,只好十七八女孩儿,执红牙拍板,唱'杨柳岸晓风残月';学士词,须关西大汉,执铁板,唱'大江东去'";都是用感觉、形象、意境从整体上直接地、综合地把握欣赏对象,将由作品能发唤起的意象感情凝固在鲜活明丽的比喻之中。这种批评的终极目的是通过比喻抓住对象总体的精神风貌,正如《庄子·外物》所说:"筌者所以在鱼,得鱼而忘筌;蹄者所以在兔,得兔而忘蹄;言者所以在意,得意而忘言。"对于这些批评家来说,品鉴诗文是为了获得"精神上的享受和印象",所谓"舍筏登岸",岸是目的,筏是手段,目的既达,筏自然应该舍弃。比喻原本可以被看作是"筌"、"蹄"、

"言"、"筏"之类，但有些比喻已成为目的的一部分，进入"鱼"、"兔"、"意"、"岸"的领域。看看中国文学批评的许多概念术语本身就是比喻，这种筌鱼、蹄兔、言意、筏岸混而为一的现象便可了然。在中国批评史上，钟嵘、司空图，直到王国维，都有过不少精美贴切的比喻，读者不仅可以借此把握作家作品的风神，而且可以欣赏设喻者的运思之妙，更可以由此生出新的联想，创造出新的比喻。

当然，"比喻有两柄而复具多边"（钱锺书语），其朦胧惝恍之中既无质的规定性，又无量的精确性，颇使一些崇尚科学的批评家反感，他们要求严密的逻辑、清晰的推理、可以验证的过程和可以重复的模式。探求所以然的努力是值得尊敬的，除旧布新的勇气也是需要一鼓再鼓的，因为谁也不能设想，论韩愈文，只一个"潮"字便可打发；评温庭筠词，只一句"似'画屏金鹧鸪'"即告成功……我们需要知道如何捕到鱼，如何捉到兔，如何得到意，如何登上岸。然而追求博大精深、试图营造体系的批评家们不可忘记，批评作为审美活动不能没有神秘朦胧的成分，也不能没有阐释之余的"残渣"（瑞士人斯塔罗宾斯基语），更不能没有触发新的联想的契机。批评本质上是两个主体（创作主体和批评主体）之间以客体（作品）为中介的无穷尽的往返。

作家及其作品、批评家的感觉、一片风景、一具人的躯体，这中间有什么联系？然而有比喻为津梁，就做成了"语境间的交易"（英人瑞恰慈语），遂使双方获益。不必说，长袖善舞、多财善贾，不同的人对同一对象的感觉自然有深浅、雅俗、逸滞、敏钝甚至有无的分别。设喻并非一件容易的事，也不是可以率意为之的。好的比喻可以成为不易之论，必然是批评家在潜沉涵泳数度往返之中获得的，真真非"左攀右涉，晨跻夕览，下上陟顿，进退周旋"（高棅《〈唐诗品汇〉总序》）不可。他已全身心地沉浸在所面对的诗文之中，主客间的界限泯灭了，眼前的文字不再是墨迹，而是化为梦境、回忆和经验（生活经验和阅读经验），交织成混茫的一片。突然，有某种东西冒出来，那是一种形象、一种感觉，或一种节奏，由模糊而清晰，渐次呈现，如红日于转瞬间跃出海面，他必须抓住，迅速地、紧紧地，并使之驯服地落在纸上，化为文字。这是一种整体的、综合的、直接的体味和观照。找到准确贴切的比喻，并非人人得而为之。俞平伯评王国维《人间词话》，有"固非胸罗万卷者不能道"之誉，正说明所谓"印象式批评"（这里暂且把王国维的某些批评归入印象式批评）之印象，并非任何人的印象。我们见过一种批评，所做无非是简述情节或情境，然后随意谈点什么感想，或臧否，或评断，或说教。这种批评怕不能称为印象式批评，只能称为感想式批评，因为批评者的"灵魂"并不曾在杰作中"冒险"，而是只在门口徘徊张望一阵，就以为"吾得之矣"，回来兴冲冲地说与别人听。这样的批评只能是言之者谆谆，闻之者藐藐，其间绝没有"语境间的交易"，自然谁也无益可获。有的人的大脑是一张曝过光的胶片，已经一劳永逸地完成了它的功能。他们可以有清晰的概念、严密的逻辑、复杂而壮观的体系，但是他们往往对付不了一首小诗。任何一件生气灌注的作品经过他们的解剖台，都要被大卸八块。他们身后留下的，只是一堆堆残肢断臂。

波德莱尔是一位具有灵心妙悟的批评家，他敢于说："对于一幅画的评述不妨是一首十四行诗或一首哀歌。"反之，对于一首十四行诗或一首哀歌的评述自然也不妨是一幅画。诗画可以沟通乃至交融，是因为二者可以带给欣赏者同一种"精神上的享受和印象"，而且此种"享受和印象"还可以还原为某种形象、感觉或节奏。我们且来看波德莱尔从"外部的可见的自然中"找到了什么样的"例子和比喻"，来说明他的精神上的"享受和印象"。他在读过女诗人玛斯丽娜·代博尔德-瓦尔莫的诗之后，这样写道："青年人的眼睛，在神经质的人那里，是既热情又敏锐的，当我带着这样一双眼睛阅读瓦尔莫夫人的诗歌的时候，我的感受使我陷入冥想。我觉得她的诗像一座花园，但不是庄严壮丽的凡尔赛，也不是那种巨大、夸张、优美如画的巧妙的意大利式花园，意大利是深知造园艺术的，不，甚至也不是我们的老让·保尔的笛谷和特那尔山。那是一座普通的英国花园，浪漫而热情。一丛丛鲜花代表着感情的丰富表现，清澈而宁静的池水映照着反靠在倒扣的天空上的各种东西，象征着点缀有回忆的深沉的顺从。在这座属于另一个时代的迷人的花园里，什么也不缺少，既有几处哥特式的废墟隐藏在田野中，又有不为人知的坟墓在小路的拐角突然抓住我们的灵魂，劝它想着永恒。弯弯曲曲、浓荫匝地的小路通向骤然出现的天际。这样，诗人的思想经历了变幻无穷的曲折，朝着过去或未来的广阔远景打开了，但是，天空太大，不能到处都一样的纯净；天气太热，不能不出现暴风雨。散步者一边凝视着这蒙上一重丧服的广阔景色，一边感到一股狂热的泪水涌上了眼睛。花儿打败了似的弯下腰，鸟儿也只能低声地说话。紧接着一道闪电，炸开了一记惊雷：这是感情的爆发，终于，不可避免的泪之洪流给这些消沉的、痛苦的、沮丧的东西带来了一种崭新的青春的新鲜和坚实！"如许长的引文似乎已把话说尽，我们只须明白：波德莱尔已然把我们投进了瓦尔莫夫人的诗境。历来评瓦尔莫夫人的诗，用得最多的词是"真挚"、"感人"、"一片天籁"等等，我看都不如波德莱尔的这一段比喻来得贴切，它生动地显露出一颗痛苦的灵魂如何在感情的波澜中顽强地追寻自我的本质。乔治·布莱在《批评意识》一书中，把波德莱尔的这一段文字称为"诗的移植的好例"，把"找到比喻"作为波德莱尔的批评的归宿，指出："波德莱尔的批评，像现代批评中很大的一部分一样，本质上是一种比喻式批评。"乔治·布莱是被称为意识批评的日内瓦学派的代表人物，力倡一种"认同批评"，即批评家的意识和作家的意识要相遇、相认、相融合。比喻，实际上是两个意识相互认同的产物，可以说，没有认同就没有比喻，而没有比喻，就意味着认同不曾实现。现代批评之所以特别重视比喻,其原因在于它对批评家主体意识的重视。波德莱尔的批评的现代性,于此可见一斑。

比喻式批评与印象式批评有着天然的联系,但比喻似乎并不止于印象。印象式批评家可以满足于纯粹的、一己的感觉,陶醉于灵魂在杰作中冒险所获得的乐趣,而比喻式批评家则要赋予感觉一种具体的形式,"近取诸身,远取诸物",在批评意识和创作意识的往返契合中实现认同。日内瓦学派的创立者马塞尔·雷蒙论波德莱尔说:"诗人从感官世界取得材料,锤炼成他自己的幻象或他所梦幻的幻象,他所要求于感官世界的,是给予他诉说心灵的工具。"比喻式批评家本质上是一位诗人,也是从感官世界取得诉说心灵的工具,只是他要以别人的作品为契机,或为中介。因此,比喻式批评家在为别人的作品寻找比喻的同时,也画出了自身意识活动的轨迹。波德莱尔有一首诗,题为《灯塔》,开始的八节是这样的:

> 鲁本斯,懒散的乐土,遗忘之川,
> 新鲜的肉枕头,其上虽不能爱,
> 却汇聚生命的洪流,骚动不断,
> 就仿佛天上的空气,海中的海;
>
> 莱奥纳多·达·芬奇,深邃幽暗的镜,
> 映照着迷人的天使笑意浅浅,

充满神秘,有冰峰松林的阴影,
伴随他们出现在闭锁的家园;

伦勃朗,愁惨的医院细语呶呶,
一个大十字架是仅有的饰物,
垃圾堆中发出了哭诉的祈祷,
突然有一抹冬日的阳光射入;

米开朗琪罗,但见那无名之地,
力士基督们杂然一处,霞光中
一些强有力的幽灵傲然挺立,
张开五指撕碎了裹尸布一重;

农牧神的无耻,拳击手的义愤,
你呀,你善于把粗汉的美汇集,
骄傲伟大的心,软弱萎黄的人,
布杰,你这苦役犯忧郁的皇帝;

华托,狂欢节许多卓越的心灵,
蝴蝶一般到处游荡,闪闪发光,
灯光照亮了新鲜轻盈的布景,
使这旋风般的舞会如癫如狂;

戈雅，充满着未知之物的噩梦，
巫魔夜会中人们把胎儿烹煮，
揽镜自照的老妇，赤裸的儿童，
好让魔鬼们理好它们的袜子；

血湖里恶煞出没，德拉克洛瓦，
周围有四季常青的树林遮蔽，
奇怪的号声在忧愁的天空下
飘过，仿佛韦伯被压抑的叹息；

这里是八位画家和一位作曲家，除戈雅之外，其余皆以比喻概括其主题或风格。有论者认为，戈雅之所以是个例外，是因为他的画本身已经是比喻。诗中所有这些比喻的运用，在波德莱尔，都是为了"理解自己，把自己变成自己的镜子"，也就是说，使自己"同时成为创造者和批评者"。波德莱尔研究的权威，克洛德·皮舒瓦教授则更为明确，他指出《灯塔》一诗不止于"描绘"，对某些画家来说，如鲁本斯、华托，特别是德拉克洛瓦，波德莱尔对其"造型因素的'消化'已达到这种程度，他所提到的画家的作品已经不能被一一认出，而他则把这些画家的风格放在自己的想象力的坡道上，创造出新的作品……而这一切非借助于印象主义不可"。这里的"消化"一词意味深长，它使我想起了庄子"周公梦蝶"的故事，而最后一句话则明白道出了比喻式批评和印象式批评之间的联系。前面已经说到中国传统的文学批评的一个特点，依我看，印象式批评似不足以当之，而比喻式批评倒庶几近之。时下印象式批评已因备受轻蔑而遭遗弃，比喻式批评则更因自惭形秽而无论矣！

其实，比喻式批评并非中国古人的专利，"西洋一二灵心妙悟的批评家，也微茫地、倏忽地看到这一点"，尽管其"偶然的比喻，信手拈来，随意放下，并未沁透西洋文人的意识，成为普遍的假设和专门的术语"（钱锺书语）。这里重要的是西洋有这样的批评家，或一二，或三五，或根据乔治·布莱的说法，竟是现代批评的"很大的一部分"。

在西方文学批评史上，比喻式批评的源头也许可以追溯得很久远，例如古罗马时期的郎加纳斯在《论崇高》中就说过："柏拉图的散文尽管像潺缓的溪水平静地流着，他却仍然是崇高的。"被乔治·布莱称作"现代批评的真正鼻祖"的蒙田则声称要"通过想象钻进陌生的生命之中"，他有过这样生动的比喻：儿童教育的"目的在于德行，而德行并不像经院哲学说的那样被栽植在陡峭的高山上，道路崎岖，不可接近。相反，走近它的人认为它是在美丽、肥沃、鲜花盛开的高原上，人立于其上，一切尽收眼底；识途的人能够走近它，那是一条浓荫蔽日、花气芬芳、坡缓地平有如穹顶的道路"。19世纪的浪漫派批评特别推崇想象力，自然更少不了借助于比喻，柯尔律治这样评莎士比亚："在莎士比亚的诗中，创造力与智力扭在一起，好像在战斗中扭抱搏斗一样。

每一方在其力量无节制时,大有消灭对方之势。它们终于在戏剧中和好,在战斗时彼此互相以盾保护着对方的胸膛。或者说,它们像两条急流,最初在狭窄的石岸间相遇时,彼此互相排斥,激撞喧嚣着勉强混合在一起,但不久在流入较宽的河渠和更能容纳它们的河岸后,它们就混合在一起,扩张开来,合成一股,带着一片和谐声奔流而去。"波德莱尔显然属于他们的行列,但似乎更为自觉、更敏锐地意识到西方批评传统中的某种不足。他批评法国的公众"对真的兴趣压迫并窒息了对美的兴趣","他们的感觉是渐次的,有分析的,或者更正确地说,他们这样做出判断。其他有些民族更为幸运,他们的感觉是立刻的、同时的和综合的"。波德莱尔的不满当然是渊源有自,但对于现代批评中的一股强大的新潮流来说,未尝不是一记有力的先鞭。

叶嘉莹先生曾指出:"中国文论中'兴'的一词,在英文的批评术语中,根本就找不到一个字可以翻译。这种情形,实在也就显示了西方的诗歌批评,对这一类感发并不大重视。"证以波德莱尔的不满,这一观察大体上是不差的。我所以说"大体",一是说,"兴"这个词之不可译,只意味着没有一个固定的词来译它,并非真的"找不到一个字可以翻译"。其实这也难怪,"兴"这个词在中国文学批评术语中就不止一解,怎么能指望外语中有一个固定的词来译它呢?二是说,西方究竟还有"一二灵心妙悟的批评家"看到了"这一类感发",而且已有批评大家正在改变以往"不大重视"的局面。目前，20世纪初的一位批评家夏尔·杜波斯正在引起越来越广泛的注意，而他的批评的特点恰恰是"描述结果而非原因"，几近于"舍筏登岸"之说。乔治·布莱对此有评论道："具有感发作用的灵性之活动与接受精神之被动相对应。夏尔·杜波斯力图完成的，就是将前者作为原因力量来把握，并加以吸收同化，从内部体验精神在精神中的这种展现。"简言之，这里说的是，杜波斯在批评中努力主动地承受创造能力所具有的那种"兴发感动之作用"（叶嘉莹语）。果然不出所料，杜波斯正是在批评中常常借重于形象的比喻。

比喻式批评曾经在中国有过它的黄金时代，就是在西方，它也不曾是一只"拣尽寒枝不肯栖"的孤鸟，今天新的远景又在它面前展开。我们有理由相信，它将变成一只再生的凤凰，从文化反思的烈火中飞出，在中国，在世界。当然，谁也不会天真到这种程度，以为比喻式批评仅仅是在批评中用一二条比喻。

"池塘生春草"：康复者眼中的世界
《波德莱尔美学论文选》译后随想二

"池塘生春草，园柳变鸣禽"，千古不废，与时并进，尤其是"池塘"句，宋人吴可《学诗诗》赞曰"惊天动地至今传"。自六朝以来一千五百六十多年间，论者代不乏人，多以为然，几少持异议者，而持异议者又鲜能力排众议，独树一帜，以真知灼见为人折服。例如宋人李元膺，他说他"反复求之，终不见此句之佳"。又如元人王若虚，他说李的见解"正与鄙意暗同"。然而，前者是只讲判断，未讲道理；后者总算讲了一点理由，说是由于"谢氏之夸诞"[1]。可惜这里王若虚犯了因人废言的错误，因为谢灵运固然以"好雕镌"为人诟病，但这毛病恰恰不见于"池塘"句。所以，谢灵运的这两句诗，前人或称佳句，或称"好句"，或称"妙句"，或称"奇句"，都还能赢得今日读者的赞同。

---

[1] 王若虚：《滹南诗话》。

然而，古人谈艺，往往是登岸舍筏，得意忘言，后人徒恨其语焉不详。就以"池塘"句而论，曰佳曰好曰妙曰奇，俱无不可；若问何以为佳为好为妙为奇，却是各有灵犀，所通不在一点。

例如唐释皎然《诗式》说："'池塘生春草'，情在言外。……诗有二义，一曰情，二曰事。……情者如康乐公'池塘生春草'是也。……谢在永嘉西堂梦见惠连，因得'池塘生春草'之句，此句得非神助之乎？"同是唐人，贾岛《二南密旨》说："诗有三格：一曰情，二曰意，三曰事。情格一；耿介曰情；外感于中而形于言，动天地，感鬼神，无出于情，三格中情最切也，如谢灵运诗：池塘生春草，园柳变鸣禽。"唐去六朝不远，一说"情在言外"，一说情"形于言"，所重在一个"情"字。征之钟嵘《诗品》："《谢氏家录》云：康乐每对惠连，辄得佳语。后在永嘉西堂思诗，竟日不就，寤寐间，忽见惠连，即成'池塘生春草'。故常云：'此语有神助，非吾语也。'"又可知这山水之情中渗透了一种兄弟情谊。日人遍照金刚《文镜秘府论》则说："凡高手，言物及意，皆不相依傍。"他举的例子中就有"池塘生春草，园柳变鸣禽"一联。这是说此联妙在含蓄，不着一字而情溢于外矣。

宋叶梦得《石林诗话》云："'池塘生春草，园柳变鸣禽'，世多不解此语为工，盖欲以奇求之耳。此语之工，正在无所用意，猝然与景相遇，借以成章。不假绳削，故非常情所能道。诗家妙处,当须以此为根本,而思苦言艰者往往不悟。"这是说诗人在没有任何心理准备的情况下对外在景物发生了一种惊奇感,不期而遇,不寻而得,直书所见即有天然之工。王楙《野客丛书》则云:"仆谓灵运制《登池上楼》诗,而于西堂致思,竟日不就。忽梦惠连得此句,遂足成诗。是非登楼时仓促对景而就者。谓'猝然与景相遇,备以成章',殆恐未然。盖古人之诗,非如今人牵强凑合,要得之自然,如思不到,则不肯成章。故此语因梦得之自然,所以为贵。"王楙批评了"猝然与景相遇"之说,仍主梦中得句之说,但是他强调了"致思"而后"得之自然",非偶然之功也。不过,我们今天却难以看出"梦惠连"与"池塘生春草"之间有什么联系,这一自然景物分明是谢灵运眼中所见之物,倘若不是猝然相遇所引起的惊奇触发了他的诗兴,则必有别的缘由使他感到了春意的盎然。如同元人刘将孙所言:"古今诗人自得语,非其自道,未必人能得之,如谢灵运'池塘生春草',自谓梦惠连至,如有神助。非其郑重自爱,兼家庭昆弟之乐,托之里许,此五字本无工致,或者人亦皆能及也。"这里所说的"家庭昆弟之乐"已隐含于钟嵘《诗品》谢惠连项下,更已在宋释惠洪《冷斋夜话》中被明确点出:"舒公云:'池塘生春草,园柳变鸣禽'之句,谓有神助,其妙意不可以言传。'而古今文士,多从而称之,谓之确论。独李元膺曰:'予反复观此句,未有过人处,不知舒公何从见其妙。'盖古今佳句,在此一联之上者尚多。古之人,意有所至则见于情,诗句盖其寓也。谢公平时喜见惠连,梦中得之,盖当论其情意,不当泥其句也。"这里的重点不在梦中得句,而在梦中得遇平时喜见的惠连,其喜悦之情与句中所含的欢欣之意相合,故"当论其情意,不当泥其句"。其实,叶梦得的"猝然与景相遇"是以句论,"无所用意"而意在其中,惠洪的"梦中得之"是以情论,不泥其句而"意有所致",猝然、自然、神助等等,皆无害。

俞文豹《吹剑录》曰:"池塘生春草,园柳变鸣禽,本非杰句,而灵运得意焉者。有谓康节云:禽鸟飞类,得气之先者,故尧定四时,必以鸟兽。……盖历家出于人事,禽鸟得于天机,最可占验,灵运意亦然,谓池塘方生春草,园柳已变鸣禽。曰变者,言其感化之速,往往人未及知。灵运意到而语未到,梦中忽得之,故谓有神助。"此说的好处,是撇开惠连而指出诗人之心对四时变化的感应,梦中所得已先由意得,有神助而无神赐。同是宋人,曹彦约也因"新春盛寒中闻禽鸟声有春意"而记下一说:"谢灵运'池塘生春草'之句,说诗者多不见其妙,此殆未尝作诗之苦耳。盖是时春律将尽,夏景已来,草犹旧态,禽已新声。所以先得变夏禽一句(此句有作'园树变夏禽'者),语意未见,则向上一句,尤更难著。及乎惠连入梦,诗意感怀,因植物之未变,知动物之先时。意到语到,安得不谓之妙。诸家诗话所载,未参此理。"[1]

---

[1] 《宋金元文论选》。

金人元好问重在新鲜脱俗，其《论诗绝句》赞曰："池塘春草谢家春，万古千秋五字新。"他更拈出"超然"二字，用以扣住"池塘"句的神髓："坎井鸣蛙自一天，江山放眼更超然。情知春草池塘句，不到柴烟粪火边。"明张溥《汉魏六朝百三家集题辞注》称谢灵运"吐言天拔"、"素心独绝"，"池塘"句足以当之。

明谢榛《四溟诗话》指出："谢灵运'池塘生春草'，造语天然，清景可画，有声有色，乃是六朝家数，与夫'青青河畔草'不同。叶少蕴但论天然，非也。又曰：'若作池边、庭前，俱不佳。'非关声色而何？""天然"早已经人道出，例如葛立方《韵语阳秋》就说"池塘"句是"混然天成，天球不琢"。这里谢榛又加上了"有声有色"，的确体味到一种充满动感的郁郁勃勃的生机，然而这生机不独出自"清景可画"的外部世界，还应出自诗人自身的感受，即诗人的内心世界中必须也是充满了一片盎然的生机。

从诗人的主体感受出发论"池塘"句，有清人方东树，他在《昭昧詹言》中说到《登池上楼》时写道："此写病起登楼，满怀郁抑。'褰开'以下，乃写久病初起，风景一变如画。……'池塘'句，公自谓有神助，非人力。窃谓学者必真能知此句之妙不易得，乃有诗分。"前人只是在"梦"、"神助"、"自然"等等之上打圈子，终不肯于诗中下功夫，把个"病起登楼"这基本背景抛在脑后，说来说去终是隔了一层，搔不到痒处。《登池上楼》的中间几句是这样的："徇禄反穷海,卧疴对空林。衾枕昧节候,褰开暂窥临。倾耳聆波澜,举目眺岖嵚。初景革绪风,新阳改故阴。池塘生春草,园柳变鸣禽。"病起登楼的情景,宛然在目。方东树在"病起"上做文章,可谓"真能知此句之妙"。然而在他之前,宋人田承君说得更为显豁明白:"'池塘生春草',盖是病起忽见此为可喜,而能道之,所以为贵。"[1] 田承君"乃有诗分"者,看他笔下"忽见"、"可喜"、"能道之",三者环环紧扣,间不容发,真好似逼着谢灵运承认这五个字蕴藏着无限的生机和无限的喜悦,而这一切都是因为"病起",因为"衾枕昧节候"。试想,如果不是在一个卧床日久不知季节变换的人的眼中,像"池塘生春草"这样平常的景物如何能引起这样的惊奇、喜悦和珍爱?读者若不是想到谢灵运病起登楼,如何能体会到这平淡的诗句中蕴含着的不平淡的感情?田承君此说片言居要,一针见血,可谓胜解。

多少年来,论者一说到"池塘生春草",大多离不开"自然"、"天然"、"率然"、"猝然"之类,这些当然都不错,但似乎都偏于一得之见,没有触着根本。此句之工,根本在于透露出一个艺术家对待外部世界应抱的心态,即如同一个久病初起渴望着重新拥抱生活享受生活的人一样,胸中涌动着一股不可遏止的热情:他已经缠绵病榻许久,他已经失去许多生活的机会,他不想再失去,他唯恐再失去,他要

---

[1] 宋阮阅编《诗话总龟》。

追回失去的时间，一草一木，一鸟一虫，任何微不足道的东西都值得他喜爱和珍视。这是一种康复者的热情，这热情是一个艺术家最可宝贵的东西，他应该永远保持这种唯恐失去什么的心态，这能使他在人生面前不消极、不迟钝、不麻木，使他总是带着新鲜的感觉，向着世界睁大惊奇的眼睛，康复者充满了渴望的眼睛。

"池塘生春草"，乃是这康复者眼中的世界。

对于康复者，波德莱尔曾经有过极好的说明。他在评论画家贡斯当丹·居伊的时候，这样写道："G先生一觉醒来，睁开双眼，看见刺眼的阳光正向窗玻璃展开猛攻，不禁懊悔遗憾地自语道：'多么急切的命令！多么耀眼的光明！几小时之前就是一片光明啦！这光明我都在睡眠中丢掉啦！我本来可以看到多少被照亮的东西呀！可我竟没有看到！'于是，他出发了！他凝视着生命力之河，那样的壮阔，那样的明亮。"假如我们单单读到这一段生动的描述，我们会想，可怜的G先生，几个小时的睡眠就让他如此遗憾懊悔，倘若他卧床数日数月甚至数年又当如何呢？果然，波德莱尔这样回答我们："请设想一位精神上始终处于康复期的艺术家，你们就有了理解G先生的特点的钥匙。"那么，且让我们来看波德莱尔笔下处于康复期的人："在一家咖啡馆的窗户后面，一个正在康复的病人愉快地观望着人群，他在思想上混入在他周围骚动不已的各种思想之中。他刚刚从死亡的阴影中回来，狂热地渴望着生命的一切萌芽和气息。因为他曾濒临遗忘一切的边缘,所以他回忆起来了,而且热烈地希望回忆起一切。终于,他投入人群,去寻找一个陌生人,那陌生人的模样一瞥之下便迷住了他。好奇心变成了一种命中注定的、不可抗拒的激情。"这里说的是爱伦·坡的小说《投入人群的人》,波德莱尔正是利用了一个康复期的病人的心态来说明一个艺术家的心态:同样的敏感,同样的渴望,同样的好奇心。他们都按捺不住地要投入生活、投入人群,他们都被什么东西强烈地吸引着,他们都时刻准备着上路去追寻、去探索、去体验。

于是,波德莱尔又说:"康复期仿佛是回到童年。正在康复的病人像儿童一样,在最高的程度上享有那种对一切事物——哪怕是看起来最平淡无奇的事物——都怀有浓厚兴趣的能力。……儿童看什么都是新鲜的,他总是醉醺醺的。……儿童面对新奇之物,不论什么,面孔或风景,光亮,金箔,色彩,闪色的布,衣着之美的魅力,所具有的那种直勾勾的、野兽般出神的目光应该是出于这种深刻愉快的好奇心。"我们应该承认,波德莱尔的这番话乃是万古不移之论,因为它来自人类的共同经验。在他之前三百年,明人袁宏道就在《叙陈正甫会心集》一文中写道:"夫趣得之自然者深,得之学问者浅,当其为童子也,不知有趣,然无往而非趣也。面无端容,目无定睛,口喃喃而欲语,足跳跃而不定,人生之至乐,真无逾于此时者。孟子所谓不失赤子,老子所谓能婴儿,盖指此也。"古今中外,文心相通若此,真令人又惊又喜，惊喜之余，我们毫不怀疑，波德莱尔在解释了被他称为"现代生活的画家"的贡斯当丹·居伊的特点的同时，也解释了天下所有艺术家的特点，虽然他们可能会以相互矛盾的方式证明："生活的任何一面都不曾失去锋芒。"当然，我们不会忽略波德莱尔的这一句话："天才不过是有意的重获的童年，这童年为了表达自己，现在已获得了刚强有力的器官以及使它得以整理无意间收集的材料的分析精神。"然而，在某种意义上说，艺术家与儿童的区别并不重要，重要的是他能够"不失赤子"、"能婴儿"。因此，波德莱尔希望人们把G先生"当作一个老小孩"，"当作一个时时刻刻都拥有童年的天才的人"。这就是说，假使一位艺术家用一副老于世故的眼光看世界，那他就什么也看不到，因为他是过来人，什么都见过了，什么都看透了，什么都不新鲜了，什么都"失去锋芒"了。试想，像"池塘生春草"这样的景物如何能使他"忽见此为可喜，而能道之"呢？

近年来，"诗无达诂"这一古训似乎是中兴了，论者们追求的解胜解的努力有可能被视为迂阔或可笑。然而这"达"字并不意味着各种"诂"都可以平分秋色，不论优劣。就以"池塘生春草"而论，明人胡应麟《诗薮》说"不必苦谓佳，亦不必谓不佳"，似乎又宽容又通达，但实际上不过是表明了面对这句诗的魅力所感到的一种困惑罢了。假如我们参照波德莱尔关于康复者的论述，我们不仅可以理解"池塘"句的深刻内涵，还可以摸索出这句诗产生魅力的机制,甚至可以推知一切艺术家面对外部世界所应具有的心态。这样的话,我想是可以更接近达的。

用康复者的眼光看世界,诗人当如此,读者亦当如此,如此则"池塘生春草"将具永久的魅力。

批评：主体间的等值
《波德莱尔美学论文选》译后随想三

试比较两段文字：

—取自庄子的《齐物论》，其言曰："昔者庄周梦为胡蝶，栩栩然胡蝶也，自喻适志与，不知周也。俄然觉，则蘧蘧然周也。不知周之梦为胡蝶与？胡蝶之梦为周与？周与胡蝶，则必有分矣。此之谓物化。"

—取自乔治·布莱的《批评意识》（1971），说的是："阅读是这样一种行为，主体的原则——我称之为'我'——通过它变得我无权再将其视为我之'我'了。我被借与另一个人，这另一个人在我的内心中思想、感觉、痛苦和骚动。"

布莱未必读过庄子，也不必读过庄子，他们尽可以在不同的时空中说及同一种现象：对美的直觉的把握。庄子以寓言发于前，布莱以直白应于后，虽异曲而同工。在庄子，说的是主客冥合、物我两忘，是虚与静的"心斋"，是离形去知的"坐忘"，是美的观照的最高境界。在布莱，说的是剥除我障、遍照真我，是"全面地应答所读或所赏的作品发出的暗示"，是"两个意识的相遇"，是阅读和批评的"原初运动"。用庄子的话说，是"虚室生白，吉祥止止"；用布莱的话说，是"没有两个意识的遇合，就没有真正的批评"。

西方当代文学批评的最大特点是强调批评意识和创作意识的一致性，或称"同情"（la sympathie），或称"结合"（la conjonction），或称"遇合"（la coïncidence），或称"认同"（l'identification），总之，用布莱的比喻，是"把一条河的两条支流在一个斜坡上汇合起来"。这种被称为"认同批评"的批评观念是所谓"法国新批评"的重要组成部分，乔治·布莱则因提出这种观念而往往被认为是"法国新批评之父"。然而，布莱本人似乎无意于开宗立派，他在欧洲浪漫派批评中找到了认同批评的根源，瑞士的鲍德梅尔、德国的施莱格尔、英国的柯尔律治和哈兹里特，都曾提供过例证。在法国，则有斯达尔夫人和夏尔·波德莱尔，他们是认同批评的"伟大先行者"。布莱指出："无论是在文学方面还是在艺术方面，波德莱尔的批评总是显示出它与分析对象之间的内在的同一。"

波德莱尔在《1846年的沙龙》一文中评论画家欧仁·德拉克洛瓦，这样写道："他的画主要是通过回忆来作的，也主要是向回忆说话。在观众的灵魂上产生的效果和艺术家的方法是一致的。"这意味着，艺术家是以自己的回忆来唤起观者的回忆，而观者也必须以自己的回忆来应答艺术家的回忆，这样才能实现作者和观者之间灵魂的感应与交流。乔治·布莱认为这里指的是一种"主体间的等值"，即"作者和批评者在一首诗上的全部真实关系应该被看作是一种主体间的现象，它们之间所交流的东西，不是一种等同，而是一种等值"。这就是说，批评者与作品的关系不是主体与客体的关系，而是主体与主体的关系，这后一个主体正是作品后面的作者，批评者在作品中寻找的始终是作者的精神活动，即所谓"我思"（cogito）。布莱所说的"两个意识的遇合"，就是批评意识和创作意识的遇合，而为了实现这种遇合，前者须"破我"、"忘我"，直至将"我"借与他人。这正是宋汪藻所说的"精神还仗精神觅"[1]，其情境也正如清仇兆鳌所说："反复沉潜，求其归宿所在，又从而句栉字比之，庶几得作者苦心于千百年之上，恍然如身历其世，面接其人，而慨乎有余悲，悄乎有余思也。"在这样的批评家面前，作品不再是纯粹的认识对象了，而是成为两个意识相互沟通的某种中介。批评家与作家，仿佛一对有情人，双方不是互相征服或占有，如取物焉；而是互相吸引，互相融汇，所谓默契。因此，批评行为不止于作品，而是经过作品直探作者的意识活动。从创作和批评的全过程来看，就是诗人观物，有所动于中，将其思想和感情化为作品，传达给另外一些人，例如读者和批评家。批评家则须澄怀息虑，洞开心房

---

[1] 汪藻：《赠丹丘僧了本》。

而纳之,再现作者的思想和感情。如此则创作和批评构成一个首尾相接的循环。当然,批评家并非重复作者,而是不自觉地调动自家的回忆和想象,直到"直接地把握一个没有对象的主体性"。因此,这种批评家在体验了作者的精神活动的同时,也表现了自己,他们的作品常常具有浓厚的哲学意蕴,正应着中国的一句古话:借他人之酒杯浇自家之块垒。布莱说得有道理,批评者和创作者作为两个主体,他们之间所交流的东西,"不是一种等同,而是一种等值"。

等同的东西不必交流,需要和可以交流的只能是等值的东西。这种等值其实是主体间差异中的同一,它意味着:批评者应该全面彻底地应答作者发出的暗示,在自己的灵魂中产生某种陶醉,并在回忆或想象的陪伴下浑然不觉地、毫无挂碍地进入作者设定的情境中去,而这种情境正是作者先行体验过的。因此,波德莱尔指出,对于诗人来说,他的传达要借助语言艺术,即"富于启发性的巫术";对于批评家来说,在一首名副其实的诗面前,他的灵魂要受到"激发",得到"提高"。他曾经这样讲过巴尔扎克的一个小故事:"巴尔扎克一天站在一幅很美的画前,这幅画画的是冬景,气氛忧郁,遍地白霜,星星点点的几个窝棚和瘦弱的农夫。他凝视着一座飘出一股细烟的小房子,喊道:'多美啊!可他们在这间窝棚里干什么?他们在想什么?他们在愁什么?收成好吗?他们大概是有到期的票据要支付吧?'"小说家巴尔扎克的反应是一个敏感的、富有想象力的批评家的反应。然而,在这个故事中，我更感兴趣的是波德莱尔的评论，他说："谁愿意笑德·巴尔扎克先生就笑去吧。我不知道是哪一位画家有幸使得伟大的小说家的灵魂颤动、猜测和不安，但是我想他通过他的令人赞赏的天真为我们上了一堂极好的批评课。我赞赏一幅画经常是凭着它在我的思想中带来的观念和梦幻。"这果然是一堂极好的批评课，且看它的组成：灵魂颤动、猜测和不安，天真、观念和梦幻；再看它们之间的关系：因其天真，才会有灵魂颤动、猜测和不安，因其观念和梦幻，才会生出赞赏之情。总之，这一堂批评课包括了作品在批评家的精神上所产生的效果和批评家面对作品所应持的"虚心"态度。正是基于"内心之虚"，"从零出发"，批评家才能够进入作品，发现作者的"我思"。这恰好如钱锺书《谈艺录》所说："除妄得真，寂而息照，此即神来之候。艺术家之会心，科学家之格物，哲学家之悟道，道家之因虚生白，佛家之因定发慧，莫不由此。"神者，明也。不唯创作者要进入此境，批评者也要进入此境，只是途径有别，方式不一，这就是所谓"主体间的等值"。

波德莱尔是善于探求这种"主体间的等值"的，其原因正如布莱所言："作为批评家之波德莱尔的最显著的优点就是他总是全面地应答所读或所赏的作品发出的暗示。"作为诗人，他要求自己的作品富有暗示性，让"芳香、颜色和声音""互相应和"；作为批评家，他最欣赏的则是那些不以模山范水为能事的诗人或画家。他论欧仁·德拉克洛瓦，就说他"最富启发性,他所翻译[1]的,是不可见、不可触之物,是梦幻,是神经,是灵魂"。

肯于和善于接受启发(暗示),并且立即做出应答,而且是全面的应答,这是批评家的最重要的素质。要实现这一素质,非"破我"、"忘我"、"斋心"、"洗心"不行,仿佛照相,使用曝过光的胶片自然会劳而无功。然而任何批评家之"心"其实都已不知曝过多少次光了,而且不知还要继续曝多少次。所以,"破"、"忘"、"斋"、"洗",这些表示行为的词无非说批评家在观文前要自觉地、主动地下一番清理的功夫,以使自己的"心"在每次观文前都是一张灵敏的空白胶片。否则,如朱熹所说,"心里闹,不虚静",非但作不得诗,也评不得诗。刘勰《文心雕龙》有言:"缀文者情动而辞发,观文者披文以入情。"此二"情"就是"主体间的等值",若使其能够遇合而为一,第一步就是观文者的心能够"虚而待物"。

波德莱尔这样回忆他初读泰奥菲尔·戈蒂耶的诗时的感受:"我还记得,那时我很年轻,当我第一次品味我们的诗人的作品时,一种打得准打得正的感觉使我浑身打战,钦佩之情在我身上引起某种神经质的痉挛。"唯有一个主动地打开心灵的门户并且内中荡然无物(并非原本无物,而且待客

---

[1] 波德莱尔说:"一切都是象形的……诗人如果不是一个翻译者、辨认者,又是什么呢?"

之前先已进行过一番清理）的人，才会觉得他人的思想"打得准打得正"，而那种"钦佩之情"实际上也正是认同的一种形式。胸中塞得满满的人已成刀枪不入之躯，他人的思想只会受到拒斥。此类批评家非但不会有"钦佩之情"，反而会以无动于衷为荣，或者以思想卫士自诩。清薛雪在《一瓢诗话》中说："看诗须知作者所指，才是贾胡辨宝。若一味率执己见，未免有吠日之诮。"批评史上此类"吠日"之作并不鲜见，有时还会被人誉为"旗帜鲜明，立场坚定"。殊不知此类所谓"鲜明"、"坚定"，往往是不由分说的盲目拒绝，正应了朱熹的一段话："今人所以识古人文字不破，只是不曾仔细看。又兼是先将自家意思横在胸次。所以见从那偏处去，说出来也都是横说。""仔细看"也好，"虚心看"[1]也好，都是要人不著成见，摄心专揖，在求学治学中破我忘我。否则，守一成不变之立场，抱绝不宽容之感情，持批判一切之武器，举目尽是非我族类，低首莫非精神污染，左顾右盼，只剩下自己脚下一片净土。呜呼，这片净土上的思想哨兵岂不要跑煞、忙煞、累煞。此种批评家不开口则已，开口准是"横说"。横说，就是硬说，就是不讲理，就是附会穿凿，就是望风捕影、无中生有。此种"横说"的批评曾经有过得意的日子，现今也还有市场，今后也多半不会绝迹，因为批评家们多少总是"心里闹，不虚静"。有没有心里不

---

[1] 朱熹语：虚心看文字。

闹的批评家？当然有，只是数量不多。倘使批评家的心平时别有所闹，而在观文时虚静不闹，则"横说"就会大大减少，此亦幸甚。

波德莱尔在诗文中屡屡言及"走出自我"、"忘我于他人之身"、"随心所欲地使自己成为我或他人"等等。对于自我意识极为强烈的波德莱尔来说，走出自我、融入他人，不单单是一种理解的行为，也是一种精神的解放。自我既是一种时时需要肯定的存在，同时又是一种时时需要打破的禁锢。批评家亦如是。他并非一个天生的审判官，总是铁青着脸宣布奖惩，或者出示黄牌红牌之类。阅读别人的作品，倘能够心里不闹，就可以打破自我的樊篱，获得精神的解放。假使他总是手执某法典或某尚方宝剑，以不变裁万变，他就总是处在禁锢之中，就总是"心里闹，不虚静"。悲哉也夫，这样的批评家。

作为批评家，波德莱尔也有过"心里闹，不虚静"的时候，例如他认为"雕塑使人厌倦"，并且断言其原因是"雕塑更接近自然"，"像自然一样粗暴和实在，同时又模模糊糊和不可捉摸"。波德莱尔之所以在雕塑面前感到厌倦，除了上述原因外，还有他认为雕塑缺乏想象力，然而更主要的恐怕还是他在观赏雕塑作品前胸中已牢牢地安放了他关于绘画的观念，以绘画的标准取代了雕塑的标准。他说："绘画是一种具有深刻推理性的作品，其乐趣本身就需要一种特殊的启蒙。"因此他只注意到："我们的农民看到长得很巧妙的一段木头或一块石头就感到愉快,而在最美的绘画面前却要发愣。"这无疑表明,绘画的观念"横在胸次",阻碍了他对雕塑的观赏,使他"见从那偏处去",因此,他提出的问题"为什么雕塑使人厌倦"以及他的回答,都只能是一种"横说",即便他评论的那几件作品确属缺乏想象力的下品,也补救不了他在总体论断上的失误。相反,若干年之后,当他被"这石头的幽灵""抓住"的时候,他就立刻认识到"雕刻的神圣的职责",因为他已将雕塑和绘画分开,也就是说,他已在心中为雕塑"让出了地方"。这时,他就能够指出:"这种奇特的艺术深入到岁月的黑暗之中,在原始时代就已产生出令文明精神吃惊的作品!在这种艺术中,绘画上应该被当作优点的东西可能变成恶习或缺点……"也只有在这时,他才能指出雕塑的真正特点:"如同抒情诗使一切甚至激情变得高贵,雕刻、真正的雕刻使一切甚至运动变得庄严。它给予一切与人类有关的事情以某种永恒的东西,并且具有所用的质料的坚硬性质。愤怒变得宁静,温柔变得严厉,绘画的波动的、发亮的梦变成了充实的、执拗的沉思。"

不过,在大部分时间里,波德莱尔是个心里不闹、虚而待物的批评家,正如乔治·布莱指出的那样,"他是他那个时代最具独创性的艺术批评家。因为唯有他才清醒而驯服地让画家所期望的效果在他的思想中实现"。他曾经对那些喜欢工人诗人彼埃尔·杜邦的歌谣的人说:"为了表演好,你们应该'进入角色',深刻地体会角色所表达的感情,直至你们觉得这就是你们自己的作品。"这是对"认同"的强调。他又曾提出过这样大胆的论断：戈蒂耶之所以"立刻就抓住了"雷诺兹等英国画家的"各种各样的、本质上是创新的价值"，就是因为他在描述其"迷人的清新和不可捉摸的深刻"时，"立刻使自己的天才英国化"。批评家的个性就在"主体间的等值"之中。他还向那些观赏中国艺术品——"奇特，古怪，外观变形，色彩强烈，有时又轻淡得近乎消失"——的人建议道："为了理解它，批评家、观众必须在自己身上进行一种近乎神秘的变化，必须通过一种作用于想象力的意志的现象，自己学会进入使这种奇异得以繁盛的环境中去。"这里可以比之于庄子对"心斋"的解说："若一志，无听之以耳而听之以心，无听之以心而听之以气。听止于耳，心止于符。气也者，虚而待物者也。"[1]

乔治·布莱是日内瓦学派的代表人物之一，波德莱尔这样一位具有强烈的认同意识的批评家，对他来说，无疑具有特殊的意义。日内瓦学派的批评家们彼此之间有着很大的不同，但他们对文学批评有着一致的观念，即认为批评是一种关于意识的意识，是一种关于文学的文学，也就是说，如果文学是一种"原生文学"的话，批评则是一种"次生文学"。创作者通过作品（小说、诗等）来认识自我和认识世界，批评者则通过别人的作品来认识自我和认识世界。创作

---

[1] 《庄子·人间世》。

者和批评者殊途而同归,因此批评必须是参与的。乔治·布莱论波德莱尔的批评,提出"主体间的等值",正是站在日内瓦学派的立场上揭出波德莱尔的批评的本质特征,同时也表明,它对批评家波德莱尔的批评也是"参与的"。

批评家的公正与偏袒
《波德莱尔美学论文选》译后随想四

批评家大都奉"公正"为圭臬，他们不愿"偏袒"，也不敢。然而这文学批评的"公正"可曾有过一个公正的解说？我们听见过有人说是"客观"，有人说是"全面"，有人说是"不偏不倚"，有人说是"实事求是"，有人说是"摆事实，讲道理"，有人说是"好便说好，坏便说坏"，等等。这些自然都是不错的，但施之于批评，总不免使人感到于理有余，于情则不足，失却了批评的活力。文学批评不大可能成为一门精确的科学，倘若带上科学家的铁面，公正则公正矣，怕也露出了骨子里的偏袒。面对一件天才的作品，人们总禁不住要发出赞叹之声的，所谓"击节赞赏"、"拍案叫绝"之类，而"击节"、"拍案"都不是"公正"所能允许的。缺乏激情就是一种偏袒。当然，富于激情也是一种偏袒，但却是另一种偏袒，是波德莱尔所珍爱的"偏袒"。

波德莱尔也许是西方文学批评史上第一个主张"偏袒

的"批评的人了,他明确提出:"公正的批评,有其存在理由的批评,应该是有所偏袒的,富于激情的,带有政治性的,也就是说,这种批评是根据一种排他性的观点做出的,而这种观点又能打开最广阔的视野。"这段话出自《1846年的沙龙》一文的《批评有什么用》一节。波德莱尔在以《恶之花》一书使世人惊骇之前,已经有了这样的惊人之语了。惊人也还罢了,这段话尤其刺痛了那些"折中、公允、平正之状可掬"的古典主义批评家们。

《1846年的沙龙》是奠定波德莱尔的艺术批评家声誉的一部作品,当其时,以安格尔为代表的古典主义画派和以德拉克洛瓦为代表的浪漫主义画派之间的斗争正在相持之中。与文学中的古典主义不同,绘画中的古典主义不曾有过它的"欧那尼之役",大卫之后仍有安格尔这样的杰出领袖,从者甚众,其势不减。不过,此时的德拉克洛瓦也已跻身大师之列,被目为"浪漫派的雄狮",正当盛年,足以与安格尔相颉颃。然而波德莱尔并不满意,在他看来,"直到现在,人们对待欧仁·德拉克洛瓦还是不公正的。批评对他是尖刻而无知的,除了几个罕见的例外,赞扬也常常使他觉得刺耳"。这就是说,人们对德拉克洛瓦的喜爱还不到偏袒的程度。

法国七月王朝以后的国家画院既保守又僵化,而且极为专断,自然要把浪漫派绘画的崛起视为极大的威胁,不但在沙龙入选作品的审查上设置重重障碍,还在绘画批评上固守古典主义的教条。他们的批评家宣扬一种平和稳妥、不离法度的批评，以公正相标榜，尤其容不得那种充满激情、离经叛道的浪漫派批评。著名的美术评论家E. J. 德雷克吕兹（其人正以顽固著称）直截了当地说，"批评对于年轻人来说不是一种自然的、可能的事业"，因为年轻人的口味及其排他性都太强烈。在他看来，非经过长时间地阅读关于艺术的著作、研究不同的理论和流派、分析作品和熟悉画家这样的过程，就不能从事批评。实际上就是非饱学不得言批评。另一些批评家则呼吁"超脱"和"不偏不倚"。这些看起来通情达理的批评原则实际上阻断了浪漫派批评的道路，当然不能不引起波德莱尔的反抗。他以为，所谓"不偏不倚"无异于无能和平庸，对于一件天才的作品则是不公正。他希望的批评是那种深入画家灵魂抓住创作个性并使之突出的批评，因此，"最好的批评是那种既有趣又有诗意的批评，而不是那种冷冰冰的代数式的批评，以解释一切为名，既没有恨，也没有爱，故意把所有感情的流露都剥夺净尽。一幅好的画是通过某一艺术家所反映的自然，因此，最好的批评就是一个富于智力和敏于感觉的心灵所反映出来的这幅画"。与那种循规蹈矩的饱学之士的批评不同，这是一种艺术家的批评，是一种充满想象力的批评，是一种洋溢着生命活力的批评，简言之，是一种创造的批评。这是一种变革的、充满着新的希望的时代所需要的批评。波德莱尔敢于公开申明他的"偏袒"，正表现了批评家的勇气和激情。

"公正"与"偏袒",本是势同水火,不能相容的,现在波德莱尔把它们拴在一起,甚至把别人避之唯恐不及的"偏袒"奉为原则,这就提出了一个问题,即批评是什么?对这个问题的不同回答,决定了"公正"与"偏袒"的不同的关系。如果批评是一种评判,公正与偏袒自然是相互排斥的,例如法庭上的裁断是非、运动场上的裁断胜负。如果批评是一种描述,那就不必谈公正与偏袒,因为批评者不必进行选择,只须在任何个别的作品上寻求某种终极的结构。如果批评是一种学问,则公正与偏袒了无关涉,只不过是批评者的所获有多寡的分别。如果批评是一种理解,则公正与偏袒可以视为同一,因为此种批评追求的是文体的分析和主题的演化。如果批评是一种阐释,一种对话,一种自我表现,或一种别的什么,这公正与偏袒自然也就有别样的关系。唯独当批评是一种创造的时候,公正与偏袒势必共存亡,也就是说,有所偏袒才能有所公正。否则,没有偏袒,一切批评都以不痛不痒、不冷不热出之,这种批评可能会有一种冷冰冰的"公正",却没有"存在的理由",自然也不会有什么创造。

可以看出,波德莱尔标举的"偏袒",并非盲目的褒贬,把批评者自己围固在严密但是狭窄的体系之中,使批评者的眼睛望不出去,所见都是熟悉的四壁;也不是"武断"的同义词,把作品只当作批评者自我表现的由头,弄得批评成了"不着作品一字,尽得自家风流"的借题发挥;更不是一种"没有深刻的片面",使鼓吹的热情蜕变为浅学者的浮躁。波德莱尔的"偏袒"是充分调动和发挥批评者的感受能力,深入作品的奥秘之中,竭力上升到艺术家的高度,体会艺术家的意图,用艺术家的灵感来激发批评者的想象力,从而获得并以不同的方式传达出与艺术家近似甚至相同的审美愉悦。这是一种主动自觉的驯服,它使批评者和艺术家之间精神往还的阻力趋向于零。波德莱尔的"有所偏袒"的批评是一种使批评者得到提高的批评,是一种批评者进行再创造的批评,也是一种"使类似的性情接近、将理性提到新的高度"的批评。

在波德莱尔的时代,美术批评被一些他称为"宣过誓的现代的美学教授"、恪守古典主义教条的官方批评家把持着,他们声称:"如果文学是高贵的,批评则是神圣的,批评高于艺术。"他们自封为艺术法官,操生杀大权,动辄指斥艺术家违反教条或规则。他们的确是"折中、公允、平正之状可掬",然而他们那些僵死的规则教条扼杀了多少生机勃勃的艺术创造啊!在这种"公正"的面孔下面,不正隐藏着通常意义上的"偏袒"吗?这是真正的不公正。波德莱尔是一位具有极细腻、极敏锐的感受能力的批评家,他尤其具有极丰富、极自由的想象力,他不能不指责那些"美学教授""关在体系的令人眼花缭乱的堡垒里,咒骂生活和自然",说他们"忘记了天空的颜色、植物的形状、动物的动作和气味,手指痉挛,再也不能灵活地奔跑在应和的广阔键盘上了"。而他自己则完全不同，他不把作品当作自己的奴隶，可以随意指责挑剔甚至驱遣；他也不把作品当作自己的主人，只是消极被动地接受；他更不把作品当作自己的敌人，高度警惕地随时准备从中找到可以抨击的东西。他只是要求批评者采取谦虚的态度，细心体察作品的意图，主动地进入艺术家创造的艺术天地中去。作为批评家，他和艺术家的关系是平等的、亲切的、自然的。他在谈到工人歌谣作家彼埃尔·杜邦的作品时，告诫那些演唱这些歌曲的人说："为了表演好，你们应该'进入角色'，深刻地体会角色所表达的感情，直至你们觉得这就是你们自己的作品。"这就是说，为了表达好一部作品，应该被它同化。而这"同化"，正是那些"宣过誓的现代的美学教授"们做不到的。他们的头脑已经塞满了教条和规则，再也没有感觉和热情插足的地方了。他们有一架刻板的天平，教条和规则是冰冷的砝码。他们可以报告称量的结果，语调总是那么平和，或许分量不够会使口气变硬，但永远不会有热情的流露，因为他们绝不在艺术品面前产生钦佩之情。没有钦佩，当然就没有热情，没有热情，也就不会有偏袒了。然而，在波德莱尔看来，能够对艺术品产生钦佩之情，正是批评家不可或缺的基本素质。

这样的批评家是善于理解、善于同情的，所谓"登山则情满于山，观海则意溢于海"，他具有开放的胸怀、广阔的视野，能容纳各种风格、各种色彩、各种美的观念。波德莱尔既能欣赏戈蒂耶"对通过最贴切的语言表现出来的美及其一切分支的专一的爱",也能欣赏尚弗勒里的"雄浑的、突然的、粗暴的、诗意的、像自然一样的"风格。他既能欣赏雨果"描绘包围着人类的一切可惊可怖之事时所一贯展示的天才",也能欣赏巴尔扎克"给十足的平凡铺满光明和绯红的方法"。他既能赞扬杜邦"在温柔和博爱的感情中增加了一种沉思的精神",也能赞扬邦维尔"表现生活的美好时刻"的才能。他既能感受到德拉克洛瓦画中的"特殊的顽固的忧郁",也能剔抉出安格尔的素描中所蕴含的"神秘"。总之,波德莱尔的偏袒是对于各种美的一种偏爱。

波德莱尔对于所谓"偏袒",有极重要的说明,那就是:"这种批评是根据一种排他性的观点做出的,而这种观点又能打开最广阔的视野。"这里波德莱尔提出了"偏袒的批评"的先决条件,即此种"偏袒"必须能打开最广阔的艺术视野,绝不以派别的热情来抹杀别个营垒的长处,因此,"富于激情的"也好,"政治性的"也好,"排他性的"也好,无不以艺术的最高追求为转移。此种"偏袒",实为艺术(文学)批评上的公正。波德莱尔是第一个向法国全面介绍爱伦·坡并使他获得世界性声誉的人,他也是最先欢迎瓦格纳的歌剧的法国人之一,他还是最先发现并肯定爱德华·马奈的绘画天才的批评家之一,这在很大程度上是得力于他的"偏袒的批评"的。

尤其使我们感兴趣的是,波德莱尔是极少数能够欣赏中国艺术品的批评家之一。1855年巴黎世界博览会中辟有中国艺术馆，展出了法国驻上海领事蒙蒂尼携回的部分中国艺术品，参与报道本届世界博览会的美术评论家有三十余位，其中只有泰奥菲尔·戈蒂耶和波德莱尔提到了中国艺术馆。戈蒂耶是当时极负盛名的艺术评论家，但他的趣味却是偏向于古典主义的，他所认为的美就是安格尔的美。果然，他在评述中国艺术馆的展品时，就竭力根据古典主义的原则，区分什么"希腊的美"和"中国的丑"，显露出一种令人惊骇的迟钝和盲目。波德莱尔则不同，他向那些"现代的温克尔曼"提出挑战："面对一件中国作品，他会说什么呢？那作品奇特、古怪，外观变形，色彩强烈，有时又轻淡得近乎消失。然而那却是普遍美的一个样品……"一件中国的艺术品，在戈蒂耶的眼中是"丑"，在波德莱尔的眼中却是"美"，两个人的艺术视野的广狭一望而知，而后者之广正是所谓"偏袒"打开的。戈蒂耶不能接受"奇特、古怪，外观变形"，这又恰恰是波德莱尔的审美原则，他不能设想存在着一种"平凡的美"。这"平凡"意味着没有个性，"而没有个性，就没有美"。尤其是"外观变形"更是犯了古典主义的大忌，因为古典主义的根本原则是"模仿"。然而，波德莱尔却把"外观变形"看作"普遍美"的一种要素，我们由此而想到苏轼论画的名句："论画以形似，见与儿童邻。"中外文心，相通若此，不能不让我们感到波德莱尔的亲切。假如我们想到有多少杰出的作家曾经持有完全相反的观点，我们又不能不对波德莱尔的大胆感到惊讶甚至表示敬意了。例如，狄德罗曾对中国艺术的"古怪"不以为然，因为这种"古怪"与"模仿自然"这一神圣原则不合；巴尔扎克曾写道："在中国，艺术家的理想的美是畸形"；直到1867年，还有美术界的显赫人士认为中国人"没有任何东西可以被称为艺术"；等等。相比之下，波德莱尔的偏袒不是有着更多的公正吗？所以如此，正是因为他的"偏袒"是以"能打开最广阔的视野"为前提的。如果说"偏袒的批评"包含着某种危险的话，那恰恰就在于失去了这个前提，使偏袒的确变成了门户之间无原则的攻讦和个人之间无原则的吹捧。例如钟嵘所说的"随其嗜欲，商榷不同，淄渑并泛，朱紫相夺，喧议竟起，准的无依"，高尔基所说的"批评家们分成小集团，猛烈地互相争论、攻击，同时把许多明显的偏私、傲慢、私情、嫌恶，归根结底，把个人主义带到这个未必有成果的工作中去"，或如蒂博代所说的"作坊批评"，即"同行间的嫉妒，文学职业固有的竞争和怨恨使某些艺术家恼羞成怒，骂不绝口……"凡此种种，都是封闭艺术视野的偏袒，都已经离开波德莱尔所说的"偏袒的批评"的真义了。

　　至于我们曾经很熟悉的辫子帽子棍子的批评，其偏袒是一种政治的偏袒，早已越出文学艺术的疆界，不能以批评论，或只能称之为"阴谋批评"，谈什么艺术视野的广狭倒见出某种迂腐和天真了。其实，视野狭窄的批判并不可怕，若果真有一孔之见，还可以获得存在的理由；可怕的是那种以文学艺术批评的面目出现的政治的偏袒,因为它往往危及被批评者的身家性命。很少有艺术家毁于不公正的批评,因为不公正很少能动员起所有的批评家投入某种"口诛笔伐"的运动;然而毁于政治的偏袒者却屡见不鲜,因为政治可以强迫舆论一律,至少可以在一定时期内迫使那些不一律的批评沉默。

批评家的"公正"与偏袒,因其对象的特殊性而不能以常理绳之。不过,假如批评家不能像波德莱尔那样以艺术为生命、以美为目的、以钦佩艺术家为荣耀,它的偏袒将是危险的,甚至是有害的,它不如仍以"公正"为准的,虽有平庸之虞,却不至于犯下"骂杀"或"捧杀"的过失。

白璧微瑕，固是恨事？
《波德莱尔美学论文选》译后随想五

不少人论文评画，到末了就喜欢放出"白璧微瑕"、"瑕不掩瑜"之类的字句，似乎不如此便对不起"批评"二字，便露不出批评家的一双慧眼。久而久之，在批评者，这几乎成了例行公事，仿佛班车，到时候就来；在读者，则可能渐渐生出一种抗体，或竟麻木，不再去捉摸这"瑕"字究竟是实有其义，须认真对待，还是批评家虚晃一枪，准备鸣金收兵了。

料想最初人们使用这样的词句，还是郑重其事的。南朝刘勰《文心雕龙》就单列《指瑕》一篇，其文曰："古来文才，异世争驱，或逸才以爽迅，或精思以纤密，而虑动难圆，鲜无瑕病。……凡巧言易标，拙辞难隐，斯言之玷，实深白圭。"此为白璧有瑕，"可不慎欤"！清陈廷焯则曰："古人词有竟体高妙，而一句小疵，致令通篇减色者。……此类皆失之不检，致使敲金戛玉之词，忽与瓦缶竞奏，白璧微瑕，固是恨事。"[1]看他依次拈出柳耆卿、王君玉、姜白石、高竹屋诸人词中"不检点处"，分别断为"俗极"、"空滑"、"纤俗"和"粗鄙"，是知其果为掩瑜之瑕，惋惜之情，溢于言表。然而，有瑕而至于掩瑜，已非白璧微瑕了。然则必有不掩瑜之瑕，于是，汉王充说："良工必有不巧。"[2]魏曹植说："世人著述，不能无病。"[3]唐韦庄说："左太冲十年三赋，未必无瑕；刘穆之一日百函，焉能尽丽。是知班、张、屈、宋，亦有芜词；沈、谢、应、刘，犹多累句。"[4]清叶燮说："不知读古人书，欲著作以垂后世，贵得古人大意；词组只字，稍不合，无害也。必欲求其瑕疵，则古今惟吾夫子可免。"[5]宽容之意，昭然若揭。此真白璧微瑕也。

瑕疵固然有掩瑜与不掩瑜之分，但是，同为瑕疵，何者为掩，何者为不掩？不同的批评家可能会有不同的看法和态度。因此，作品有细节上的瑕疵，在惋惜者看来，必成"白璧微瑕"，恨不能修之补之；而在宽容者看来，则谓"瑕不掩瑜"，留之无害，不必恨也。倘若这"白璧微瑕"、"瑕不掩瑜"之类并非虚词，则恨与不必恨实在是关系到批评的落点，即批评家究竟批评作品的什么？

---

1 《白雨斋词话》卷五。
2 《论衡》。
3 《与杨祖德书》。
4 《又玄集》自序。
5 《原诗·外篇上》。

惋惜与宽容，两者相较，似乎后者较为通达。批评史上固然不乏所谓"酷评"，亦颇有以苛刻著名的批评家，但究竟以宽容者为多，细想恐不为无因。追求完美，原是艺术家的野心，人皆有之，所谓"精益求精"，所谓"虽不能至，心向往之"。然而完美的理想境界毕竟是"不能至"的，只可望而不可即。文学艺术创作，有其突发性、偶然性和直觉性，多有不可控制、不可理喻之处，往往不允许如工艺品那样冷静地打磨。试看唐符载所描绘的张璪作画时的情状："是时座客声闻士凡二十四人，在其左右，皆岑立注视而观之。员外居中，箕坐鼓气，神机始发。其骇人也，若流电击空，惊飙戾天。摧挫斡掣，㧑霍瞥列。毫飞墨喷，捽掌如裂，离合惝恍，忽生怪状。及其终也，则松鳞皴，石巉岩，水湛湛，云窈眇。投笔而起，为之四顾，若雷雨之澄霁，见万物之情性。"[1] 如此"得于心，应于手"的作品，如何能以常度常目去"忖短长"、"算妍媸"？张择端作《清明上河图》，纵使偶有一麻雀足踏两片屋瓦[2]，亦算不得大病，正如清沈宗骞所说："即有些小偶误，不足为病。若意思未得，但逐处填凑，纵极工稳，不是作家。每见古人所作，细按其尺寸交搭处不无小误，而一毫无损于大体，可知意思笔墨已得，余

---

[1] 《观张员外画松石序》。
[2] 清李玉《一捧雪》剧中，严嵩欲夺莫怀古所藏张择端作《清明上河图》，莫无奈，送一摹本去，被汤勤识破，谓房上麻雀甚小，却踏两片屋瓦，张择端绝不会有此疏失，云云。

便易易矣。亦有院体稿本，竟能无纤毫小病，而鉴赏家反不甚重，更知论画者首须大体。"[1]"首须大体"，真探本之论；衡诗评文，亦当如此。瓦雷里读波德莱尔，每每感到惊异，《沉思》一诗中间五六句明明是弱句，然而在开头和结尾几句的映照下，竟不显弱。他说，"只有很伟大的诗人才能有这样的奇迹"，此"奇迹"非它，乃"大体"也。所以，倘若艺术上的所谓"完美"，说的恐怕不是什么"白璧无瑕"、"无懈可击"、"天衣无缝"之类，而说的是一种整体的效应，其中不妨有些许小疵；如果细节无可挑剔，但整体呆若木鸡，生气毫无，倒反而离"完美"远了。有识见的批评家着眼于大体，对"小偶误"取宽容态度，这是艺术鉴赏的正道坦途，如九方皋相马，不必斤斤于牝牡骊黄也。即如巴尔扎克之笨重，托尔斯泰之芜杂，皆可作如是观。

以宽容对待小疵，毕竟还是消极的态度，波德莱尔则从积极的方面入手，于宽容之外显示出某种理直气壮的风度。波德莱尔在《1846年的沙龙》一文中有一节专论欧仁·德拉克洛瓦，他写道："在一篇说是批评却更像预言的文章中，指出细节的错误和微小的疵点有什么用呢？整体是这样美，我简直没有这个勇气了。再说，这又是那么容易，谁都干得来!"的确，挑毛病是容易的，至少还有"吹毛求疵"一途，而看出作品整体的美，则需要批评家独具只眼，

---

[1] 《芥舟学画编》卷四。

并非"谁都干得来"。波德莱尔正是当时为数不多的有眼力的批评家,他在德拉克洛瓦的画中看出了"伟大的热情"、"运动的真实"、"与作者的精神和性情相一致"的"另一个自然"、"普遍性"和19世纪独具的那种"特殊的、顽固的忧郁"。他知道,画家要表达这些东西,需要"主题烂熟于心",同时,也需要"手开始工作时,碰到的障碍要尽可能地少,应该驯服而快速地完成大脑的神圣的命令"。这不正是中国古人常说的"得于心,应于手"吗?在此种如流电惊飙样的作业中,是会留有破绽或失当之处的,此乃小失,无害也。因此,波德莱尔毫不犹豫地赞同德拉克洛瓦"为整体而牺牲细节",其原因则是他"唯恐因作业更清晰更好看而产生的疲劳减弱他的思想的活力"。钱锺书《谈艺录》引陆放翁句"大巧谢雕琢"、"琢雕自是文章病",方虚谷句"丽之极,工之极,非所以言诗",等等,皆是申明此意。

穷极工巧,从来也不是杰出的艺术品的品格,倘若艺术家开始把刻意求工当作美德,把无懈可击当作目的,"俪采百字之偶,争价一句之奇,情必极貌以写物,辞必穷力而追新"[1],那只能意味着艺术已经进入颓废的阶段,已经丧失鲜活的生命力。与细节的完美相比,艺术品有"更重要的东西"。这种"东西",可能是中国南宗山水画所追求的淡远和深静,可能是法国浪漫派所追求的热情和忧郁,也可能是

---

[1] 《文心雕龙·明诗》。

批判现实主义所追求的真实的典型，总之，是某种精神的境界。精神的境界不能靠细节的完美来支撑，甚至相反，它允许或者容忍"细节的错误和微小的疵点"。因此，宋黄庭坚可以说："宁律不谐而不使句弱，用字不工而不使语俗。"[1] 清盛大士可以说："画有士人之画，有作家之画。士人之画妙而不必求工，作家之画工而未必尽妙。故与其工而不妙，不若妙而不工。"[2] 波德莱尔则可以说："为了不牺牲某种更重要的东西，一个偶然的素描错误有时候也是必要的。"或者："要发挥一种特点，就要损害其他的东西。非常的趣味就需要牺牲……"这种"妙"，这种"更重要的东西"，这种"非常的趣味"，可以解之以王国维的"境界"，或者就是波德莱尔所说的那种"与作者的精神和性情相一致"的"另一个自然"。叶嘉莹解释"境界说"，提出"有意境"的两项条件："一个作者必须首先对其所写之对象能具有真切的体认和感受，又须具有将此种感受鲜明真切地予以表达之能力。"据此，则波德莱尔的"另一个自然"几等于王国维之"造境"矣。对于王国维来说，"词以境界为最上。有境界则自成高格，自有名句"，不必刻意求之。对于波德莱尔来说，其绘画"不仅跑遍，而且成功地跑遍了高等文学的田野，不仅表达和接触了阿里奥斯托、拜伦、但丁、沃尔特·司各特、

---

[1] 《题意可诗后》。
[2] 《溪山卧游录》。

莎士比亚，而且还比大部分现代绘画更善于揭示崇高的、精妙的、深刻的思想"的德拉克洛瓦所以"取得这样神奇的成就，依靠的绝不是怪相、精细和方法上的取巧，而是整体性、色彩、主题和素描之间的深刻全面的协调以及他的人物的激动人心的手势"。前者说，有境界则高格，名句不必求而自得；后者说，不斤斤于细节，方能"揭示崇高的、精妙的、深刻的思想"。两者相较，不能不说是前后贯通，相辅相成，说的是一个道理。故艺术家纳万象于胸中，因象生情，因情造境，去取之间，见出高下。批评家亦须循此路径，逆行而上，其高下亦见于去取间。

因此，波德莱尔特别强调要"凭记忆作画"或者"通过回忆作画"，因为记忆或回忆是一个分类、排队、选择、淘汰、去粗取精的过程，而不是"什么都看见什么都不忘"，让"模特儿及其繁复的细节"扰乱画家的"主要才能"。他说："一位对形式有着完善的感觉但习惯于使用记忆力和想象力的艺术家这时会处在蜂拥而起的细节的包围之中，它们都像一群热爱绝对平等的人一样强烈地要求公平的对待。公正不能不受到侵犯，一切和谐都被破坏了、牺牲了，许多平庸的东西变得硕大无朋，许多卑劣的东西成了僭越者。艺术家越是不偏不倚地注意细节，混乱状态就越发严重。无论他是近视还是远视，一切等级和从属关系都不见了。"所以，必要时牺牲细节，不是技巧问题，而是关系到整体的和谐。

波德莱尔认为，过分地注重细节"流畅"和"好看"，会导致想象力的丧失，因之而起的心力和体力的疲倦，又会使理想"逃之夭夭"。画家可以表现出技巧的"圆熟"，形象的"姿态和精神"却会因"学究气"而出现不适当的夸张。他在评论安格尔派的画家莱赫曼的油画《哈姆雷特》时指出："哈姆雷特的手无疑是美的，但是一只画得好的手并不能造就一位素描家，就是对一位安格尔派来说，毫无疑问，这也是滥用局部。"作为批评家，波德莱尔显然是从整体与局部的关系上着眼的，他对"滥用局部"的批评意味着：整体的美并不建立在细节的精确之上，倘使画家没有创造出整体的美，即"另一个自然"，而一心在局部上下功夫，就不仅无益于全局，甚至有害，也就是说："为了不牺牲某种更重要的东西，一个偶然的素描错误有时候也是必要的。"

艺术家不可"滥用局部"，批评家也不可"滥用局部"，否则，他就看不见整体的美。波德莱尔指出："德拉克洛瓦先生的缺点有时候是那样的明显，最没有经验的眼睛都能一下子看出来。人们可以随意打开一幅画，如不用我的方法，就会长时间地看不到形成他的独创性的那些美好的素质。"那么，他的方法究竟是什么？他曾经比较过雨果和德拉克洛瓦，他说："一个是从细节开始，一个是从对主题的深刻的理解开始，因此，一个只抓住了皮毛，而另一个则掏出了内脏。"波德莱尔对雨果的看法可以不论，他的方法却是清楚明白的，当得起禅宗所说的"单刀直入，寸铁杀人"。这是一种越过细枝末节直探神髓的方法，舍此则只会在皮毛上抓挠。试与宋沈括的一段话比较，可知善观画者往往所见略同，不以古今中外为别。沈括的话是："书画之妙，当以神会，难可以形器求也。世之观画者，多能指摘其间形象、位置、彩色瑕疵而已，至于奥理冥造者，罕见其人。如彦远评画，言王维画物，多不问四时。如画花往往以桃杏芙蓉莲花，同画一景。予家所藏摩诘画袁安卧雪图，有雪中芭蕉。此乃得心应手，意到便成，故造理入神，迥得天意，此难可与俗人论也。"[1]假使波德莱尔评《袁安卧雪图》，他必不会因看到雪中芭蕉而指责其犯了时间或空间的错误，因为他使用的是"掏出了内脏"之法，他也接受过德拉克洛瓦的"玫瑰色的马"，他甚至也说过这样的话："他们首先表现的是些细枝末节，正是为此他们才使庸夫俗子们心花怒放……"这里的"庸夫俗子"不正是沈括所说的"多能指摘其间形象、位置、彩色瑕疵"的"俗人"吗？

超越细节，"掏出了内脏"，此种艺术创作的极致还有更为深刻久远的原因，例如远古的绘画就是绝少细节却又神完气足的，有阿尔塔米拉洞窟壁画《受伤的野牛》为证。宋欧阳修有《盘车图》一诗，其中有谓："古画画意不画形，梅诗咏物无隐情。忘形得意知者寡，不若见诗如见画。"法国19世纪初的批评家克劳德·弗里埃论民间文学也说："艺术上的缺陷或运用上的不尽完美，即表达手段的简单性与作品效果

---

[1] 《梦溪笔谈》。

的圆满性之间的种种对比或不称,反而构成了这样一种艺术制作的主要魅力。"[1]波德莱尔则指出:"根据崇高应该避免细节这一原则,艺术为了自我完善又回到了它的童年……最初的艺术家是不表现细节的。全部的差别在于,在一气呵成地画出他们的胳膊和腿时,不是他们回避细节,而是细节回避他们……"这里的"他们"是指现代艺术家。如果说"古画画意不画形"是因为画者专注于对象的整体而忽略其细节,现代艺术家则是与对象同化,在不自觉的选择中完成对细节的取舍,如同庄子所说的庖丁解牛,"以神遇而不以目视,官知止而神欲行。依乎天理,批大郤,导大窾,因其固然,技经肯綮之未尝……"艺术家的画笔若能进入细节见而避之的地步,实际上已接近了庖丁的技而近乎道的情境。所以,波德莱尔又说:"色彩家,大色彩家,作素描则是通过性情,几乎是不知不觉的。"

当然,局部或细节只是不可"滥用",并非不可用。德拉克洛瓦的细节错误,波德莱尔仍然认为是错误,只不过是必须做出的"牺牲"罢了,或者,分析此类错误"是一件幼稚的营生"。因此,当细节的错误危及整体的时候,波德莱尔就会毫不留情地指出来。例如,当安格尔认为"应该首先服从大师并取悦于他"的时候,波德莱尔就要指责他的某幅

---

[1] 转引自雷纳·韦勒克:《近代文学批评史》第三卷,杨自伍译,上海译文出版社,1991年,第7页。

画"仅只是肩膀高贵,与之相配的胳膊却过于粗壮,过分地洋溢着拉斐尔式的新鲜"。针对安格尔"对风格近乎病态的关注",他又批评"画家经常取消隆起,或者减少到看不见的程度,希望这样能赋予轮廓以更多的价值,以至于他画的人像都有一副老板的样子,外形很正确,充满了软绵绵的物质,但是没有活力,与人类的机体不相干"。其他如"一条叫不来的腿,精瘦,没有肉,没有形,足踝处也没有褶皱"等等,也是因为这些毛病源于画家"对风格的过分趣味"。倘若细节的失误破坏了主题的表现,波德莱尔就会变得严厉,甚至尖刻。他指责安格尔的《拿破仑一世颂》缺乏使人"向高处上升的力量",说他的赞颂是"向下的",而其原因则是"马的挽具掉了","马拉着车冲向地面。一切都像一个泄了气的气球,本来可以保住压载物的,现在却不可避免地要碰碎在地球的表面上"。于是,那匹没有拴在车上的马就受到了这样的嘲笑:"难道画中的那些超自然的马(这些马是用什么做成的?它们像是用一种光滑而坚实的材料做成的,如同攻占特洛伊城的木马一样)拥有一种磁力,不用套具和鞍具就能拖走后面的车吗?"细观安格尔此画,我们不能不承认波德莱尔的目光是敏锐的。然而,波德莱尔指责这一细节的荒谬,其根本原因却在于他在拿破仑身上"丝毫也没有发现他的同时代人和为他写史的史家通常赋予他的那种史诗的、命运的美"。换句话说,这幅画失去了"某种更重要的东西",因此它的"细节的错误"就必须指出,不能原谅。

尤其是马与战车正处于画的中央，对于这幅以"颂"为主题的画给观者的感觉是"不可阻挡地飞向天空"还是向下"冲向地面"，关系极为重大。倘使那马骨肉停匀，鞍辔俱全，且被紧紧地拴在车上，尽管拿破仑没有穿"圣典上的正式服装"，也没有戴"那顶铁灰色的历史性的帽子"，波德莱尔想必不会发出这样"严厉的指责"。然而，这样一位拿破仑（裸体，披袍，头戴花环），这样一匹光马，这样一辆没有套在马上的战车，如何逃得过波德莱尔的眼睛呢？他于是指责安格尔"滥用意志"。

细节画得好，可能被指责为"滥用局部"，画得不好又可能被指责为"滥用意志"。"滥用局部"也好，"滥用意志"也好，"需要牺牲"也好，一切以整体效应为转移。波德莱尔对细节的态度有种种不同，其中的批评精神却一以贯之，即他的批评的落点是对象的"大体"。他在随手指出德康"让鸭子在石头上游泳"之后，这样写道："我觉得我们是那么容易地可以从装饰着画廊的德康出色的画中得到安慰，我真不愿意再分析它们的缺点了。那将是一件幼稚的营生，反正谁都能做得很好的。"这真是一种批评大家的风度，他不怕别人指责他"看不出问题"，因为他实际上已经把一切瑕瑜都看在眼里了，只是他把谈论缺点这类"幼稚的营生"留给那些唯恐显示不出敏锐的批评家们了。

若果然白璧微瑕，则不必恨。

诗人中的画家和画家中的诗人
波德莱尔论雨果和德拉克洛瓦

钱锺书先生在《中国诗与中国画》一文中确认了一种很有趣的事实:"中国传统文艺批评对诗和画有不同的标准;评画时赏识王士祯[1]所谓'虚'以及相联系的风格,而评诗时却赏识'实'以及相联系的风格。"因此,"画品居次的吴道子的画风相当于最高的诗风,而诗品居首的杜甫的诗风只相当于次高的画风"。于是,"用杜甫的诗风来作画,只能达到品位低于王维的吴道子,而用吴道子的画风来作诗,就能达到品位高于王维的杜甫"。由于有了这种标准上的分歧,杜甫一直当着他的"诗圣",其地位至今不见动摇;王维则"只能算'小的大诗人'(un piccolo-grande poeta)",而满足于神韵派的推崇,"在旧画传统里坐着第一把交椅"。那么,如

---

[1] 原文作王世祯(钱锺书:《旧文四篇·中国诗与中国画》,上海古籍出版社,1979年,第20页),显系误排,今径改。

果采用"诗画本一律"、"画与诗初无二道"[1]的单一标准,情况会怎样呢?那将是"摩诘不宜在李、杜下"了,王士禛也不必"私下有个批抹本",可以少些"世故",直接"对杜甫诗大加'谤伤'"了。

这种"如果"引出的假设的现象正是法国文艺批评史上确有的事实,今拈出,略加论列,或可有助于我们对与之有关联的法国文学艺术中的浪漫主义做进一步的认识和理解。

波德莱尔曾经比较过诗人雨果和画家德拉克洛瓦,作了一篇优劣论。雨果是法国浪漫主义的代表人物,公认的法国最伟大的诗人,地位相当于中国传统诗歌中的杜甫;德拉克洛瓦则被人喻为"浪漫主义的雄狮",公认的最伟大的浪漫派画家,然其地位则不宜于在中国画史中随意比附。一般人使用诗画不同的双重标准,所见为双峰并峙,遥相辉映,奥林匹欧不必担心会被"浪漫主义的雄狮"吞噬。波德莱尔却独具只眼,使用诗画一律的单一标准,而且用的是他自己"对浪漫主义所下的定义",其结果是语惊四座,令人耳目一新:画家德拉克洛瓦竟然高踞于诗人雨果之上。

诗画异同,诗画孰胜,诗中有画和画中有诗,聚讼千古,莫衷一是,莱辛反对"诗画一律"的努力虽然产生了一部批评史上的名著,却似乎并未发生实际的效力。到了欧

---

[1] 清叶燮:《己畦文集》卷八《赤霞楼诗集序》,转引自《古典诗论集要》,齐鲁书社,1991年,第210页。

洲的浪漫主义时代，想象力和创造性得到空前的强调和推崇，诗歌自不待言，就是绘画，看重的也是精神和个性，即是说，"虚"要重于"实"，"画中有诗"要胜过"诗中有画"。波德莱尔的观点看起来很大胆，有骇世惊俗之慨，实际上也是出自浪漫主义的固有精神。

波德莱尔的"雨、德优劣论"出于《1846年的沙龙》一文，其言略为："根据我对浪漫主义所下的定义（亲切，灵性，等等），如果将德拉克洛瓦置于浪漫主义之首，那就自然而然地将维克多·雨果先生排除在外。"具体地说，则是：雨果"作为一个创造者来说，其灵巧远胜于创造，他在很大程度上是个循规蹈矩的匠人，而非创造者。德拉克洛瓦有时是笨拙的，但他本质上是个创造者"。这里真用得上中国古人的一段话了，苏轼《王维吴道子画》曰："吴生虽妙绝，犹以画工论；摩诘得之于象外，有如仙翮谢樊笼。"[1] 抑扬之情，昭昭然见于笔端。"维克多·雨果先生在他全部的抒情和戏剧的画面中让人看到的是一整套排列整齐的直线和匀称划一的对照。在他那里，怪诞本身也具有对称的形式。他彻底地掌握和运用着韵脚的所有色调、对比的一切表达能力和同位语的各种花招。这是一位没落的或过渡的撰写者，他使用工具之巧妙的确令人赞叹称奇。"褒不当褒，有贬意寓

---

[1] 转引自钱锺书《旧文四篇·中国诗与中国画》，第23页。

焉，几等于西汉刘安批评过的"谨毛而失貌"[1]。以下是结论了，果然是坦白得可爱，不世故，不客气；总之，"一个是从细节开始，另一个是从对主题的深刻的理解开始，因此，一个只抓住了皮毛，而另一个则掏出了内脏"。这句话用中国的禅语说，就是宋代禅师宗杲的名言："……一车兵器……不是杀人手段。我则只有寸铁，便可杀人。"[2]最后是判词："过于具体，过于注意自然的表面，维克多·雨果成了诗中的画家；而德拉克洛瓦始终尊重自己的理想，常常不自知地成为绘画中的诗人。"这意味着，"诗中有画"不如"画中有诗"，"实"不如"虚"，得浪漫主义真精神的是画家德拉克洛瓦，不是诗人雨果。

波德莱尔关于雨果的论述很多，其中不乏矛盾抵牾，是法国文艺批评史上的热门话题。这里不拟评断波德莱尔对雨果是否公正或真诚，只想说说波氏的"雨、德优劣论"给法国浪漫主义带来了什么。这当然首先涉及的是波德莱尔的标准，即他对浪漫主义所下的"定义"。

波德莱尔在《1846年的沙龙》一文中专辟一节，题为《什么是浪漫主义》，集中地提出了他自己的定义。他指出："有些人只在选择题材上下功夫，但他们并没有与他们的题材相合的性情。有些人还相信天主教社会，试图在作品中

---

[1] 转引自钱锺书《旧文四篇·中国诗与中国画》，第23页。
[2] 《大慧普觉禅师语录》。

反映天主教教义。自称浪漫主义者，又系统地回顾过去，这是自相矛盾。这些人以浪漫主义的名义，亵渎希腊人和罗马人，不过，当我们自己成了浪漫主义者的时候，是可以使希腊人和罗马人成为浪漫主义者的。艺术中的真实和地方色彩使另外许多人迷失了方向。"同时，"艺术家必须具有一种真率的品质，并借助于他那一行所提供给他的一切方法来真诚地表现他的性情"。这里值得注意的是，波德莱尔提出"性情"，将其置于"题材"之前；他又提出"使希腊人和罗马人成为浪漫主义者"，这与司汤达关于浪漫主义是"给同时代人提供最大愉快的活的文学"[1]的观点一脉相承；同时，他也不对当时的浪漫派津津乐道的"地方色彩"给予更多的尊敬。总之，"浪漫主义恰恰既不在题材的选择，也不在准确的真实，而在感受的方式"。因此，人们在"外部"找不到浪漫主义，"只有在内部才有可能找到"。这就是"现代艺术"，是"美的最新近、最现时的表现"，也是"各种艺术所包含的一切手段表现出来的亲切、灵性、色彩和对无限的向往"。总之，真率、性情、灵性，是波德莱尔的浪漫主义的三根支柱，也是他"使浪漫主义恢复青春的方法"[2]。

波德莱尔就是根据这种标准抑雨扬德的。

波德莱尔指责雨果"强迫地、粗暴地在他的诗中引入

---

1 司汤达：《拉辛与莎士比亚》，王道乾译，上海译文出版社，1979年，第26页。
2 转引自《波德莱尔全集》第1卷注释，第805页。

埃德加·爱伦·坡视作主要的现代奇谈怪论的那种东西：教诲"[1]。波德莱尔在德拉克洛瓦的女性形象中看到的是"在罪恶或神圣的意义上显露出英雄气概的现代女性"，因此不能理解有人"取笑德拉克洛瓦笔下的女人的丑陋""这类的玩笑"，而雨果恰恰"同意这种看法"，"甚至把德拉克洛瓦笔下的女人称作蛤蟆"，这正是因为"维克多·雨果先生是一位善于雕塑的大诗人，对精神的东西闭目不见"。波德莱尔在对"风景画中想象力的部分越来越小"表示遗憾的同时，慨叹"没有看到像天空中的神秘一样流动在维克多·雨果的素描中的那种壮丽的想象"，这恰恰说的是雨果的"墨汁素描"，而在诗的方向，"我们的诗人是风景诗人之王"，只会得到他的遗憾。说到底，波德莱尔不满于诗人雨果的，是其诗过于"实"，缺乏"真率"的性情，或者说没有"灵性"，也就是说，波德莱尔对雨果的"诗中有画"深致不满。

明末张岱说："若以有诗句之画作画，画不能佳；以有画意之诗为诗，诗必不妙。如李青莲《静夜思》诗：'举头望明月，低头思故乡'，'思故乡'有何可画？王摩诘《山路》诗：'蓝田白石出，玉川红叶稀'，尚可入画；'山路原无雨，空翠湿人衣'，则如何入画？又《香积寺》诗：'泉声咽危石，日色冷青松'，泉声、危石、日色、青松，皆可描摩，而'咽'字，'冷'字，则决难画出。故诗以空灵才

---

[1] 《再论埃德加·爱伦·坡》。

为妙诗，可以入画之诗，尚是眼中金银屑耳。画如小李将军，楼台殿阁，界画写摩，细入毫发，自不若元人之画，点染依稀，烟云灭没，反得奇趣。由此观之，有诗之画，未免板实，而胸中丘壑，反不若匠心训手之为不可及也。"[1]粗看之下，似乎张岱主诗画分离，两不搭界，其实若细看，则是主张实不如虚，"诗中有画"乃是以描摹为工，故必不佳；"画中有诗"，亦以诗为写实，故亦必不佳。倘以诗意为"空灵"，为不能画之"咽"、"冷"等感觉，则"画中有诗"仍可称妙，只有可以入画之诗才是"眼中金银屑"。不幸的是，在波德莱尔看来，雨果的诗恰恰是"风景"，可以入画，这正是张岱所谓"眼中金银屑"，岂可称妙？

相反，对于德拉克洛瓦，波德莱尔一直是赞誉有加不知疲倦的。其实，波德莱尔只在德拉克洛瓦身上才真实地透露了内心中最隐秘的东西，因为赞誉不同于指责，不必遮遮掩掩，像他评论雨果那样，多少总有些毁誉两方面的言不由衷。波德莱尔赞赏德拉克洛瓦的言论很多，略加梳理，大约有以下数端：他肯定了德拉克洛瓦的画"主要是通过回忆来作的，也主要向回忆说话"，这意味着他们的画是以记忆为依托的想象的产物，直探人的心灵最深处，也最能引起人的心灵的震动，因为"在所有心灵现象中，最能显现其中秘密的，是个人的记忆"。这在我国的艺术批评史上也是很早

---

[1]《琅嬛文集》卷三《与包严介》，转引自《古典诗论集要》，第186页。

就得到重视的,例如宋代董逌论画家李咸熙:"咸熙……于山林泉石……积好在心,久则化之,凝念不释……磊落奇蟠于胸中,不得遁而藏也。他日忽见群山横于前者,累累相负而出矣。"[1] 波德莱尔因此指出:"一幅德拉克洛瓦的画,例如《但丁和维吉尔游地狱》,总是给人留下深刻的印象,其强烈的程度随距离而增加。他不断地为整体而牺牲细节,唯恐因作业更清晰更好看而产生的疲劳减弱他思想的活力,他因此而完全获得了一种难以察觉的独创性,这就是主题烂熟于心。"他的素描也因此而成为色彩家的素描,摆脱了直线体系的侵蚀,而"永远像虹一样,是两种颜色的密切的融合",这是一种"最高贵的、最奇特的"素描,"它可以忽视自然,它表现出另一个自然,与作者的精神和性情一致"。波德莱尔特别注意到,德拉克洛瓦"一般地说","不画漂亮女人,即上等人眼中的漂亮女人。他笔下的女人几乎都是有病的,蕴含着某种内在的美"。因此,"他最善于表现的不仅仅是痛苦,他尤其善于表现精神的痛苦",而这就是"自然的、由活人组成的悲剧,可怕的、忧郁的悲剧","正是这些东西造成了他的崇高"。凡此种种,无一不是称赞德拉克洛瓦的"虚"。因此,波德莱尔指出:"德拉克洛瓦先生本质上是文学的,这是他的才能的另一个崇高而广阔的素质,并且使他成为诗人们喜爱的画家。他的画不仅跑遍,并且成功地跑遍了高等文学的田野,不仅表达和接触了阿里奥斯托、拜

---

[1] 转引自伍蠡甫:《中国画论研究》,北京大学出版社,1983年,第217页。

伦、但丁、沃尔特·司各特、莎士比亚,而且还比大部分现代绘画更善于揭示崇高的、精妙的、深刻的思想。"这正是德拉克洛瓦的绘画所具有的魅力的根本来源,"文学的"即是"诗的","诗的"即是波德莱尔所说的"亲切、灵性、色彩和对无限的向往"。

当然,波德莱尔也像一切真正的浪漫主义者一样,特别推崇德拉克洛瓦的想象力,盛赞他的想象力"表现了大脑的深处,事物的惊人的一面";他还特别指出,德拉克洛瓦的想象乃是"有限中的无限",是"梦幻",而这种梦幻"指的不是黑夜中的杂物堆积场,而是产生于紧张的沉思的幻象"。画家的幻象作用于观者的回忆,使观者在观赏中认出自己,于是画者和观者的心灵在交流中达成一致。因此,波德莱尔特别强调:"德拉克洛瓦是所有画家中最富有暗示性的一个,他的作品……让人想得最多,在记忆中唤起最多的诗的感情和思想,人们还以为这些已被体验过的感情和思想永久地埋藏在过去的黑夜之中了呢。"总而言之,"欧仁·德拉克洛瓦主要是描绘最美好的时刻中的灵魂"。波德莱尔这样写道:"德拉克洛瓦比任何人都表达得好而为我们的世纪争了光的那种我也弄不清楚的神秘的东西究竟是什么?那是不可见的东西,是不可触知的东西,是梦幻,是神经,是灵魂……"[1]说到底,波德莱尔欣赏德拉克洛瓦的,正是他的

---

1 《欧仁·德拉克洛瓦的作品和生平》。

"灵性",他的"超自然主义",一言以蔽之曰"虚"。

事实上,对于德拉克洛瓦的"虚",诗人雨果确实是不太理解的。有人考证过,在雨果的文字中,未见谈及德拉克洛瓦的女性形象是丑的这样的论断,然而据雨果的儿子回忆,他确实是不承认德拉克洛瓦的女人是美的。雨果之子夏尔在一篇回忆文章中,说雨果曾与英人斯蒂文斯谈及德拉克洛瓦笔下的女性形象,不言其美,而仅言其"闪光",所谓"光线的炫目的怪相",即只有美的表情而没有美的面孔,而这正是他完全不能接受的。夏尔的文章还讲述了另一桩逸事,颇能说明问题。雨果对斯蒂文斯说:"有一天,德拉克洛瓦让我看他的一幅画,《列日主教被害》。这是他最美的画之一。我很欣赏,但是我向他提出一个问题。我指着一个人物问:'他手上拿的是什么?看不大出来。'德拉克洛瓦的回答颇空灵:'我是想画剑光。'然而,画剑光而不画剑,这已不是他的艺术了,这是我们的艺术。现在,至少在我那个时候,在巴黎的一座教堂里,大概是山上的圣艾蒂安教堂吧,有一幅阿尔布雷希特·丢勒的《施洗约翰的斩首》。怎么样呢?首先看见的是德拉克洛瓦寻求的东西,即剑的闪光。人们觉得有一道光落下,有一种迅疾如电的东西旋转而至,直劈下来,砍飞了一个脑袋。剑光确实画得绝妙。再看,就会看见一把画得很细腻的剑。那是一柄很宽很重的方头剑,有着16世纪的护手,精美而结实。闪光会使诗人满意,而剑会使造剑师满意。这才是一个完全的画家。色彩和素描，灵魂和躯体，生命和风格，表情和美，一个来自另一个，两者不能被割裂。如此则绘画的目的达到了。"[1]雨果显然是认为画剑光必须画剑，剑、光俱在，方为完整的绘画。这真用得上苏轼的名言了："论画以形似，见与儿童邻。"似此则众多的"逸笔草草"的中国画皆属不可解之类了。雨果的绘画观的确不太高明，他不能理解德拉克洛瓦笔下的女人的美，波德莱尔对他的指责，也就都是题中应有之义了。说他过"实"，"对精神的东西闭目不见"，也的确不冤枉他。不过，西方的传统是诗属于心灵，画属于自然，故作画有模特，重视写生，讲求外在的形式，雨果倒是忠于这个传统的。

然而中国古人说"物在灵府，不在耳目"[2]，绘画讲究笔墨"从简"、"用减"、"略具笔墨"，所谓"不着一字，尽得风流"，所谓"书画之妙，当以神会，难可以形器求也"[3]。诗画或相通、或一律，正在此处。在这一点上，波德莱尔是很接近中国传统的艺术观的，特别是神韵派的艺术观。他曾经在一片不理解不欣赏的叹息、缄默甚至讽刺中，从容而勇敢地写道："一位现代的温克尔曼（我们有的是，各国都有的是，懒汉们爱之若狂）将做些什么、说些什么？面对一件中

---

1 转引自莱昂·塞利耶：《波德莱尔和雨果》（Léon Cellier, *Baudelaire et Hugo*, José Corti, 1970），第65-66页。
2 [唐] 符载：《观张员外画松石序》。
3 [宋] 沈括：《梦溪笔谈》卷十七。

国作品，他会说什么呢？那作品奇特、古怪，外观变形，色彩强烈，有时又轻淡得近乎消失，然而那却是普遍美的一个样品；不过，为了理解它，批评家、观众必须在自己身上进行一种近乎神秘的变化，必须通过一种作用于想象力的意志的现象，自己学会进入使这种奇异得以繁盛的环境中去。"[1]一个能有这样的体验并把它写出来的人，我们不能不承认，在他和中国传统艺术之间是有一种亲合力的。这种亲合力的基础是一种关于普遍美的观念，而普遍性也正是波德莱尔所称赞的德拉克洛瓦的一大特点，同时也是他心目中的浪漫主义的一大特点。使我们感到惊喜的是，这里竟透出了法国浪漫主义和中国古典艺术精神的联系，而且并非什么一般浪漫派所欣赏的异域风光异国情调，而是一种最深刻最隐秘的精神上的相契相应。

我们还注意到，波德莱尔说到德拉克洛瓦是"绘画中的诗人"时，用了"常常不自知地成为"这样的修饰限定语，而这"不自知"确是至关重要的。他曾经明确地指出过："一幅画的诗意是应该由观赏者产生的"，并非由诗来补足画意。这正是张岱所说的："若以有诗句之画作画，画不能佳。"因此，波德莱尔告诫画家：绘画"向诗请求帮助和保护"，"这是个可笑的错误，其原因有二：其一，诗不是绘画的直接目的。诗介入绘画，画只能更好，但是，诗并不能

---

[1] 《论1855年世界博览会美术部分》。

因此而掩盖其弱点。带着框框在一幅画的构思中寻求有偏见的诗，这是找不到诗的最可靠的方法。诗应该在艺术家的不知不觉中产生。它是绘画本身的结果，因为它沉睡在观者的灵魂中，天才即在于唤醒它。绘画仅仅因其色彩和形式而有趣，它像诗，只是因为诗能在读者心中唤起画意"[1]。这就是说，"画中有诗"并不是画和诗的机械相加，而是画的极致所产生的一种效果；这并不意味着作为艺术形式的画和诗有什么高下之分，而说画和诗的最高境界乃是同一的，即"缪斯的巫术所创造的第二现实"。中国文人画大半是遣兴自娱，画者如是，观者亦如是，所以在中国传统画论中也往往论及"观画之法"。宋郭熙郭思父子撰《林泉高致》，其中谓"画山水有体……看山水亦有体，以林泉之心临之则价高，以骄侈之目临之则价低。……君子之所以渴慕林泉者，正谓此佳处故也。故画者当以此意造，而鉴者又当以此意穷之，此之谓不失其本意"。又说："春山烟云连绵人欣欣，夏山嘉木繁阴人坦坦，秋山明净摇落人肃肃，冬山昏霾翳塞人寂寂。看此画令人生此意，如真在此山中，此画之景外意也。见青烟白道而思行，见平川落照而思望，见幽人山客而思居，见岩扃泉石而思游。看此画令人起此心，如将真即其处，此画之意外妙也。"在画家，是寓情于景，借景抒情；在观者，是因画生情，寄情于画中之景；如此则画家和观者

---

[1] 《1846年的沙龙》。

达成心灵上的一致,共同陷入"心灵的迷醉"。这也正是清人恽寿平所说:"尝谓天下为人,不可使人疑,惟画理当使人疑,又当使人疑而得之。"[1]

雨果和德拉克洛瓦,孰优孰劣,其实并不重要,或者根本就是一个没有解的问题。波德莱尔在被迫作这一篇优劣论之前,就已经申明:"在那个我刚才谈到的并记述了许多误解的不幸的革命年代[2]里,人们常常把欧仁·德拉克洛瓦比作维克多·雨果。既然有浪漫派诗人,就得有浪漫派画家。这种非要在不同的艺术中找出对应物和相似物的做法常常带来很奇怪的错误,这也证明了人们之间的理解是何等的少。"但波德莱尔究竟作了这篇优劣论,这说明他"感到需要为自己建立某种美学并从结果中推断出原因"。我以为,波德莱尔在进行了一番比较之后,的确建立了自己的美学,即一种以浪漫主义为基础的、以象征主义为指向的独特的美学。波德莱尔的美学观,不仅对我们认识和理解浪漫主义是必不可少的,而且对我们认识和理解象征主义也是必不可少的。这两个"必不可少"也就透露了波德莱尔的美学思想的启发性、深刻性和重要性。

同时,他也的确"从结果中推断出原因",即"公正的批评,有其存在理由的批评,应该是有所偏袒的、富于激情

---

[1] 《瓯香馆集》卷十一《画跋》,转引自伍蠡甫:《中国画论研究》,第228页。
[2] 指浪漫主义鼎盛时代。

的、带有政治性的,也就是说,这种批评是根据一种排他性的观点做出的,而且这种观点又能打开最广阔的视野"。这是一段充满辩证法的文字,它不仅告诉我们如何看波德莱尔本人的批评,它也同时为我们看待批评对象提供了新的角度和视野。

总之,波德莱尔论维克多·雨果,是论浪漫主义;论欧仁·德洛克洛瓦,是论浪漫主义;论雨果和德拉克洛瓦之优劣,也是论浪漫主义。因此,波德莱尔的创作是浪漫主义不可少的一环,波德莱尔的批评也是浪漫主义批评不可少的一环。对此,眼下学界似乎重视不够,也许竟是无暇顾及。但是,无论如何,少了波德莱尔,任何对浪漫主义的理解都将是不完整的。

从一首译诗看梁宗岱的翻译观的一个侧面

我对梁宗岱的翻译观没有研究,但是我在他的文章《象征主义》中读到了一首译诗,产生了很大的兴趣,这首诗就是波德莱尔的《契合》,也有译作"应和"、"感应"的。现在,把这首译诗念一下:

契　合

自然是座大神殿,在那里
活柱有时发出模糊的话,
行人经过象征的森林下,
接受着它们亲密的注视。

有如远方的漫长的回声,
混成幽暗的深沉的一片,
渺茫如黑夜,浩荡如白天,

颜色、芳香与声音相呼应，

有些芳香如新鲜的孩肌，
婉转如清笛，青绿如草地
——更有些呢，朽腐、浓郁、雄壮，

具有无限地旷邈与开放，
像琥珀、麝香、安息香、馨香
歌唱心灵与官能的热狂。

请问一个对节奏、韵律敏感的中国读者读了这首诗，会有什么样的感觉呢？他肯定会首先发现这是一首十四行诗，诗句的排列是4、4、3、3。然后，每一行诗句都是十个字。再然后，是押韵，押韵的方式是：abba, cddc, eef, fff。我想，这必然是梁宗岱先生的意图，果然，他说："对于原文句法、段式、回行、行中的停与顿、韵脚等等，莫不殷勤追随。"又说："最近译的有时连节奏和押韵也极力模仿原作……如果译者能够找到适当的字眼和成语，除了少数文法上地道的构造，几乎可以原封不动地移植过来。"

试把原诗抄来，以做对此：

Les Correspondances

La Nature est un temple oú de vivants piliers

Laissent parfois sortir de confuses paroles;
L'homme y passeà travers des forêts de symbols
Qui l'observent avec des regards fimiliers.

Comme de longs échos qui de loin se confondent
Dans une ténébreuse et profonde unité,
Vaste comme la nuit et comme la clarté,
Les parfums, les couleurs et les sons se répondent.

Il est des parfums frais comme des chairs d'enfants,
Doux comme les hautbois, verts comme les prairies,
—Et d'autres, corrompus, riches et triomphants,

Ayant l'expansion des choses infinies,
Comme l'ambre, le muse, le banjoin et l'encens
Qui chantent les transports de l'esprit et des sens.

  两相对照，我们可以看到，原诗和译诗同为十四行诗，排列均为4、4、3、3；原诗是每行十二个音节，即所谓亚历山大诗句，而译诗每行十个汉字，即十个音节，这是我们稍感遗憾的地方，也许这是梁宗岱先生有意为之，认为十个汉字更为精练；原诗和译诗都押韵，其韵式为：原诗是 abba, cddc, efe, fee, 译诗则是abba, cddc, eef, fff。

至于其他形式上的问题，如阳韵阴韵、行中大顿、跨句等等，都是更为细腻的东西，对于一个译者来说，是可遇而不可求的。对一个于法国格律诗有个大致的概念的人来说，譬如我，通过梁宗岱先生的译诗，就会知道，法国人也有格律严谨的诗，他们有十四行诗，中国有五、七言绝句、五、七言律诗等；法国诗也有严格的字数，法文叫作音节，中文叫作字，两者正好可做比较，法国的格律诗每行不可多一音节或少一音节，如果音节不够，一个哑音e就可派上用场，中国诗的五、七言就是五、七言，例外只是偶然的；法国诗也押韵，韵式有抱韵（abba）、随韵（aabb）、交韵（abab）等等，中国则是"三五七不论，二四六分明"，律诗的做法更有严格的规定。

总之，从梁宗岱先生就波德莱尔的《契合》译诗来看翻译，撇开内容不论，就形式而言，梁宗岱先生的主张似乎可以归结为：一、"风格的传译和意义的传译同等重要"，这里的风格包括了形式。二、"有时连节奏和押韵也极为模仿原作"，请注意是"模仿"而不是"等同"。三、"对于原文句法、段式、回行、诗中的停与顿、韵脚等等，莫不殷勤追随"。四、节拍整齐的诗体"字数也应该整齐划一"，譬如十四行诗，使之具有"建筑美"，不因多了一字而使人感到"特别匆促"。这些主张与梁宗岱先生的关于诗的一般观念是完全一致的，他说："一切艺术都是对于'天然的'修改，节制和整理，主要是将表面上'武断的'和'牵强的'弄到

'自然'和'必然'，使读者发生'不得不然'的感觉。"歌德说，"在'有限'里显出大师的身手，只有规律能够给我们自由"，瓦莱里的"最严的规律是最高的自由"的说法，成为他的座右铭，当然，他也不可能不知道，波德莱尔说过："因为形式的束缚，思想才更有力地迸射出来……"他更不会不知道，波德莱尔用过这样的精彩的比喻："您见过从天窗，或两个烟囱，或两面绝壁之间，或通过一个考虑窗望过去的一角蓝天吗？这比从山顶望去，使人对天空的广袤有一个更深刻的印象。"

以我一个不通法国诗律的人看来，法国格律诗向来称八音节诗、十音节诗、十二音节诗等等，如我国称五言诗、七言诗等，足见音节在法国诗中的地位，这与以音步为单位的英语诗有很大的不同。有人对以汉字应音节颇不以为然，理由是法语为多音节，汉语为单音节，其实不然，现代汉语中单音节的词是很少的，甚至在翻译中不敷使用，总嫌其少，而不嫌其多，用十二个汉字模仿亚历山大诗行常常可以做到惟妙惟肖，包括节奏、停顿、重读等等。以译诗的字数对应原诗的音节，其结果是形成一种诗行相当齐整的诗，具有一种视觉的美感，当然有的眼睛以错落为美，不过错落当有致方为美，否则不美，若蓬头垢面然。此处不拟细论。总之，这种齐整的诗行难逃"豆腐块"之讥。其实，"豆腐块"为人诟病，罪不在齐整，而在其削足适履造成的佶屈聱牙之苦，倘若可诵可读，既顺耳又悦目，"豆腐块"何罪之有？

实际上，法国古典格律体诗正是一方方略见毛边的豆腐块。梁宗岱先生说："一般人反对字数划一的理由是，语言天然就不整齐，硬把它截得豆腐块似的，便要发生不合理的'增添'和'删削'的流弊……"他指出，这些人忘了艺术的规律，而"这规律正和其余的规律一样，问题并不在于应该与否，而在于能与不能"。他认为能："如果我们用木石作比，每个字或每组字就等于一片木或一块石，想要获得整齐的效果用不着硬凑或强削，而全在于巧妙的运用与配合。"

梁宗岱先生关于译诗的观点，对于我们今天的译诗活动，具有特殊的意义。几乎所有的法文诗的译诗都不取以字数对应音节的方法，例如亚历山大诗句，不是多一字，就是少一字，而译者对于字数的多少浑然不觉。梁宗岱先生"字数也应该整齐划一"的观点给了我们很大的启发，即以字数对应音节是完全可以做到的，即使有时候做得比较勉强，起码可以给读者一个印象，即法国的格律诗也是讲节奏的，他们对节奏的要求也是很严格的。我认为，"风格的传译和内容的传译同等重要"，这是梁宗岱先生的翻译观的基本含义。一首法文诗译成汉语，内容不能变（应该指出，诗也是有内容的），神韵不能相差太远，同时也应保留其格律（节奏、韵等等），三者齐备，就是成功的翻译，然而这成功得之殊非易事，也许百不一见，但它是一个方向，我们循此努力，总可以成就一二。这是梁宗岱先生的译诗给我的启示，我这里以蠡测海，希望能起到管中窥豹、见微知著的效果。

附：

应　和

自然是座庙宇，那里活的柱子
有时说出了模模糊糊的话音；
人从那里过，穿越象征的森林，
森林用熟识的目光将他注视。

如同悠长的回声遥遥地汇合
在一个混沌深邃的统一体中，
广大浩漫好像黑夜连着光明——
芳香、颜色和声音在互相应和。

有的芳香新鲜若儿童的肌肤，
柔和如双簧管，青翠如绿草场，
——别的则朽腐、浓郁，涵盖了万物。
像无极无限的东西四散飞扬，
如同龙涎香、麝香、安息香、乳香
那样歌唱精神与感觉的激昂。

（郭宏安译）

图书在版编目（CIP）数据

论《恶之花》/ 郭宏安著. — 北京：商务印书馆，2018
ISBN 978 - 7 - 100 - 16822 - 9

Ⅰ. ①论… Ⅱ. ①郭… Ⅲ. ①波德莱尔(Baudelaire, Charles 1821-1867) — 诗歌研究 Ⅳ.①I565.072

中国版本图书馆 CIP 数据核字（2018）第252243号

权利保留，侵权必究。

论 《 恶 之 花 》
郭宏安　著

商 务 印 书 馆 出 版
（北京王府井大街36号　邮政编码 100710）
商 务 印 书 馆 发 行
山 东 临 沂 新 华 印 刷 物 流
集 团 有 限 责 任 公 司 印 刷
ISBN　978 - 7 - 100 - 16822 - 9

2019年1月第1版　　开本 860×1092　1/32
2019年1月第1次印刷　印张 13½
定价：70.00元